UNE MÈRE SAIT TOUJOURS

NICOLE TROPE

UNE MÈRE SAIT TOUJOURS

Traduit par Raphaelle Pache

bookouture

Pour D.M.I et J.

PROLOGUE

Un coup sur la tête ne doit pas nécessairement vous tuer. En fait, dans la plupart des cas, il ne vous tue probablement pas.

Un coup sur la tête assené à l'aide d'une bouteille de vin français pleine, cependant, est susceptible de causer plus qu'un simple mal de tête, plus qu'une simple commotion cérébrale, surtout si le coup est porté assez fort et qu'il touche la partie idoine de la tête. Les êtres humains peuvent s'avérer des créatures délicates.

Et si la personne qui brandit la bouteille est animée par un mélange de fureur et de peur, qui sait les dégâts qu'elle peut causer ?

— Oh mon Dieu, oh mon Dieu ! crie la femme toujours agrippée à la bouteille.

Elle regarde le corps désormais entre nous sur le sol du bureau.

— Je ne voulais pas, bredouille-t-elle. Je n'ai pas fait exprès.

Le sang du crâne fendu s'accumule sur le sol, avant d'être absorbé par la moquette grise et d'emplir l'air d'une odeur métallique particulièrement âcre. La gorge nouée, je tente de respirer par la bouche, pour résister à l'envie de décamper en hurlant. Je canalise la meilleure partie de moi, la plus forte.

— Bien sûr que tu ne l'as pas fait exprès, dis-je en m'avançant.

Je tends la main pour la toucher, mais j'interromps mon geste avant d'entrer en contact avec la soie bleu pâle de sa robe.

— Et maintenant ? Qu'est-ce que je vais faire maintenant ?

Elle s'effondre sur le sol, s'enveloppe de ses bras tout en serrant la bouteille de vin contre elle.

— Qu'est-ce que je vais faire maintenant ? ne cesse-t-elle de répéter.

Je réfléchis rapidement pour trouver la réponse la plus adéquate à son cri plaintif, en sachant cependant qu'il faut qu'elle se calme. D'une voix douce mais ferme, je lui dicte sa conduite, étonnée de la voir aussi obéissante.

— Ne t'inquiète pas, tout va bien se passer. Je vais tout arranger, je lui assure, une fois qu'elle a suivi mes instructions. Je te promets que tout ira bien.

Je ne lui avoue pas que mon cœur s'emballe et que j'ai les paumes moites. Je dois paraître calme et lui sembler maîtriser la situation.

— Reste là, j'ordonne. Je reviens dans une minute.

— Et tu m'aideras ? Tu vas vraiment m'aider ? demande-t-elle.

Les joues humides, elle lève vers moi des yeux larmoyants. Elle a besoin de moi, vraiment besoin de moi.

— Bien sûr, je lui promets. Ne bouge pas.

Ouvrant la porte du bureau, je coule un regard dans le couloir, où tout est silencieux. Il est plus de minuit et tout le monde est rentré, ce qui tombe fort à propos.

— Réfléchis, me dis-je en sortant du bureau que je referme derrière moi. Réfléchis.

Je reste un moment dans le silence de l'espace désert, à fixer

du regard la plaque sur la porte : « ASSISTANTE ADMINIS-
TRATIVE ».

Ils ne prennent pas la peine de faire figurer de noms sur la
plaque, parce que les assistantes administratives vont et
viennent et ne sont jamais importantes au point qu'on ait besoin
de se rappeler leur nom. Pourtant les assistantes sont plus déter-
minantes qu'on ne le pense. Elles se rapprochent de vous en se
chargeant de toutes les tâches ingrates, elles apprennent des
informations à votre sujet, elles vous connaissent. Vous les voyez
sans les voir, et cela peut être dangereux. Je me demande qui ils
embaucheront ensuite, qui remplacera l'assistante actuelle.

Et je me demande comment ils présenteront ce qui est
arrivé à la dernière. Comment ils expliqueront tout cela.

Sur le trajet qui m'éloigne du bureau, je me console en me
disant que je connais la vérité, moi.

Je pense qu'une partie de moi la connaissait depuis le début.
Je pense que je l'ai toujours sue.

1

CORDELIA

Juste pour te dire que je travaille tard ce soir.

Un texto apparemment raisonnable de la part de quelqu'un qui ne sera pas à la maison pour le dîner et qui souhaite simplement prévenir sa compagne de son absence, pour le cas où elle ait prévu de cuisiner, de sortir avec lui ou toute autre activité que peut envisager une compagne un soir de semaine.
Mais tout ce que Cordelia lit, c'est :

Je serai avec elle.
Je serai avec elle.
Je serai avec elle.

Et elle s'interroge : s'il lui disait la vérité, s'il lui avouait toute la vérité, les choses seraient-elles plus faciles ? Au lieu de quoi, ses questions à elle, ses accusations, ses demandes directes de vérité ont toutes été accueillies avec incrédulité.
« Qu'est-ce qui ne va pas chez toi, Cordy ? »

« Pourquoi tu m'accuses d'une chose aussi dénuée de goût ? »

« Comment tu peux supposer ça à mon sujet ? Tu sais ce qu'on dit des soupçons, non ? Ça nous salit tous les deux. »

Et enfin, la pire de toutes ses répliques, celle qui a fait littéralement bouillir le sang de Cordelia.

« Tu ne penses pas que tu devrais aller voir quelqu'un ? Ce n'est pas exactement ce que ta mère a fait avec ton père ? »

Et ce qu'elle aimerait vraiment rétorquer, c'est qu'elle en a assez, tout simplement assez. Qu'elle le laisse à ses occupations, quelles qu'elles soient, et qu'elle reprend sa vie en main. Elle n'a que vingt-quatre ans après tout. Elle a toute la vie devant elle, et lui, neuf ans de plus. Vu son âge, Garth devrait être prêt à s'installer maintenant, il devrait penser à fonder une famille.

Eh bien non, Garth n'est pas prêt pour ça. Non, il est occupé à coucher avec une femme, à en tromper une autre, sûr de la retrouver à la maison, à attendre qu'il soit prêt. Et elle se déteste de ne pas avoir l'énergie, l'élan pour se lever, remplir un sac, partir et tirer un trait sur les quatre dernières années et demie de sa vie. Pourquoi ne le fait-elle pas ?

Elle est allongée sur leur lit, son lit en fait, son lit *king-size* aux draps de soie dans une chambre à coucher qui offre une vue sur la ville depuis une baie vitrée, dont les stores électroniques sont encore ouverts. Elle lui répond par texto :

OK. J'ai des projets de toute façon. Va te faire QUI tu
veux, OÙ tu veux.

                De quoi tu parles ? Je dois travailler.

Personne n'est censé travailler autant, Garth. Tu es un
salopard.

                Je ne vais pas relever pour l'instant.

Bien sûr que non, et je m'en fiche. De toute façon, je bois un verre avec des amis.

Et Garth, Garth le finaud, ne répond pas parce qu'il sait que c'est un mensonge. Même au bout de trois années à Melbourne pendant qu'elle préparait son diplôme et après avoir commencé à travailler dans une entreprise de graphisme pleine de gens de son âge, Cordelia n'a toujours personne d'autre que Garth. Est-ce ce qu'il voulait ? Sa réprobation à l'égard de ses amies de lycée, la façon légèrement moqueuse dont il parle d'elles en soulignant leurs défauts... « *Alex monopolise instantanément la conversation, sans laisser de place à personne d'autre. Cassie a-t-elle toujours couché avec autant de mecs ? Elle a à peine le temps d'apprendre à connaître quelqu'un qu'elle est déjà avec un autre. As-tu remarqué que Sarah est jalouse de toi, de ton physique ? Elle est toujours à critiquer tes vêtements...* » Elle en est venue à voir ses amies différemment, si bien qu'elle s'est un peu éloignée d'elles, elle le sait. Ses amies vivent à Sydney de toute façon, mais quelles que soient les nouvelles personnes qu'elle lui ait présentées, comme Ben par exemple, elles sont aussitôt accueillies avec la même négativité. « *Il pense vraiment qu'il va devenir designer ? Cet homme est embarrassant, il s'habille affreusement mal et il est à mourir d'ennui. Comment peux-tu passer autant de temps avec quelqu'un d'aussi ennuyeux ? Et puis, il a un béguin pathétique pour toi. On dirait qu'il bave chaque fois qu'il te parle. Je ne serais pas surpris qu'il se mette bientôt à te harceler.* »

La voix de Garth retentit dans sa tête toutes les fois où elle parle à quelqu'un et envisage de le considérer comme un ami. Elle le voit avec ses yeux et lui trouve instantanément des défauts, ce qui l'amène à s'en éloigner.

Cordelia n'a pas vraiment envie de parler à quelqu'un d'autre – sauf peut-être à sa mère, mais c'est un pas qu'elle refuse de franchir. La tension entre sa mère et elle ne la quitte jamais. Parfois, un souvenir surgit, une image d'elles en train d'acheter des vêtements ensemble ou de manger un gâteau accompagné d'une tasse de café, un dimanche après-midi, et elle ressent un désir intense de lui parler, d'entendre sa voix. Puis elle étouffe sur-le-champ ce sentiment et se répète qu'elle n'adressera plus jamais la parole à sa mère. L'ironie de ses réponses aux textos de sa mère – « Arrête de me contacter » – n'échappe pas à Cordelia. Mais elle ne peut s'en empêcher.

Mais si elle lui parlait, si elle parvenait à répondre correctement à l'un des sempiternels messages de sa mère, elle aimerait lui poser quelques questions.

Qu'est-ce qui t'a amenée à penser qu'il avait une aventure ? Quand as-tu commencé à soupçonner qu'il se passait quelque chose ? Et est-ce la raison pour laquelle tu as fait ce que tu as fait ?

2
GRACE

Je me crispe dans l'avion qui atterrit à Melbourne, sous les soubresauts qui agitent mon corps lorsque les roues touchent le sol. J'y suis. Dans la même ville que Cordelia.

Je n'ai qu'un bagage à main, par conséquent une demi-heure plus tard, je suis sortie de l'aéroport et j'attends mon Uber.

Le chauffeur qui s'arrête est un homme d'un certain âge, dans une Mercedes dernier modèle. Il porte une casquette verte en velours côtelé et me rappelle tellement Bert – mon chauffeur de l'époque où j'avais des gens qui faisaient ce genre de choses pour moi – que je sens ma voix chevroter lorsque je le salue.

Le ciel est chargé de nuages gris et menaçants, et le vent féroce soulève tout ce qu'il touche. C'est le début du mois de mars, et tandis qu'à Sydney, l'été refuse de céder la place à l'automne, la pluie qui s'annonce ici, à Melbourne, a fait chuter la température.

— Le temps est exécrable, commente mon chauffeur.

— Oui, je conviens avec un sourire. Terrible, mais c'est typique de Melbourne.

— Sauf qu'on est seulement au début de l'automne, se plaint-il.

— J'imagine que l'hiver sera très froid...

Sur quoi je sors mon téléphone pour lire le dernier message que j'ai envoyé ce matin à ma fille.

Bonjour, ma chérie. Je te souhaite de passer une merveilleuse journée.

À quoi elle a répondu comme d'habitude :

Arrête de me contacter.

Au moins, elle continue à me répondre. Elle répond toujours.

Je pense brièvement à Ava, la femme pour laquelle je travaillais et que j'ai laissée à Sydney avec, en tout et pour tout, un petit mot d'explication, entièrement tissé de mensonges. Je pense à ses filles et à elle, me demandant une énième fois si j'aurais dû lui révéler qui je suis vraiment, pour mieux rejeter l'idée. Je ne veux pas lui faire de mal, ni à elle, ni à ses enfants – mes petites-filles. Je laisse le mot « petites-filles » tourner en boucle dans ma tête, émerveillée par l'idée que ces deux adorables petites aient un lien avec moi. Je suis si heureuse d'avoir pu les connaître un peu. Je ferme les yeux en souhaitant mentalement bonne chance à ma fille et à sa famille.

J'essaie de ne pas laisser mon esprit dériver vers Melody, qui a perdu la vie dans cette histoire ; plus je me refuse à penser à elle, plus mon esprit m'y ramène inévitablement. Oui, je devais protéger Ava et sa famille. Je n'avais pas le choix et je ne vais certainement pas me laisser blesser par les petites piqûres de la culpabilité. J'ai fait ce que je devais pour ma fille, à l'instar de toute bonne mère.

— C'est un hôtel de luxe, commente le chauffeur lorsque nous nous arrêtons devant.

— En effet, je confirme. Je m'accorde un petit plaisir, j'ajoute en pensant au lit moelleux et à la grande baignoire qui m'attendent.

— Vous le méritez, fait-il pendant que je m'extirpe de la banquette arrière.

— Exactement. Vraiment.

Il ne se doute pas à quel point.

L'enregistrement est un jeu d'enfant, chaque membre du personnel affichant son plus large sourire et son désir ardent de m'aider. Bien que j'aie pris un vol de bonne heure le matin et même si le vol n'a pas duré beaucoup plus d'une heure, il est presque l'heure de déjeuner. Les voyages sont de véritables voleurs de temps.

Je décide de m'accorder un verre tranquille au bar avant de monter dans ma chambre. Je commande du vin rouge, dont je savoure le goût riche et profond tout en consultant mon téléphone. Je prends une lente gorgée, appréciant la sensation en bouche, afin de ne pas engloutir à toute allure le seul verre que je m'autorise. *Je ne suis pas alcoolique, je me maîtrise. J'ai été alcoolique, mais je me contrôle maintenant.*

Je clique sur les informations relatives à mon nouveau poste, mon nouvel emploi.

Le cabinet d'avocats Harmer, Wright et Sing recherche une assistante administrative temporaire pendant les congés de son assistante actuelle. Il s'agit d'un remplacement d'une semaine seulement. Mais je n'ai pas besoin de plus.

J'ai fait jouer les dernières faveurs qui m'étaient dues pour obtenir ce poste temporaire. J'ai demandé à Bill, qui possède une agence de recrutement d'intérimaires, de surveiller les opportunités d'emploi dans l'entreprise de Garth. Je lui ai fait part de ma requête il y a deux mois, en lui précisant que je n'aurais besoin que d'une semaine ou deux, pas d'un statut permanent. Je veux juste mettre un pied dans cette entreprise et voir quel genre d'homme est Garth, la manière dont il se comporte au travail, peut-être même entendre les propos qu'il tient sur ma fille. Je n'aime pas ce que j'ai vu de cet homme, je n'apprécie pas la façon dont il répond à Cordelia sur les réseaux sociaux ou le nombre de femmes avec lesquelles il semble correspondre. Pire, un commentaire qu'il a fait sur Instagram, en réponse publique à Cordelia, m'a inquiétée. Pas seulement parce qu'il s'y montrait grossier, mais parce qu'il me fait douter de ses intentions envers ma fille.

Il s'agissait d'un post rapide et décontracté avec la photo d'un manteau vert émeraude que Cordelia avait acheté dans un magasin d'occasion. Elle l'avait légendée : *#bonachat #justequarantedollars #jedevaislacheter #desoleecartebleue.*

Garth a répondu par : « *Dixit la fille avec un fonds fiduciaire.* »

Ce message, que j'ai lu il y a quelques semaines, m'a perturbée. Lorsque je suis retournée voir, Cordelia l'avait effacé. J'en déduis qu'il a dû la contrarier. Garth, qui est beaucoup plus âgé qu'elle, fait une belle carrière. Pourquoi cette remarque sur son fonds fiduciaire ? Que sait-il de la somme d'argent qui lui reviendra dans quelques mois seulement, lorsqu'elle aura vingt-cinq ans ?

Quel genre d'homme ma fille fréquente-t-elle et dois-je la protéger de lui ?

Mon instinct de mère me souffle une réponse affirmative. Et je me fie toujours à mon instinct maternel. J'espère néanmoins que je me trompe et que ma fille est très heureuse avec un jeune homme charmant. Cela étant, voilà un moment que je les observe tous les deux sur Instagram et son commentaire sur le fonds fiduciaire n'est pas ma seule source de préoccupation.

Je dois m'assurer qu'il ne va pas briser le cœur de Cordelia.

Elle a subi plus de traumatismes que la plupart des gens en encaissent au cours de toute une vie.

Or, Cordelia refusant de me voir, je n'avais pas d'autre choix que de trouver un moyen de rencontrer Garth sans qu'elle soit au courant. Mon nouvel emploi est le moyen idéal pour me rapprocher de lui.

Pendant la durée de mon remplacement dans son entreprise, je vais devoir peaufiner mon déguisement, car je suis sûre qu'il aura déjà vu des photos de moi. Et même si j'ai beaucoup changé, je dois m'assurer qu'il ne me reconnaîtra pas. Afin de créer ma nouvelle apparence, j'ai opté pour une perruque blond platine très onéreuse et une paire de lunettes à verres transparents. Je privilégierai des vêtements démodés, je pense, rien de trop joli, plutôt un peu amples et de couleur terne.

J'ai eu beaucoup de mal à contenir mon excitation quand Bill m'a parlé de ce poste.

Avant que ma vie ne s'écroule, que je ne brûle ma maison et que je sois contrainte de vendre ma société, j'ai fait beaucoup d'affaires avec Bill lorsque j'avais besoin de personnel intérimaire. Je savais que ce serait une tâche de longue haleine pour qu'il me dégote quelque chose. Aussi ai-je eu toutes les peines du monde à y croire quand j'ai reçu son message. J'avais fait ce qu'il fallait pour Ava, pour ma fille qui ne saura jamais qu'elle est ma fille. Le moment n'aurait pu mieux tomber. J'ai vu dans cette coïncidence un signe de l'univers : j'agissais comme il le fallait. J'ai dû quitter Ava un peu plus tôt que je ne l'aurais souhaité, mais je n'avais pas le choix. Même si j'aurais aimé rester pour l'aider à s'installer dans son nouveau rôle, je suis sûre qu'elle s'en sortira très bien.

Demain, j'entrerai dans le bureau de Garth et on me fera visiter les lieux. Mon rôle sera de venir en soutien auprès de tous les avocats pendant que leur assistante administrative est en congé.

Mais je vais surtout œuvrer pour moi-même.

3

CORDELIA

Elle ouvre les yeux dans le noir, le cœur battant la chamade des suites d'un rêve qui revient régulièrement. Son père, coincé derrière une fenêtre, des nuages de fumée qui tourbillonnent autour de lui. La bouche ouverte, il appelle à l'aide, martelant la vitre de ses poings. Dans son rêve, elle sait qu'elle doit briser la vitre et qu'elle tient une longue perche métallique qui fera l'affaire. Il lui suffit de soulever la perche pour sauver son père, mais elle n'arrive pas à bouger le bras, trop lourd, quels que soient ses efforts.

Il est un peu plus de 7 heures du matin, mais la lumière extérieure est bloquée par des stores occultants. Elle cherche à tâtons la télécommande sur sa table d'appoint et presse le bouton. Son cœur bat à tout rompre. Lorsque les stores s'ouvrent et que la lumière du soleil d'automne entre à flots, elle prend une profonde inspiration pour se calmer, se laisse envahir par le souvenir du pire jour de sa vie, l'accepte, l'embrasse, parce que c'est plus facile que de le combattre et d'essayer de le repousser.

Il y a six ans, quand le taxi qu'elle avait pris s'est arrêté devant son domicile, elle était sûre qu'il s'agissait d'une erreur. Les ruines fumantes entourées de rubans de police ne pouvaient pas être sa maison.

Elle se souvient que sa peau, exempte de maquillage, sentait encore légèrement le masque de beauté au citron qu'elle avait appliqué la veille dans leur chambre d'hôtel, avec ses trois meilleures amies.

« À nous, avait dit Alexandra, et elles s'étaient assises sur le lit, levant des verres d'eau minérale pour trinquer les unes avec les autres.

— S'il vous plaît, pas d'alcool », avait stipulé Cordelia lorsqu'elle les avait invitées.

Alex, Cassie et Sarah avaient accepté avec joie.

La soirée avait été fabuleuse, coûteuse car elles avaient commandé des pizzas, des hamburgers et beaucoup trop de desserts gourmands comme une tarte au chocolat et au beurre de cacahuètes recouverte de crème fouettée. Mais sa mère lui avait donné carte blanche pour cette soirée destinée à fêter la fin des examens. C'était merveilleux, elles avaient évoqué en riant des souvenirs d'école et discuté de leurs projets d'avenir. Cordelia avait réussi, juste pour cette nuit-là, à mettre de côté ses inquiétudes au sujet de sa mère, de sa consommation d'alcool et du mariage de ses parents. Elle s'était sentie jeune et libre, comme si le monde entier était sur le point de s'ouvrir à elle.

Le lendemain matin, après un somptueux petit déjeuner de crêpes, Cordelia avait pris un taxi et était arrivée chez elle pour trouver... rien. Tout était parti en fumée. Leurs photos de famille, les objets que Cordelia chérissait comme les peluches qu'elle conservait depuis son enfance, les bibelots offerts en marque d'amitié au fil de ses années d'école, ses certificats de réussite, son ordinateur et tous les vêtements qu'elle possédait avaient disparu.

Mais ces pertes immenses avaient été reléguées au second plan lorsqu'elle avait appris que sa mère était à l'hôpital, sous surveillance policière et que son père était mort. Son père, dont le dernier message avait été : « Passe une bonne soirée, ma chérie, tu l'as bien mérité. Bisous », n'était plus en vie.

Tu n'aurais pas dû sortir t'amuser, se répète-t-elle depuis des années. *Si tu avais été là, ça ne serait pas arrivé.* Pendant des années, elle s'est repassé la scène où sa mère lui annonce : « J'ai réservé une nuit d'hôtel pour tes trois amies et toi, afin que vous fêtiez la fin de vos examens. » Dans ses rêves, au lieu d'étreindre sa mère avec joie et d'appeler immédiatement Sarah, Alex et Cassie pour leur annoncer la bonne nouvelle, elle dit : « Oh, merci, je m'en servirai peut-être dans quelques mois. » Parce que si elle avait attendu, peut-être que sa mère se serait fait soigner ou aurait arrêté de boire ou son père aurait déménagé ou, ou, ou... Peut-être que si elle avait attendu, les choses auraient été différentes. Elle aurait alors pu aller à l'hôtel avec ses amies et rentrer chez elle pour retrouver une vie identique à celle de la veille.

Allongée dans son lit, elle sait que l'air de son appartement sent vaguement le bois de santal, odeur dégagée par une bougie qu'elle aime allumer, pourtant elle perçoit encore l'odeur de fumée, âcre et lourde, qui l'a accueillie ce jour-là lorsqu'elle est descendue du taxi. « Quoi ? » a-t-elle dit à la policière qui se tenait devant le site barré par du rubalise et lui expliquait la situation.

« La nuit dernière, a repris la policière.

— Non, j'ai bien entendu, l'a coupée Cordelia, mais je ne comprends pas, je ne comprends pas, c'est tout.

— Il y a quelqu'un que je pourrais appeler pour venir te chercher, un membre de ta famille ? » a gentiment proposé la policière.

Cordelia a secoué la tête en marmonnant à nouveau : « Je ne comprends pas. »

C'est alors qu'une de leurs voisines, une avocate, s'est approchée et l'a emmenée dans sa propre maison. « Assieds-toi et laisse-moi te donner quelque chose pour digérer le choc », a suggéré Marnie.

Elle a tendu un petit whisky à Cordelia, même s'il était à peine plus de 10 heures du matin. Rien qu'à sentir l'odeur, elle a eu des haut-le-cœur et Marnie s'est empressée de lui indiquer la salle de bains des invités, où Cordelia a vomi son petit déjeuner.

Puis elle a appelé Cassie, qui a demandé à sa propre mère de venir la récupérer et de l'installer dans leur chambre d'amis pendant qu'elle essayait de comprendre exactement ce qui était arrivé à sa vie.

À dix-huit ans, elle a dû organiser les funérailles de son père, parler à des agents d'assurances et trouver comment annoncer au monde entier que sa vie avait été bouleversée alors que sa mère était hospitalisée et répétait à qui voulait l'entendre que ce qui s'était passé n'était qu'un accident. Elle a refusé de rendre visite à sa mère, refusé de seulement la voir, et ne l'a aperçue que lors du procès au terme duquel Grace a été internée dans un établissement psychiatrique où elle était censée se sevrer de l'alcool. Sa magnifique mère aux cheveux blonds et dorés et aux ravissants yeux verts était diminuée, voûtée, laide avec ses cheveux gras, sa peau blafarde et flasque. Cordelia, qui avait envie de la serrer dans ses bras, a dû endurcir son cœur. Sa mère était responsable de la mort de son père, elle ne méritait aucune compassion.

Tu m'as brisée, voulait crier Cordelia dans la salle d'audience. *Tu nous as brisés.*

Elle ferme les yeux et imagine le souvenir en train de s'estomper, puis, parce que le mouvement aide, elle saute du lit et va aux toilettes.

De retour dans la chambre, elle constate que le côté du lit de Garth est toujours lisse, que son oreiller est intact.

Il n'est pas rentré à la maison. Encore. C'est la troisième fois en deux mois. Et comme précédemment, elle craint qu'il ne revienne jamais à la maison, car si on peut passer une nuit à l'hôtel et rentrer chez soi dans un monde affreusement différent, Garth pourrait fort bien rester dehors avec sa maîtresse et ne jamais remettre les pieds dans leur appartement. Sa relation avec Garth l'a aidée à recoller les morceaux de sa vie brisée. Mais maintenant... les choses sont en train de changer de la manière la plus terrible qui soit et elle ne sait pas comment arrêter cette dérive.

Elle ressent un petit picotement de peur.

Tout va bien ?

Elle envoie rapidement le message, tout en sachant qu'elle ne devrait certainement pas le contacter, qu'il jouit probablement de son inquiétude et de sa préoccupation, mais elle doit s'assurer qu'il ne lui est rien arrivé de grave. Elle l'aime profondément, trop pour son propre bien. Il ne répond pas, ce qui est un peu inhabituel. Mais leur échange de textos d'hier a dû l'irriter, car il déteste qu'elle n'accepte pas sans moufter son explication standard de « travail tardif ». Il est probablement en train de bouder.

Lors de ce petit numéro de disparition, par le passé, une nuit ou parfois deux, où il a prétendu avoir dormi au travail en raison d'une grosse affaire, il a toujours répondu immédiatement à ses textos, poussé par la culpabilité, pense Cordelia. Mais aujourd'hui, son téléphone reste obstinément silencieux.

Tout au long de son petit déjeuner, composé d'un œuf brouillé et d'un morceau de pain grillé aux graines, elle attend sa réponse.

Elle emporte le téléphone à la salle de bains pendant qu'elle se douche, allant jusqu'à couper l'eau en plein milieu pour vérifier si elle n'aurait pas reçu une notification, mais rien. Dans le miroir au-dessus du lavabo, elle avise sa peau blême, ses cheveux blond terne et ses yeux marron dénués d'éclat. Pas étonnant que Garth lui préfère d'autres femmes.

Dans le tramway qui la conduit au travail, elle lui envoie un autre texto.

Tout va bien ? S'il te plaît, réponds-moi.

Elle fait défiler leurs messages des dernières semaines, au cas où elle aurait oublié un déplacement professionnel de Garth, puis elle ferme rapidement son téléphone, consciente de se trouver dans un tramway bondé, entourée de tas de gens. Elle ne voudrait pas que quelqu'un pose les yeux sur certains des messages qu'elle lui a envoyés, en particulier ceux des dernières semaines. Ils sont horribles. Elle peut être horrible, surtout lorsqu'elle est en colère et blessée, qu'elle est assise sur leur canapé, à ruminer parce qu'il l'a abandonnée sous prétexte d'avoir à travailler, une fois de plus, toute une nuit durant. Comme hier soir.

La semaine dernière, rebelote, elle s'est montrée particulièrement désagréable lorsqu'il lui a annoncé qu'il ne rentrerait pas à la maison.

Tu crois que je ne sais pas ce que tu mijotes ? Tu avais promis qu'on sortirait ensemble ce soir. Je sais que tu es avec une autre. Pourquoi tu ne l'avoues pas ?

Cordy, ne sois pas ridicule, je t'en prie. Nos avocats ont besoin de nouveaux arguments pour demain matin. Ils ont été démolis au tribunal aujourd'hui. Je dois travailler.

Tu es un menteur. Je sais que tu mens. Pourquoi ne pas

me dire la vérité ? On peut mettre fin à tout ça et tu pourras continuer à la baiser.

Je travaille !!!!!

Je déteste ça. Je te déteste.

Je ne peux pas continuer cette conversation. Je suis au travail, on se voit plus tard.

Va te faire voir, Garth. Tes mensonges te rattraperont un jour, tu verras.

Je verrai quoi ?

Elle n'a pas répondu à ce texto.

Et lorsqu'il est enfin rentré à la maison, ils ont fait tous les deux comme si cette conversation n'avait pas eu lieu. Garth n'aime pas la confrontation et, si elle essaie d'avoir une discussion sur leur relation, il sortira simplement de l'appartement pour aller dans un bar, se promener ou rencontrer un ami. « Ouh là, *red flag* », dirait son amie Cassie si elle savait. Mais Cordelia ne parle plus que rarement à Cassie.

L'ironie de sa situation ne lui échappe pas. Les soirs où sa mère accusait son père de coucher avec Tamara, sa propre assistante, étaient horribles : sa mère criait et hurlait, son père niait tout, finissait par refuser de lui parler et s'enfermait dans la chambre d'amis. Après quoi sa mère pleurait et buvait encore, et Cordelia devait l'écouter expliquer toutes les façons dont elle avait prouvé que son père la trompait et avec qui il la trompait.

Sauf que rien de tout cela n'était vrai. Son père est mort en niant toute infidélité et sa mère a été internée dans un établissement psychiatrique où elle s'est désintoxiquée et a reçu l'aide dont elle avait besoin. Et toute la vie de Cordelia a été balayée du revers de la main.

Parfois, elle se demande qui elle serait aujourd'hui si sa mère n'avait pas « accidentellement » brûlé leur maison et tué son père. Serait-elle avec Garth ? Il est beau, intelligent, il la fait rire et elle aime être avec lui, à faire tout et n'importe quoi, même une activité aussi triviale que des courses, mais l'aimerait-elle autant si elle n'était pas rentrée chez elle pour découvrir une ruine fumante ? Et si elle était encore avec Garth et que sa mère était chez elle, même divorcée de son père parce qu'ils avaient tous les deux besoin de mettre fin à leur mariage toxique, ferait-elle ses valises, rentrerait-elle chez sa mère et se laisserait-elle réconforter pendant qu'elle lui détaillerait ses soupçons sur Garth ? Probablement.

L'envie de parler à sa mère la submerge avec une vague de nostalgie, mais elle la repousse. Sa mère est sortie de l'hôpital maintenant, elle mène sa vie et envoie un ou deux SMS à Cordelia chaque jour. Va-t-elle mieux ? Est-elle heureuse ? Se sent-elle coupable de l'incendie ? Culpabilise-t-elle d'avoir gâché la vie de son unique enfant ? Et que conseillerait-elle à Cordelia à propos de Garth ? Cordelia ne veut même pas y penser, car elle ne suivrait jamais ses conseils. Il n'y a qu'à voir ce qu'elle a fait à sa vie, à leur vie.

Je ne suis pas comme elle, se console Cordelia ainsi qu'elle le fait souvent. Elle n'est pas en train de se saouler à en perdre connaissance et de lancer des accusations ridicules. Elle connaît la vérité. Garth doit travailler beaucoup, elle le sait, et elle sait même que les associés principaux de son cabinet Harmer, Wright et Sing travaillent parfois jusqu'aux petites heures du matin. C'est le métier qui l'exige et Garth veut devenir associé.

Mais elle sait aussi qu'il la trompe. Et que c'est sérieux, quelque chose qui compte pour lui, pas seulement une passade. Elle le sent. Il n'y a pas d'autre explication à l'impression qu'elle a, quand ils sont ensemble, que l'esprit de son conjoint est ailleurs. D'autant que Cordelia sait exactement avec qui Garth couche.

Son cabinet d'avocats est rempli de jolies femmes, et l'une des associées principales de son équipe dédiée aux erreurs médicales s'appelle Natalie. Celle-ci, accompagnée de son petit ami, Charles, est venue dîner chez eux, et les deux couples sont sortis boire des verres et bruncher. Chaque fois qu'ils sont ensemble, Cordelia sent une connexion entre Garth et Natalie, et ce, depuis que Natalie a rejoint le cabinet, il y a six mois. Mais elle ne veut pas accuser Garth de coucher avec Natalie en particulier, car elle sait qu'il niera tout en bloc. Elle veut le prendre en défaut, l'amener, l'air de rien, à avouer, même si cela signifie qu'elle devra prendre alors une décision, faire quelque chose.

Même si elle déteste se l'avouer, elle ne veut pas perdre Garth. Il a été une présence forte, solide, compétente et aimante quand elle en avait le plus besoin et elle a peur qu'en cas de séparation, l'effondrement qu'elle a l'impression de repousser depuis six ans se produise et la détruise du même coup.

Donc, elle reste. Elle pense qu'il couche avec une autre femme, mais sans en avoir la preuve absolue, du genre qu'il ne pourrait nier. Et une petite partie d'elle continue d'espérer qu'elle se trompe, qu'elle imagine simplement la connexion entre son compagnon et Natalie, que Garth dit la vérité et que les nuits hors du domicile conjugal sont uniquement consacrées au travail. Peut-être est-elle naïve ? À moins qu'il s'agisse d'une forme d'auto-préservation. Peut-être a-t-elle tout simplement trop peur de vivre sans lui.

Le tram s'arrête près de son bureau et elle sort, bousculant les gens pour atteindre la porte. Toujours pas de message de Garth.

Elle envoie un autre texto.

S'il te plaît, dis-moi que tu vas bien.

Il ne répond toujours pas, et tout ce qu'elle reçoit, c'est le sempiternel message de sa mère, ce qui ne fait que l'irriter.

Bonjour. J'espère que tu passeras une bonne journée, ma chérie.

La tête baissée, elle se dirige vers son immeuble, espérant toujours que son compagnon réponde, et elle ne voit l'homme arrêté devant elle qu'en le percutant.

— Oh, je suis vraiment désolée, bredouille-t-elle rapidement, sans lever les yeux parce qu'elle est concentrée sur son téléphone.

Elle s'écarte et se dirige vers la porte, tout en surveillant aussi ses pieds.

— Attention, Cordelia, lance-t-il.

C'est seulement une fois à l'intérieur qu'elle se rend compte que l'homme l'a appelée par son nom.

Elle se précipite dehors pour voir de qui il s'agissait, mais ne voit personne. Comme elle ne l'a même pas regardé, elle n'a aucune idée de son identité. Sa voix lui était-elle familière ? Peut-être. Mais s'il la connaît, pourquoi ne l'a-t-il pas saluée ?

« *Attention, Cordelia.* » Quelles paroles étranges !

4

GRACE

L'immeuble où travaille Garth est typique de tous ceux du centre-ville. Il compte au moins vingt étages, avec des vitres en verre teinté.

Je m'arrête dans le hall d'entrée et consulte le tableau pour savoir à quel niveau je dois me rendre. Les bureaux de Harmer, Wright et Sing se trouvent au sixième.

Je ne peux m'empêcher de me rappeler qu'il y a quelques semaines à peine, je consultais le tableau d'un immeuble de bureaux où j'allais postuler pour un emploi auprès d'une femme que je savais être ma fille. J'ai quitté la clinique il y a seulement trois mois et demi, et j'ai l'impression de m'être retrouvée sur un tapis roulant, à courir pour suivre tout ce qui se passe dans ma vie, tout ce que je dois faire. Mais je sais que la vie peut changer rapidement et je ressens une urgence lorsqu'il s'agit de mes filles. Il est hors de question que leur vie prenne la même tournure que la mienne : n'est-ce pas le souhait de toute mère ? Que ses enfants aient une vie meilleure que la sienne ? Cela semble impossible à notre époque, mais j'ai quitté Sydney avec la certitude que les choses sont sur la bonne voie pour Ava. Désormais, je dois m'assurer qu'il en aille de même pour Cordelia.

En attendant l'ascenseur, je me laisse aller à un petit fantasme, celui de présenter Ava et Cordelia, de chercher des similitudes entre elles et de me retrouver entourée de ma famille.

Cela n'arrivera pas, bien sûr. Je n'infligerai jamais ça à aucune de mes filles. Elles ne doivent surtout pas connaître l'existence l'une de l'autre. Leurs deux vies seraient plongées dans le chaos.

Les portes de l'ascenseur s'ouvrent directement dans le cabinet juridique. Je sais qu'il s'agit d'un grand cabinet, mais on a presque l'impression que l'endroit est désert. Deux réceptionnistes sont cependant assis derrière un comptoir de pierre grise et répondent au téléphone à voix basse. Je jette un coup d'œil dans le couloir, dont toutes les portes en bois sont fermées. L'odeur légèrement viciée de l'air provenant du climatiseur et la somptueuse moquette grise contribuent à donner l'impression qu'il s'agit d'un endroit où l'on gagne et dépense beaucoup d'argent. Je sais que Garth facture sept cents dollars de l'heure.

Je m'approche du bureau où un jeune homme aux cheveux soigneusement gominés et aux yeux d'un bleu profond me regarde avec un sourire éclatant.

— Bonjour, me dit-il. Que puis-je faire pour vous ?

— J'ai été envoyée par l'agence de recrutement *Staff in a Moment*, je réponds. Apparemment, votre assistante administrative est absente pour une semaine ?

— Oh, fait-il en pianotant sur le clavier. Bien sûr, oui. Accordez-moi un instant, je vais demander à Peter de venir vous indiquer vos tâches. Asseyez-vous en attendant. Il ne sera pas long.

Il désigne un canapé marron où je m'assois, touchant le cuir souple de ma main.

En me réveillant ce matin, il m'a fallu un moment pour réaliser où j'étais. Le lit était très douillet et la chambre très sombre. Je n'arrive pas à m'habituer au luxe de l'hôtel. C'est étrange, alors que je baignais autrefois dans un luxe immense.

Une fois complètement réveillée, j'ai commandé un petit déjeuner au service en chambre et j'ai fait défiler mon téléphone pour contacter d'abord Cordelia avec mon message habituel, puis pour prendre des nouvelles d'Ava et des filles. La page Instagram d'Ava, que je suis via un faux profil, affichait une photo d'elle debout devant la porte d'un bureau, un large sourire aux lèvres, et désignant une pancarte manuscrite sur laquelle on lisait : « AVA GREEN, PDG ». « Bien joué, ma chérie », ai-je murmuré en imaginant la plaque en laiton avec des lettres gravées. Elle fera un travail fabuleux, je le sais.

Il n'y avait pas de photos de ses petites, mais j'ai consulté le site web de Finn et j'ai vu qu'il avait ajoute la mention : « PREND DÉSORMAIS DES COMMANDES ». J'étais ravie. Un jour, il exposera tous ses beaux portraits, mais en attendant, il peut aider Ava en acceptant de travailler sur commande. La vie à Sydney est très chère. Je sais que tous les deux ont un long chemin à parcourir après l'infidélité de Finn et ses retombées, mais je sens qu'ils vont y arriver. Je le sais. Tous les mariages ne sont pas obligés de prendre fin lorsque l'un des époux a été infidèle. Finn n'a jamais nié ce qu'il avait fait et il était plein de remords.

Une attitude bien différente de celle de Robert, qui a menti jusqu'à la fin. Mais pas question de repenser maintenant à feu mon mari et à ce qu'il a fait.

Aujourd'hui est un nouveau jour et ce que je veux plus que tout, c'est renouer avec Cordelia. Je vais faire en sorte que cela se produise. Quelque chose perturbe mon enfant. Quelque chose ne va pas. Je le sens. Une approche directe serait contre-productive. Je dois d'abord voir où le bât blesse pour pouvoir l'aider à y remédier. C'est ce que font les mères.

— Grace ? j'entends.

Levant les yeux, je découvre un homme corpulent, au pantalon de costume retenu par des bretelles rouges, choix pour le moins rare de nos jours.

— Oui, je réponds en me levant, remarquant qu'il me jette un coup d'œil rapide, avant de détourner les yeux.

Je porte une robe marron informe qui flotte autour de moi, les lunettes que j'ai choisies, à monture noire, me font des yeux légèrement globuleux, et je n'ai utilisé qu'une quantité infime de maquillage, si bien que je parais plus âgée que j'aimerais. Avec la perruque, je crois que je ne ressemble pas du tout à Grace Morton. Rien à voir non plus avec Grace Enright, nom que j'ai utilisé lorsque je travaillais pour Ava.

Je continue cependant à me servir de ce nom de Grace Enright. Parce que c'est une femme qui fait avancer les choses.

— Entrez, dit-il. Je suis Peter, responsable des Ressources humaines.

— Enchantée.

Je le suis jusqu'à un bureau où s'empilent des montagnes de papiers et dont la porte annonce : « ASSISTANTE ADMINIS-TRATIVE ».

— Je pense qu'elle a tout laissé en ordre et préparé des instructions, ce qui devrait vous faciliter la tâche, dit-il en indiquant le fameux bureau.

— Je suis sûre que ça ira, je réplique.

Ce qu'on attend avant tout d'une assistante intérimaire, c'est d'être capable de prendre son poste sans déranger quoi que ce soit. Personnellement, je n'ai pas l'intention de déranger quoi que ce soit, sauf en cas d'impérieuse nécessité.

— Oh, excusez-moi, dit-il alors que son téléphone vibre dans sa poche. Écoutez, venez me voir si vous avez des questions, mais tout le monde ici peut vous aider. Kelsey, la stagiaire, est dans les parages et elle est assez douée pour tout. Je suis sûr que vous rencontrerez la plupart de nos collaborateurs au cours de la journée.

Sur quoi il passe son doigt sur l'écran de son téléphone et répond :

— Oui, Jack, merci de me rappeler.

Et le voilà qui s'en va, me laissant dans le bureau.

Je trouve rapidement un dossier bleu que l'assistante en titre a laissé pour moi. Il est bien rangé, avec des instructions dactylographiées claires. Je suis bien contente qu'elle ait l'air très organisée. Je jette un coup d'œil au bureau, en quête d'une photo d'elle. J'en avise une qui montre un couple souriant, de dix ans plus âgé que moi. La femme a des cheveux gris soigneusement coupés et des yeux bleus, tandis que son mari se dégarnit. Ils sont photographiés devant un océan d'un bleu éclatant, assis à une petite table sur laquelle trônent des cocktails élaborés. À l'évidence proche de l'âge de la retraite, elle est manifestement très douée dans son travail. Le genre de personne que je pourrais fréquenter ou avoir pour amie. Est-elle en vacances avec son mari ? La tristesse me gagne un instant quand je songe aux années de retraite que j'attendais avec impatience, aux voyages que Robert et moi aurions entrepris. *Oublie ça*, je me rabroue. Je dois me concentrer.

Je m'assieds et me mets au travail, classant et identifiant les factures à payer. Au bout d'une heure, je me lève afin d'aller aux toilettes et j'en profite pour fureter un peu dans les parages. J'emprunte un couloir et lis les noms sur les portes : pas de Garth en vue. Je fais demi-tour. Les bureaux des avocats occupent un étage entier.

Lorsque je trouve enfin celui de Garth, c'est pour en aviser la porte fermée. Je frappe doucement, avec l'intention de me présenter et de lui demander s'il a besoin de quelque chose. Il n'a pas besoin de savoir que c'est un traitement dont il a l'exclusivité.

Pas de réponse de l'intérieur du bureau. J'appuie donc

lentement sur la poignée, jetant un coup d'œil autour de moi pour voir si quelqu'un m'observe, mais je suis seule.

Le bureau de Garth est silencieux et sombre, avec une table de travail vide si l'on excepte un carnet relié en cuir et un stylo. Je ne veux pas allumer la lumière, mais je m'avance et j'ouvre le carnet, en utilisant l'écran de mon téléphone pour m'éclairer. Les pages sont vierges, hormis quelques mots : « Lundi 18 heures. Réunion avec J. » On est mardi aujourd'hui. La réunion a-t-elle eu lieu ? Qui est ce J ? Et pourquoi noter ce rendez-vous alors que tout est stocké sur les téléphones, de nos jours ?

— Garth, j'entends soudain.

Je m'éloigne aussitôt de la table alors qu'une femme entre.

Je sais immédiatement qu'il s'agit de Natalie.

Je suis Garth sur Instagram de la même manière que je suis Cordelia, et Natalie, qui est très jolie avec ses cheveux blond-blanc et des yeux d'un vert profond, fait plus que des apparitions occasionnelles sur sa page. Cela m'étonne toujours de voir mes demandes de suivi acceptées sans difficulté alors que ma page Instagram ne contient que très peu d'informations. Je poste surtout des photos de plats délectables, comme un gâteau au chocolat de sept étages ou une salade de tacos d'inspiration mexicaine, avec les recettes correspondantes en commentaires. Même si j'ai une apparence assez inoffensive, je suis cependant surprise par la quantité d'informations que les gens adorent partager avec le grand public.

Si je ne commente pas les posts de Cordelia ou de Garth, Natalie, elle, réagit à presque tout ce que Garth met en ligne. Autre motif d'inquiétude concernant la relation de cet homme et de ma fille.

« J'espère que ça en valait la peine », a-t-elle écrit sous une photo de lui tenant une grande bière à la main. De la mousse blanche coule le long du verre, suivie de tout un tas d'émojis en forme de clin d'œil. À quoi faisait-elle référence ? À sa boisson ? À une chose qu'il a faite ?

« Si seulement ils savaient… » a-t-elle noté sous une photo de lui à son bureau, avec le hashtag *#sansfin #grandjouralacour*.

Il y a aussi une photo de Garth et elle, ensemble dans un bar avec d'autres avocats, les verres levés pour célébrer leur *#grandevictoire*.

— Oh, fait-elle en me voyant. Qui êtes-vous ?

— Je suis désolée, je suis Grace, l'assistante administrative intérimaire. Je me suis un peu perdue et j'ai pensé que je pourrais trouver un plan des locaux ou une indication quelconque dans le bureau.

C'est une excuse bidon, mais Natalie ne prend même pas le temps de la considérer.

— Eh bien, pourquoi je ne vous montrerais pas moi-même le chemin ?

Elle est vêtue d'un tailleur noir moulant et d'un chemisier crème, tout ce qu'il y a de plus professionnel.

J'acquiesce et lui emboîte le pas.

— Oh, mais oui, dis-je après qu'elle a fait quelques pas. Je sais où aller maintenant.

Elle acquiesce et me quitte en souriant.

De retour dans mon bureau, je prends quelques profondes inspirations, m'intimant prudence et patience. Inutile de me précipiter, je ne vais pas tarder à rencontrer Garth.

C'est bientôt l'heure du déjeuner et je prends mon sac pour partir. Je dispose d'une heure, selon le guide du poste, et j'ai l'intention de l'employer à voir ma fille.

Sans qu'elle le sache, mais j'en ai besoin.

Je ne l'ai pas vue en chair et en os depuis mon procès, il y a six ans.

Je voudrais m'approcher d'elle, sentir si elle porte toujours le même parfum. J'aimerais pouvoir la toucher, ne serait-ce qu'en la heurtant, mais je ne le ferai pas. Non, je garderai mes distances et je me contenterai de l'observer.

Son bureau est proche de celui de Garth, j'ai donc le temps de m'y rendre et d'attendre pour voir si elle quitte les locaux pour le déjeuner. Elle ne travaille dans son entreprise de graphisme que depuis quelques mois : c'est son premier emploi depuis qu'elle a décroché son diplôme. Ma fille est une artiste très talentueuse. Lorsqu'elle était adolescente, elle dessinait souvent des robes pour elle-même et, bien sûr, j'avais les moyens de payer une couturière qui les lui confectionnait. Je suis surprise qu'elle ait choisi une carrière dans le monde des logos et des publicités, mais c'est peut-être un secteur plus sûr, qui n'est pas soumis aux aléas de la chance comme le serait le dessin de mode. J'imagine que ma fille recherche avant tout la sécurité après ce qui s'est passé et je porterai toujours un lourd fardeau de culpabilité. Si elle acceptait de me parler, je pourrais changer les choses pour elle. Je financerais l'ouverture d'un studio de design, j'embaucherais des gens pour travailler avec elle. Je lui donnerais tout ce qu'il faut pour qu'elle soit heureuse... Mais elle ne veut pas de moi dans sa vie et je ne peux pas l'en blâmer. Cela ne signifie pas que je ne vais pas continuer à essayer. La vente de ma société, *Wax to the Max*, ma chaîne de salons d'épilation, à un prix bien inférieur à sa valeur marchande, a été rageante, mais j'ai quand même plus qu'assez d'argent pour faire ce que je veux de ma vie. Et ce que j'ai choisi, c'est m'assurer que mes filles soient en sécurité, heureuses et épanouies.

Il est un peu plus de 13 heures... Je me trouve devant le café situé en face de l'immeuble où travaille Cordelia quand je la vois sortir. Je pousse un petit cri, portant aussitôt la main à ma poitrine. La voilà, mon enfant chérie. Elle regarde autour d'elle puis se met à marcher. Je traverse rapidement la rue pour la suivre sans qu'elle me remarque. Elle porte un trench-coat noir léger, resserré par une ceinture au niveau de sa taille fine. Ses cheveux blond doré sont attachés en une queue-de-cheval lâche. Comme elle est belle !

Des images d'elle nourrisson, bébé et petite fille me reviennent et j'ai l'impression de regarder une inconnue, mais en même temps une personne que je connais de toutes les fibres de mon être.

Elle s'arrête devant un restaurant de sushis et y entre, en ressort avec un sachet à la main, puis se retourne et entreprend de regagner son bureau. Nous avions l'habitude de partager des dîners de sushis avant que la vie ne change. Nous prenions plaisir à essayer de nouveaux plats, et même enfant, elle n'a jamais été dégoûtée par le poisson cru. C'est une mangeuse aventureuse, dont les sushis sont toutefois les plats préférés. Je suis heureuse de constater que tout n'a pas changé, qu'il y a quelque chose, même quelque chose d'aussi élémentaire qu'un goût pour les sushis, qui nous relie.

J'avais espéré qu'elle prendrait son repas dans un parc proche ou dans un endroit où je pourrais la regarder, mais le vent est violent et je comprends parfaitement qu'elle se réfugie à l'intérieur. Comme tous ceux de sa génération, Cordelia marche le menton baissé, les yeux rivés sur son téléphone, secouant parfois la tête en envoyant des textos écrits à deux pouces.

Il y a quelque chose dans sa posture voûtée, dans la façon dont elle envoie des SMS, qui m'amène à lui trouver l'air inquiet.

Je m'apprête à rebrousser chemin, parce que je sais où elle va, mais je remarque alors un homme, grand et large d'épaules, vêtu d'un blouson en cuir noir. Le téléphone à l'oreille, il hoche la tête, or il n'est qu'à quelques personnes derrière Cordelia : quand elle s'arrête pour regarder une robe dans une vitrine, il s'arrête lui aussi. Il a l'air assez jeune, mais à cause de ses lunettes noires, je ne peux pas le décrire plus précisément, sauf à préciser qu'il est brun. Lorsqu'elle se remet à marcher, il fait de même. Il la suit jusqu'à la porte de l'immeuble où elle travaille, puis il traverse la rue jusqu'au café où j'avais l'intention de m'asseoir. Je le regarde s'installer à une table près de la vitrine. Il ôte ses lunettes et sourit à la serveuse qui s'approche de lui. Impossible de déterminer s'il a l'âge de Cordelia ou s'il est plus jeune, mais en le voyant regarder par la vitre du café, je me détourne.

C'est peut-être une coïncidence, cependant j'en doute. Cet homme suit Cordelia.

Et j'ai vraiment besoin de savoir pourquoi.

5

CORDELIA

Mercredi

— Harmer, Wright et Sing, vers qui dois-je diriger votre appel ?

— Oui, bonjour... euh, bonjour, pourrais-je parler à Garth Stanford-Brown ?

— De la part de... ?

— Cordelia Morton, il comprendra.

Elle devrait travailler sur le logo d'une sandwicherie, mais pour l'instant, tout ce qu'elle a réussi à dessiner, c'est un hamburger souriant et ce n'est certainement pas ce dont le client a besoin, mais combien y a-t-il de façons de vendre un sandwich, en fait ? Chaque matin, en allant au bureau, elle imagine se rendre dans son propre atelier de création, s'arrêtant pour étudier les vitrines des magasins de vêtements si elle en a le temps, réfléchissant à la manière dont elle pourrait modifier ou améliorer les modèles qu'elle voit. Le retour a la réalité est toujours difficile, lorsqu'elle doit ouvrir son ordinateur pour commencer sa journée. Ce n'est pas la vie qu'elle avait imaginée, mais bon, rares sont les caractéristiques de sa vie à correspondre à ses envies d'adolescente : ne pas faire le boulot de ses rêves n'est qu'un élément parmi tant d'autres.

De toute façon, elle a du mal à se concentrer. Garth est parti depuis deux nuits, maintenant, ce qui n'est pas une première, mais il n'a répondu à aucun de ses SMS, et ça, c'est inédit. Il doit être très en colère contre elle.

Les messages que Cordelia adresse à son compagnon sont de plus en plus désespérés, à tel point qu'elle en est gênée lorsqu'elle les consulte a posteriori.

S'il te plaît, appelle-moi juste pour me dire que tu vas bien.

Je suis désolée d'avoir été si horrible avec toi. Je sais que tu devais travailler. Appelle-moi.

On peut régler ça si tu m'appelles.

C'est ridicule, appelle-moi, Garth.

Qu'est-ce qui ne va pas chez toi ? Pourquoi tu te comportes comme un tel trou du cul ? Appelle-moi.

Appelle-moi, s'il te plaît.

Hier soir, lorsqu'elle est rentrée, l'appartement était vide. Mais elle s'est dit qu'il allait revenir en fin de soirée, se glisser dans le lit, probablement une fois qu'elle serait endormie. Elle avait prévu de ne pas le laisser s'en tirer à si bon compte. Elle avait préparé tout un discours et, quelle que soit l'heure à laquelle il rentrerait, elle lui dirait qu'il était égoïste, manipulateur et grossier. « *Tu connais mon histoire et tu sais à quel point je m'inquiète pour les gens que j'aime. Mais ça ne t'a pas empêché d'ignorer mes messages. C'est cruel.* » Elle avait même pu visualiser la scène, son beau visage qui se décomposerait et les excuses qu'il lui ferait, lorsqu'il réaliserait à quel point elle était bouleversée.

Mais Garth n'est pas rentré à la maison hier soir, et à un moment, bien après minuit, Cordelia a succombé au sommeil, incapable de résister plus longtemps. Ce matin, son côté du lit montrait qu'il n'y avait pas dormi. Elle a bondi dès qu'elle s'en est rendu compte, espérant le trouver sur le canapé ou déceler au moins une preuve de son passage dans l'appartement. Mais la cuisine était telle qu'elle l'avait laissée, propre et bien rangée, avec ses surfaces en marbre blanc soigneusement essuyées. Il n'y avait pas non plus de vêtements supplémentaires dans le panier à linge. Garth n'était pas rentré et ne lui avait pas envoyé de message.

Je n'arrive pas à croire que tu aies découché et que tu ne m'aies pas avertie. Tu es une vraie merde, Garth. Je ne comprends pas pourquoi tu me traites comme ça, mais tu ne pourras pas t'en tirer indéfiniment en jouant au trou-duc. Ne sois pas surpris si je ne suis plus là quand tu rentreras !!!!!

Elle avait imaginé que ce texto recevrait une réponse, mais non et, humiliation suprême, elle a recommencé à le supplier.

Écoute, je suis désolée. J'étais en colère. J'ai juste besoin de savoir que tu vas bien. Envoie un émoji, n'importe quoi. S'il te plaît.

Elle ne voulait pas appeler à son travail, lui donner cette satisfaction, mais maintenant elle désire juste savoir qu'il va bien. Et elle aimerait qu'il lui explique à quoi il joue en ne la contactant pas. Espère-t-il qu'elle déménage ? Qu'elle rompe avec lui et fiche le camp ? C'est un geste de connard, quel que soit l'angle sous lequel on regarde les choses.

La musique d'attente arrive à la fin et revient au début. Cordelia réalise qu'elle patiente depuis plus de cinq minutes.

— Je suis désolée, déclare soudain la réceptionniste, mais M. Stanford-Brown n'est pas là aujourd'hui. Puis-je prendre un message ?

— Oh... non, non, mais euh... pouvez-vous me passer Ian Chen, alors ? demande-t-elle.

Ian est proche de Garth. Ils ont tous deux commencé à travailler au cabinet en même temps, mais Ian est spécialisé dans les litiges liés aux assurances. Cordelia aime bien Ian et son compagnon Mack, avec qui elle a toujours plaisir à sortir. Contrairement à d'autres membres du cabinet, Ian semble toujours guetter le moment où elle se lasse des histoires sur leur microcosme et leurs affaires et il change de sujet en douceur, pour interroger Cordelia sur son travail ou parler de séries à dévorer.

Elle entend la réceptionniste faire claquer sa langue devant cette nouvelle requête, puis la musique d'attente revient et Cordelia balaie des yeux son bureau, pour vérifier que personne ne l'observe. C'est l'heure du déjeuner, elle a donc le droit d'être au téléphone, et il n'y a pas grand monde dans leurs locaux. Mais personne ne s'intéresse à elle. Avec ses collègues, elle n'a jamais vraiment échangé plus que des propos d'ordre professionnel et quelques remarques légères sur leurs week-ends respectifs. Elle passe ses samedis et dimanches avec Garth quand il est à la maison et elle aime être disponible pendant la semaine, au cas où il rentrerait de son cabinet à une heure raisonnable. Elle a donc refusé la ou les deux invitations à prendre un verre après le travail.

Tu te laisses trop marcher dessus.

Elle chasse cette pensée et s'empare d'un stylo, griffonnant sur le papier posé devant elle pendant qu'elle attend.

— Cordelia, entend-elle enfin.

— Ian, lâche-t-elle, soulagée d'avoir trouvé quelqu'un à qui parler et cherchant comment formuler sa requête, parce que « mon petit ami refuse de me parler » serait ridicule.

Mais quelle autre explication donner à Ian ?

— C'est, euh…, écoute, je vais être honnête avec toi : Garth et moi, on s'est disputés, il a découché et j'ai besoin de savoir s'il va bien.

Elle se sent rougir, humiliée d'avoir recours à cet expédient, mais elle a du mal à faire autre chose que s'inquiéter pour lui, et si elle sait qu'il va bien, elle pourra commencer à réfléchir sérieusement à la conduite à tenir.

— Hmm… OK, nos bureaux sont assez éloignés l'un de l'autre et je ne l'ai pas vu, mais je vais voir si je peux lui mettre la main dessus, d'accord ? Je te rappelle ou je lui demande de te rappeler.

Ian parle si gentiment que Cordelia sent des larmes lui monter aux yeux, qu'elle s'empresse d'essuyer. Que Garth aille se faire voir : c'est très manipulateur, sa conduite, voire carrément méchant.

— Merci beaucoup, Ian, tu as mon numéro ?

— Une seconde, je prends un stylo.

Elle donne son numéro à Ian et ils raccrochent.

Elle revient à l'écran de son ordinateur, espérant trouver de l'inspiration pour le satané sandwich, mais son esprit refuse de se concentrer. Elle déteste ce travail. Elle devrait dessiner des vêtements, passer sa journée entourée de tissus moelleux aux imprimés et aux couleurs fabuleux, mais la création de logos lui semble un domaine facile et sûr. Tout ce qu'elle veut vraiment, c'est avoir l'impression qu'un jour suit l'autre sans que d'affreuses surprises la guettent au coin de la rue.

Un thérapeute qu'elle a consulté pendant quelques séances lui a dit qu'elle était « coincée ».

« Vous êtes restée là, dans cette terrible matinée, à réaliser que votre vie entière a changé. Vous devez trouver un moyen d'aller de l'avant », lui a-t-il conseillé.

Cordelia s'est alors concentrée sur les oreilles du praticien, hérissées de poils gris, avant de répondre :

« Ma mère a mis le feu à ma maison et tué mon père. Elle a ensuite été internée dans un établissement psychiatrique, parce que l'État l'a déclarée alcoolique et vaguement folle, donc pas vraiment responsable de ce qui s'est passé. Comment pensez-vous que je puisse aller de l'avant ? »

Elle avait l'air d'une enfant irascible, ce qui était exactement le problème pointé par le thérapeute.

« Tu passeras à autre chose quand tu seras prête, avait décrété Cassie quand Cordelia lui avait raconté la séance. Qu'il aille se faire foutre, ce vieux con, qu'est-ce qu'il en sait ? »

Cordelia avait donc mis un terme à sa thérapie, et entrepris de refuser systématiquement d'affronter ce qui s'était passé.

Sa patronne, Jacinta, traverse le bureau d'un pas décidé, avec la grande salade qu'elle achète tous les jours dans les mains. Cordelia se penche pour tapoter sur le clavier de son ordinateur... Pourvu que Jacinta ne lui demande pas quand le nouveau logo sera prêt. Dieu merci, sa patronne entre dans son bureau et referme la porte.

Cordelia reprend son stylo et retourne à ses griffonnages qui sont devenus le dessin d'une robe de mariée, tout en repensant à Garth et aux débuts de leur relation.

Le jour où elle l'a rencontré, dans un pub londonien, le mot le plus exact pour décrire son état serait « meurtrie ».

Au point que sa peau était plus sensible à l'air, comme si quelqu'un l'avait blessée physiquement. Elle était exposée et vulnérable, déprimée et en proie à un immense chagrin, car elle pleurait la perte de son père et de sa mère, êtres qu'elle avait chéris et en qui elle avait confiance.

Une fois le procès terminé, sa mère condamnée à un séjour dans un établissement psychiatrique pour ce que son avocat et elle s'obstinaient à appeler « l'accident », Cordelia ne savait pas quoi faire d'elle-même, à part fuir. Elle n'avait plus de maison, plus de foyer où rentrer, plus de parents qu'elle tenait à fréquenter. Elle aurait pu aller vivre chez ses grands-parents maternels, mais même si elle savait qu'ils l'aimaient, c'étaient des gens pénibles, toujours tristes et en colère, qui jugeaient tout et tout le monde, y compris Cordelia à partir du moment où elle était devenue adolescente. « *Pourquoi une si jolie fille a-t-elle besoin de se maquiller autant ? Comment ça, tu veux dessiner des vêtements ? Ce n'est pas un métier. Tu devrais venir à l'église avec nous si tes parents ne peuvent pas comprendre pourquoi c'est si important. Nous espérons que tu ne sors pas avec quelqu'un. Toute la vie de ta mère a été chamboulée par un mauvais garçon.* »

Depuis l'âge de quatorze ans, Cordelia leur rendait visite seule et espaçait ses visites autant que possible. Chaque fois, elle avait l'impression que sa mère aurait bien aimé entendre de sa bouche que ses parents avaient demandé de ses nouvelles, mais ça n'était jamais arrivé. Et si Cordelia leur avait envoyé des messages pour rester en contact avec eux, elle ne pouvait s'imaginer vivre avec eux dans l'état où elle se trouvait, presque certaine qu'ils lui diraient tous les deux que l'enfermement de sa mère était une chance pour Cordelia. Il y avait un lourd passif entre Grace et ses parents, dont Cordelia ne connaissait pas tous les tenants et les aboutissants. Elle s'était dit que son chagrin ne ferait que s'aggraver si elle vivait avec eux. Aussi avait-elle choisi de s'installer dans un meublé, loué pour elle par l'avocat de sa mère jusqu'à la fin du procès.

Elle ne voulait parler à personne d'autre qu'à ses amies, et la plupart d'entre elles ne savaient pas quoi lui dire « Désolée que ta mère ait tué ton père ? » Il n'existe pas de mode d'emploi pour une situation pareille. La seule chose qu'elle avait, c'était assez d'argent pour quitter le pays. Par conséquent, sitôt le procès terminé, redevenue libre de ses mouvements, elle s'était enfuie.

Cassie passait un an au Royaume-Uni, à voyager et à travailler dans un pub pour gagner de l'argent. « *Viens*, lui avait-elle écrit par SMS. *Tu peux partager mon appart' délabré avec moi et je te trouverai un travail au pub.* »

Cordelia n'avait pas besoin d'argent, mais de quoi s'occuper, de ressentir quelque chose de différent en se levant chaque matin.

Et de fait, pendant quelques semaines, son état s'était amélioré. La mort de son père remontait à huit mois, Londres entrait dans l'été et l'air se réchauffait.

Cordelia était déjà venue à Londres avec ses parents, mais jamais seule, sans lien avec qui que ce soit et autorisée à faire ce qu'elle voulait.

Tout était nouveau et excitant et, surtout, personne ne savait qu'elle était la fille d'une femme ayant mis le feu à sa propre maison. Elle n'était que Cordelia Morton – ou « Hello, ma belle, je peux avoir une pinte ? ».

Les journaux avaient peut-être relaté l'histoire lorsqu'elle s'était produite, mais quelles que soient les personnes à qui Cassie l'avait présentée, ou celles qu'elle-même avait rencontrées en tant que serveuse au pub, jamais aucune n'avait paru la reconnaître quand elle avait donné son nom.

Jusqu'au jour où Garth était entré dans le pub.

En cette mi-août, Londres était en proie à une vague de chaleur. Les gens avaient du mal à supporter la montée en flèche des températures. Or Cordelia, elle, aimait la chaleur, aussi une journée à 34 °C lui convenait-elle parfaitement.

À l'heure du déjeuner, le pub était si plein de monde que Cassie et elle avaient l'impression qu'elles ne viendraient jamais à bout de la file de clients.

« Excusez-moi, mademoiselle », avait-elle entendu.

La voix était profonde et parfaitement anglaise. Levant les yeux, elle avait découvert un grand homme aux cheveux blond sable et aux yeux marron, le bout du nez rougi et brûlé par le soleil.

« Qu'est-ce que je peux faire pour vous ?

— Australienne ? » avait-il demandé avec un beau sourire.

Elle lui avait rendu son sourire et acquiescé, habituée à ce qu'on lui pose toujours la même question.

« L'un des gars qui nous accompagne est australien. On prend une bière dans le jardin à l'arrière. Vous devriez venir lui dire bonjour quand vous aurez un moment. Je crois qu'il a un peu la nostalgie de la plage par une journée comme celle d'aujourd'hui.

— Je n'y manquerai pas, si j'ai une minute de libre, déclara Cordelia, qui ne s'attendait pas à ce que l'occasion se présente. Qu'est-ce que je vous sers ? »

Il avait énuméré une liste de boissons qu'elle avait notées, afin de ne pas se tromper.

Une demi-heure plus tard, le pub s'était vidé, car tout le monde repartait au travail, et soudain, Cordelia s'était retrouvée désœuvrée pendant que Cassie nettoyait. « Tu peux y aller, avait dit son amie. Rentre à la maison ou va t'asseoir au soleil. Ça ne me dérange pas de terminer ici et j'ai un rencard avec Paul, ensuite », avait-elle ajouté en faisant référence à son dernier petit ami en date. Cordelia, qui n'avait aucune envie de rentrer seule, tenait à profiter du soleil.

« Merci. Je meurs de faim. Je vais peut-être demander des frites à Mick s'il veut bien m'en préparer une assiette », avait-elle répondu. Mick était le chef de la cuisine du pub.

« Je pense que c'est déjà fait et qu'il te les garde au chaud. Il sait ce que tu aimes », avait répliqué Cassie en éclatant de rire.

Cordelia s'était servi un grand verre de Coca Light, qu'elle avait garni de glaçons, puis elle était passée à la cuisine pour récupérer ses frites et remercier Mick de l'attention. À dire vrai, elle avait oublié tout ce qui concernait Garth, mais elle était allée s'asseoir au soleil dans le jardin affectionné par les buveurs de bière. À peine s'était-elle installée dehors qu'elle avait entendu quelqu'un l'interpeller : « Eh, Australie, par ici. »

C'était l'homme au nez brûlé par le soleil.

Ravalant un soupir, parce qu'elle avait juste envie de rester tranquillement dans son coin, Cordelia s'était dirigée vers la table où on lui avait présenté Garth, un autre homme nommé Liam, une certaine Susan et un Australien répondant au nom de Gill.

Elle avait souri poliment, se demandant déjà au bout de combien de temps elle pourrait leur fausser compagnie, certaine que ce groupe devrait bientôt retourner au travail même s'ils semblaient disposer de tout le temps du monde.

« On fête notre nomination en tant qu'associés principaux, avait expliqué Garth, et Gill attend le bon moment pour appeler sa mère parce qu'elle lui manque, ainsi que l'Australie, hein, mon pote ? »

Gill avait opiné. « Je n'ai pas surfé depuis des mois. » Il avait en effet l'air d'un surfeur avec ses yeux bleus et ses cheveux blonds broussailleux.

« Je ne surfe pas, mais la plage me manque », avait convenu Cordelia.

La conversation avait porté sur tout ce qui leur manquait de l'Australie, à elle et à Gill, puis elle avait évolué vers une comparaison des deux pays – Tim Tams contre McVitie's, Noël au soleil contre Noël sous la neige, tourte à la viande contre saucisses-purée – avec beaucoup de rires et de boissons.

« Juste du Coca light pour moi », n'avait cessé de répéter Cordelia tandis que les autres passaient au vin et que le soleil descendait dans le ciel.

Finalement, Gill avait annoncé devoir partir, et les autres lui avaient emboîté le pas, mais Garth était resté, causant avec Cordelia de leur projet, à Cassie et à elle, de faire un tour d'Europe un mois plus tard. Et quand Garth lui avait demandé son numéro, elle avait été heureuse de le lui donner. Ensuite, il lui avait demandé son nom de famille – « J'aime avoir le nom complet de tout le monde et je connais déjà deux autres Cordelia » –, elle n'avait pas hésité à le lui communiquer. Plus tard, il avait avoué n'avoir jamais rencontré de Cordelia : il voulait connaître son nom de famille pour pouvoir la trouver sur Google. Finalement, il n'avait pas eu besoin de Google car il avait immédiatement identifié son nom.

« Cordelia Morton, Cordelia Morton, avait-il répété, pensif. Tu n'es pas de la famille de Grace Morton, ou si ? »

Cordelia avait senti le rouge lui monter aux joues. Sa première impulsion avait été de mentir, au lieu de quoi elle s'était contentée de hausser les épaules. « Si. C'est ma mère.

— Ça a dû être terrible pour toi, terrible », avait-il commenté avec une sincérité absolue. À sa grande stupeur, Cordelia s'était retrouvée en larmes. La gentillesse était plus difficile à supporter qu'un haussement de sourcils, un regard de travers ou un échange de messes basses – comportement dont elle avait été fréquemment témoin en Australie chez des gens qu'elle ne connaissait que vaguement.

« Tout va bien. » Il s'était approché de la table pour s'asseoir à côté d'elle, lui passer un bras autour des épaules et l'envelopper de son après-rasage boisé.

Elle s'était assez vite ressaisie et lui s'était écarté. « Désolée, je ne pleure pas d'habitude. Je veux dire, j'ai presque fini de pleurer.

— Je ne sais pas comment tu fais, avait-il répliqué. Je serais complètement à la ramasse, à ta place. Pour moi, c'est incroyable que tu sois là, en mesure de fonctionner. Tu es très courageuse. »

Ses paroles avaient décoincé quelque chose en elle et elle avait pu sourire. Tout le monde, ses amis, le thérapeute, voulait qu'elle relègue cette histoire derrière elle. Même Cassie en avait assez de l'entendre ressasser, ce dont Cordelia ne lui gardait pas rancune. C'était chouette de rencontrer quelqu'un qui comprenait que ces événements n'étaient pas de ceux sur lesquels on pouvait tourner la page.

« Tu veux qu'on en parle ou je ne dois plus aborder le sujet quand on se reverra ?

— Comment tu sais qu'on va se revoir ? avait-elle répliqué.

— Oh, mais je n'ai aucun doute là-dessus, Cordelia, j'ai bien l'intention qu'on se revoie », avait-il affirmé en lui offrant un autre sourire parfait.

Ils étaient ensemble depuis ce jour-là. Lors de leur premier vrai rendez-vous, elle s'était surprise à partager avec lui des choses qu'elle gardait en général pour elle. Il ne demandait pas mieux que de l'écouter, intéressé par la personnalité de la mère de Cordelia avant la terrible année où Grace, en proie à l'obsession folle des infidélités de son mari, avait détruit leurs vies à coups de bouteilles d'alcool. Il voulait tout savoir sur son entreprise et sur la façon dont elle l'avait bâtie, et une partie de Cordelia aimait se rappeler sa mère comme une femme d'affaires prospère et une mère merveilleuse, avant que l'alcool ne s'empare de sa vie.

Cordelia était immédiatement tombée sous le charme de Garth. Peu importaient ses activités au Royaume-Uni ou ses voyages en Europe, elle rentrait toujours auprès de Garth et il était toujours là pour elle, à écouter le récit de ses déambulations en Écosse ou en Italie, heureux d'attendre son retour. Lorsqu'elle lui avait annoncé qu'elle voulait retourner vivre en Australie, il lui avait répondu, enthousiaste, qu'il avait toujours voulu travailler en Australie et que son cabinet d'avocats avait mis en place un programme d'échange avec sa société sœur, là-bas.

Cordelia s'était dit qu'ils seraient ensemble pour toujours, malgré l'humour parfois cinglant de Garth et leur différence d'âge. Il était son refuge, la personne sur laquelle elle pouvait compter.

Mais maintenant, elle sait qu'il la trompe et ils se disputent en permanence. Elle ne peut pas le quitter, parce qu'il la connaît et qu'il sait tout de ce qu'elle a vécu, et puis elle a peur de se retrouver seule avec ses pensées et ses questionnements sur la vie.

La sonnerie de son téléphone la sort de ses pensées, si brusquement qu'elle en laisse tomber son stylo.

— Allô ?

— C'est Ian.

— Oh, rebonjour ! Merci de m'avoir rappelée. Tu l'as vu ?

— Euh, c'est ça, le problème, Cordelia. Il n'est pas là.

— Ah.

— Et il n'est pas venu au bureau ces deux derniers jours. Personne ne sait où il se trouve. Il n'a pas appelé ni envoyé de message, rien, et personne n'arrive à le joindre. Il a juste... disparu.

— Juste disparu ? répète-t-elle, confuse.

— Oui. D'après Natalie, il n'est pas venu du tout.

— Natalie, répète-t-elle encore.

— Oui, tu sais, ils travaillent ensemble, tu l'as rencontrée, ajoute-t-il, l'air inquiet.

— Oui, bien sûr, oui. Je connais Natalie.

Si cette Natalie était également absente du bureau, la nouvelle aurait été terrible, une confirmation de leur aventure, mais d'une certaine manière, la présence de cette femme au bureau et son ignorance de l'endroit où se trouve Garth est plus inquiétante.

— Tu n'as reçu aucune nouvelle de lui ? insiste Ian.

— Non... répond Cordelia, qui sent la pièce s'agiter un peu à mesure que s'écroule le château de cartes soigneusement construit de sa vie.

6

GRACE

Cet homme qui suit peut-être Cordelia me perturbe. Je passe la nuit à essayer de me convaincre que c'est de la paranoïa. Il serait très facile de changer d'avis si mon instinct n'entrait pas en ligne de compte, si mon radar maternel ne bourdonnait pas. Mais je sais que quelque chose cloche et je ne dors que quelques heures. Le lendemain matin, je me lève tôt, perruque, lunettes et veste noire ample bien en place, et je me poste devant l'immeuble où elle vit avec Garth.

J'espère qu'elle en partira rapidement, car je n'aimerais pas arriver en retard à mon travail. C'est une chance que nos immeubles soient si proches l'un de l'autre. Se rencontrent-ils souvent pour déjeuner, Garth et elle, ou ne le font-ils jamais ?

Je ne l'ai pas vu hier, ce que j'ai trouvé un peu étrange car, au cours de la journée, j'ai croisé la plupart des autres avocats, ce qui m'a permis d'apprendre que le cabinet est en fait réparti sur deux étages. Au cinquième, il y a toute une série d'autres bureaux occupés par des avocats regroupés en différentes équipes. J'ai également découvert que je n'étais pas la seule assistante administrative, mais que nous sommes cinq. Mon rôle se résume à la gestion de la paperasserie quotidienne ainsi qu'à d'autres petites tâches aussi ennuyeuses qu'indispensables. Je suis différente des assistants juridiques, dont on exige une certaine connaissance du droit. Mon travail est assez subalterne. Au point que, lorsque j'ai préparé une assiette de pâtisseries dans la salle de conférences pour Joel, l'un des associés, en prévision d'une réunion avec des clients, il m'a à peine reconnue. Cela me convient. Je veux pouvoir entrer, sortir et trouver ce dont j'ai besoin, si tant est qu'il y ait quelque chose à trouver. C'est étrange de ne pas travailler directement pour un patron, mais cela joue aussi en ma faveur.

L'œil revenant sans cesse à ma montre, j'attends que Cordelia sorte, puis encore un peu, espérant que rien d'étrange ne surviendra, mais quelques instants après qu'elle a quitté son immeuble pour se diriger vers l'arrêt de tram, le voilà. Le même homme. Ce n'est pas une coïncidence. S'agit-il d'un harceleur, de quelqu'un qui la suit sur les réseaux sociaux et qui s'est entiché d'elle, ou est-ce autre chose ? Les jeunes femmes doivent être très prudentes de nos jours.

Je le prends en filature, mais c'est difficile, car il semble se méfier de tout ce qui l'entoure, s'arrêtant constamment pour balayer les environs du regard.

Je sors mon téléphone, l'appareil photo ouvert. Si j'en ai l'occasion, je vais le photographier, pour essayer de déterminer de qui il s'agit exactement. Hormis sa haute taille et sa large carrure, il n'y a pas grand-chose qui distingue ce jeune homme de n'importe quel quidam croisé dans la rue.

Je monte dans le même tramway que ma fille, mais à l'arrière, me dissimulant dans la cohue des gens qui se rendent au travail. Je remarque que l'homme monte aussi dans le tram, mais beaucoup plus près de Cordelia.

Une fois ma fille en sécurité dans les locaux de son entreprise, je continue à suivre l'homme, persuadée que j'aurai une occasion de le prendre en photo.

Il tourne dans une ruelle. Je suis tellement focalisée sur mon objectif que je ne réfléchis pas plus loin, je continue à avancer... pour me rendre compte, en levant les yeux, que je suis en fait piégée dans une voie sans issue. J'ai commis une erreur.

Je tourne rapidement les talons, mais il est soudain devant moi, me surplombant de toute sa hauteur.

— Vous ne seriez pas en train de me suivre, madame ? demande-t-il en insistant sur le mot « madame », ce qui me donne l'impression d'être vieille.

En le regardant maintenant, je constate qu'il a probablement le même âge que Cordelia, des yeux d'un bleu brillant et c'est avec un sourire paresseux aux lèvres qu'il attend ma réponse.

J'ai le cœur serré parce que, s'il est jeune, il est aussi beaucoup plus grand que moi, et quelque chose dans sa posture, jambes écartées et mains dans les poches de sa veste, me semble menaçant. Mais avant de céder à la panique, je retrouve rapidement Grace Enright, la survivante en moi, et je ricane.

— Non, j'étais perdue. Je cherche l'hôtel Hilton.

— Le quoi ? fait-il.

— L'hôtel, je répète, en élevant la voix pour que les passants dans la ruelle puissent m'entendre. Vous savez où il se trouve ?

— Non, mais il faut dire que je peux pas me payer le Hilton, s'esclaffe-t-il.

Puis il s'attarde un moment, à me dévisager. Je sens mon corps s'échauffer sous la veste ridicule que je porte pour me dissimuler.

Il tourne les talons et s'en va. J'ai tout intérêt à ne pas essayer de prendre une photo. Il a quelque chose d'effrayant et je ne vais pas me mettre en danger sans savoir exactement qui il est.

J'arrive au bureau juste à temps.

— Bonjour, Grace, me lance le jeune Tristan, assis derrière le bureau de l'accueil. La nuit a été bonne ?

— Tranquille, merci, je réponds. Et la vôtre ?

— Au lit à 21 heures, dit-il avant de prendre un appel.

La femme qui travaille à côté de lui s'appelle Leah, cependant nous n'avons pas encore eu l'occasion de converser. Les gens sont assez amicaux, mais chacun est accaparé par ses missions.

Dans mon bureau, j'ouvre mon application bancaire, où je peux encore voir les opérations liées à la carte de crédit de Cordelia. Elle ne se doute probablement pas que ce à quoi elle m'a autorisée à accéder quand elle avait dix-sept ans m'est toujours accessible, ce dont je ne me suis rendu compte qu'après avoir téléchargé l'application en quittant la clinique. À l'époque, c'était moi qui alimentais sa carte, j'avais donc le droit de voir où allait l'argent, et elle n'a jamais changé les paramètres depuis. J'ai essayé d'éviter de surveiller ses comptes, pour ne pas porter atteinte à sa vie privée, mais à présent, il faut que je sache si ma fille a des problèmes.

Je vois qu'elle aime prendre un café tous les matins dans le même *coffee-shop*, qu'elle achète sa nourriture par petites quantités et qu'elle a récemment réglé une facture d'électricité, ce qu'elle n'a pas l'habitude faire. Je suppose que c'est pour l'appartement qu'elle habite et je suis sûre que Garth et elle ont leurs propres arrangements, mais il doit gagner beaucoup plus d'argent qu'elle. Cordelia est titulaire d'un fonds fiduciaire spécial, mais elle n'y aura accès qu'à partir de ses vingt-cinq ans. Manifestement, elle a partagé cette information avec Garth, ce qui me dérange car cela représente une sacrée somme. Garth est-il au courant de l'existence du fonds fiduciaire depuis le début ? Peu importe, elle doit vivre de son propre salaire pour le moment, d'autant plus qu'elle refuse de me parler. Je lui donnerais tout l'argent dont elle a besoin si elle me le demandait.

Je me suis assurée qu'elle ait de quoi vivre avant de me rendre à la clinique. Mais elle est restée au Royaume-Uni pendant un certain temps, puis elle est rentrée au pays pour étudier, sans travailler pendant la durée de son cursus. Avec son salaire de graphiste débutante, elle ne gagne certainement pas de quoi subvenir à ses besoins et à ceux de Garth dans cet appartement très cher, si ?

En remontant plus loin, je découvre que l'énorme loyer de l'appartement a également été payé par Cordelia à plusieurs reprises. Je n'aime pas du tout cela. Garth est un associé senior. Pourquoi fait-il payer un loyer à sa petite amie beaucoup plus jeune que lui ?

Ce matin, je lui ai envoyé un message, comme tous les jours.

Bonjour, ma chérie. J'espère que tu passeras une bonne journée.

Mais elle n'a pas répondu comme elle le fait habituellement, c'est-à-dire en m'intimant de cesser de la contacter.

J'envoie un autre message.

Bonjour, ma chérie. Sache juste que je suis là pour toi si tu as besoin de moi. Si tu as besoin de quoi que ce soit. N'hésite pas à me contacter.

Cette fois, elle répond.

Je n'ai besoin de rien. Et surtout pas de toi. Arrête de me contacter, s'il te plaît, maman.

Je fixe le message, dont je relis les derniers mots : « *S'il te plaît, maman.* » Cela fait des années qu'elle ne m'a pas appelée maman. Elle n'a certainement pas utilisé l'expression « s'il te plaît » depuis des lustres.

Quelque chose ne va vraiment pas. Je le sens. Une mère sait ces choses. Une mère sait toujours.

— On m'a demandé de vous donner ceci, j'entends.

Tirée de mes inquiétudes, je lève les yeux et repousse mon téléphone. Une jolie jeune femme aux cheveux noirs coupés à la garçonne se tient dans l'embrasure de la porte, un gros dossier à la main.

Je me lève et vais prendre le dossier, qu'elle me tend.

— Je ne pense pas que nous nous soyons déjà rencontrées, dis-je. Je suis Grace, l'assistante intérimaire.

— Kelsey, réplique-t-elle en souriant. Je suis ici pour un stage d'été, qui s'est terminé il y a une semaine, mais je n'ai pas cours à l'université tous les jours et mon père veut que je sois là chaque fois que je le peux. C'est Joel, l'un des associés.

— Merci pour le dossier, je réponds, persuadée qu'elle va quitter le bureau.

Mais non, elle reste à m'observer et je tente d'engager la conversation bien que je n'en aie aucune envie.

— Et ça vous plaît ? je demande poliment.

Ses yeux bruns s'assombrissent.

— Non, mon père veut que je devienne avocate... mais j'ai mes propres projets.

Sur ce, elle hausse les épaules et bat en retraite. Je me rassois pour ouvrir le dossier où figure le planning des réunions avec des clients dans la salle de conférences : je dois évidemment m'assurer qu'elles sont programmées correctement. J'ai envie de forcer Cordelia à me parler, au lieu de quoi j'ouvre la bonne fenêtre sur mon ordinateur et je me mets au travail.

À l'heure du déjeuner, je m'achète des sushis et je me dirige vers l'immeuble de Cordelia, dans l'espoir de l'apercevoir et de vérifier si l'homme la suit toujours. Je me positionne sur un banc en face du bâtiment et j'attends. Hélas, elle ne sort pas déjeuner. Je mange mes sushis, déçue, mais également heureuse de ne pas voir l'homme traîner devant son immeuble.

Il est possible que sa « filature » de Cordelia soit le fruit de mon imagination. Ce type pourrait simplement vivre dans le quartier, quitter son domicile en même temps qu'elle pour s'en aller travailler en ville. Je secoue la tête en me rappelant comment j'avais procédé après avoir découvert que mon mari couchait avec mon assistante. En soi, un texto sur le téléphone de cette Tamara n'aurait pas dû m'amener à conclure qu'ils couchaient ensemble, et parfois, au milieu de la nuit, alors que l'alcool commençait à se dissiper, j'essayais de considérer la situation sous un angle rationnel. *Peut-être que son petit ami l'appelle aussi son « rayon de soleil ». Peut-être que j'ai tout faux et que l'alcool m'embrouille les idées. Peut-être que tout est ma faute et que je suis juste paranoïaque.*

Mais la première intuition est généralement la bonne et j'aurais dû m'y fier dès le début. Grace Morton s'est remise en question. Mais Grace Enright se fait confiance. Cet homme suit ma fille et je dois découvrir pourquoi.

Mon heure de déjeuner s'écoule sans que je bouge : j'ai envie d'entrevoir Cordelia.

Quand quelqu'un s'assoit à côté de moi sur le banc, je ne bouge pas. Je ne regarde même pas de qui il s'agit, au cas où je manquerais la sortie de Cordelia.

— Qu'est-ce que vous attendez ? demande une voix, qui m'oblige à me détourner du bâtiment.

— Je... je commence.

Puis je vois qui est là, et je maudis instantanément ma stupidité de n'avoir pas trouvé le moyen de me dissimuler. J'ai surveillé l'immeuble de Cordelia, pour attendre ma fille et voir s'il était là, et pendant ce temps-là, il m'observait.

Je pourrais me lever et partir. Vu la foule dans la rue, il ne me suivrait probablement pas. Mais j'ai besoin de savoir exactement à qui j'ai affaire.

— Qu'est-ce que vous voulez ? je demande.

— Moi ? réplique-t-il, désinvolte. Vous ne voyez pas d'inconvénient à ce que je vous appelle Grace, n'est-ce pas ? Joli déguisement, à ce propos.

Il sourit de toutes ses dents parfaitement blanches.

— J'ai l'intention de descendre à l'hôtel Hilton à un moment donné. Mais pour l'instant, il est hors de ma portée. Cela étant, ça ne va plus tarder. Demandez à Cordelia quand vous la verrez, demandez-lui des nouvelles de son homme et interrogez-la sur ce qu'elle aurait tout intérêt à faire en ce moment, sur ce qu'il faut qu'elle fasse pour que chacun poursuive tranquillement sa vie.

Il me sourit, l'air de rien. Je n'ai aucune idée de ce dont il parle. Comment m'a-t-il reconnue et comment sait-il que je suis liée à Cordelia ? Qu'est-ce qu'il attend de ma fille ? Qu'est-elle censée faire, selon lui ?

Il se lève et se plante juste devant moi.

— Allez-y, prenez votre petite photo, dit-il en désignant le téléphone que je tiens. Je n'ai pas de secrets.

Je lève mon téléphone pour prendre la photo qui me permettra de comprendre qui il est, mais il m'arrache alors l'appareil des mains, le retourne et c'est lui qui me vole un cliché, avant de me lancer le téléphone. Comme je ne réussis pas à le rattraper, il atterrit par terre, où je me penche rapidement pour le récupérer. Lorsque je me redresse, je vois le type s'éloigner d'un pas nonchalant.

Je porte une perruque, des lunettes et une veste trop grande, pourtant il a facilement vu à travers mon déguisement la femme que j'essaie de cacher. Il sait qui je suis et qui est Cordelia.

Il savait manifestement que je le suivais ce matin. Même sans ma perruque et mes lunettes, on reconnaîtrait difficilement en moi la femme que j'étais avant. Alors comment sait-il qui je suis ? Comment est-il possible qu'il ait vu en moi Grace, la mère de Cordelia ?

Je regarde la photo qu'il a prise avec mon téléphone, non sans remarquer une petite ébréchure sur l'écran de verre, que je touche avec mon pouce et dont je sens les bords rugueux. Sur le cliché, j'ai l'air surprise, les yeux écarquillés par le choc et un peu par la peur. Je déteste mon apparence. Je déteste qu'il m'ait prise au dépourvu, qui que soit cet individu.

Sous ma veste, je sens mon corps trembler. L'air est assez chaud et je n'ai pas froid du tout, mais j'ai peur. Je me mords la lèvre alors que la colère monte en moi. Comment ose-t-il me menacer ? Comment ose-t-il menacer ma fille ? Il ne sait pas à qui il a affaire. Il n'en a aucune idée.

Avant de retourner à mon bureau pour travailler sur une liasse interminable de feuilles de présence, je frappe à nouveau à la porte du bureau de Garth et, en l'absence de réponse, j'ouvre après avoir jeté un rapide coup d'œil autour de moi. Si Natalie me surprend ici une deuxième fois, elle ne gobera pas mon excuse aussi facilement.

Son bureau est plongé dans la pénombre, le même cahier est posé sur son bureau. Rien n'a été touché ou déplacé. Pour le moins étrange. J'entre et contourne son bureau. Les tiroirs du haut sont remplis de fournitures de bureau. Je n'ai pas le temps de bien chercher. J'entends des gens parler, dont les voix s'amplifient à mesure qu'ils se rapprochent. Je dois sortir d'ici. Dans ma précipitation, je marche sur quelque chose qui se trouve juste sous le bureau de Garth. Je me penche aussitôt et tâtonne à l'aveuglette car il fait trop sombre pour voir ce sur quoi je viens de marcher.

Je ramasse l'objet et me rends compte, même dans la faible lumière, qu'il s'agit d'une boucle d'oreille. Serrant le poing autour du bijou, je le rapporte dans mon bureau pour l'étudier.

Je n'ai aucune idée du temps que cette boucle a passé sur le sol du bureau de Garth, mais elle a l'air assez chère : c'est une très jolie pendeloque constituée d'une petite grappe de diamants entourant un minuscule saphir.

À qui appartient-elle ? Je la pose sur mon bureau, à la vue de tous, curieuse de savoir qui va la réclamer et ce que cela m'apprendra sur Garth.

De retour à ma table de travail, je me plonge dans les feuilles de présence, où tous les avocats du cabinet, pourtant si intelligents, ont tendance à commettre beaucoup d'erreurs.

Mon esprit ne cesse de revenir sur ma rencontre avec le jeune homme : ses paroles tournent en boucle dans ma tête, je décortique chaque mot, à la recherche d'indices sur son identité. Que devrait faire Cordelia et que se passera-t-il dans le cas contraire ? Dans quel pétrin se trouve mon enfant exactement ?

Les scénarios les plus terribles me passent par la tête quand j'envisage ce à quoi Cordelia pourrait être mêlée. Je me souviens de son témoignage à mon procès. Elle avait l'air perdue, désespérée. De quoi est capable une personne dans cet état ? Dans quoi a-t-elle pu s'embarquer ?

CORDELIA

Même si elle sait que Garth n'est pas allé travailler, elle espère toujours le trouver là en rentrant, simplement dans la cuisine, en train de se préparer un verre. Peut-être avait-il besoin de se reposer ? Il a travaillé très dur, si elle se fie à tout ce qu'il a dit. Aurait-il fait une sorte de burn-out l'ayant poussé à s'absenter quelques jours ? Mais il lui a envoyé un SMS lundi soir pour lui annoncer qu'il devait travailler tard. Il mentait. Il n'est pas allé au bureau du tout. Alors où était-il ? Où est-il ?

Elle est en colère contre elle-même pour tous les SMS qu'elle lui a envoyés. Elle est comme sa mère : paranoïaque sans raison. Peut-être que quelque chose n'allait vraiment pas et que Garth n'avait pas le sentiment de pouvoir lui en parler. Elle est horrible.

L'appartement est sombre, l'air légèrement frais car les températures baissent de plus en plus en soirée. Elle allume toutes les lumières ainsi que la télévision, juste pour avoir une présence.

Garth n'est pas allé au travail et il n'est pas rentré à la

maison. Submergée par la panique, elle a simplement raccroché, après que Ian lui a appris la nouvelle. Que devait-elle faire ?

Elle a réussi à passer plus ou moins le reste de la journée, avant d'annoncer à Jacinta qu'elle se sentait mal. À 16 heures, elle a quitté le bureau pour déambuler dans l'air automnal sans destination précise. Elle a erré dans la ville, regardant les vitrines des magasins de vêtements et vérifiant constamment son téléphone jusqu'à ce que le soleil baisse et qu'elle ait trop froid pour rester dehors.

Elle se prépare une tasse de thé et s'assoit sur le canapé après avoir ôté ses chaussures, attrapant une couverture orange, bien moelleuse, pour se couvrir.

Où es-tu ?

Elle envoie un texto à Garth sans s'attendre à une réponse, si bien que, quand son téléphone sonne, elle manque de le lâcher, soulagée à l'idée que ça y est, c'est Garth.

Mais non, il s'agit de la mère de Garth, Evangeline.

— Bonjour, lâche-t-elle en décrochant.

Evangeline et Cordelia ne se sont parlé que deux fois au téléphone, et les deux fois, seulement parce qu'Evangeline n'arrivait pas à joindre Garth.

— Cordelia, réplique Evangeline d'un ton coupant.

Son irritation est évidente.

— Bonjour Evangeline.

— Qu'est-ce qui se passe chez vous, bon sang ?

Cordelia visualise la mère de Garth dans son salon luxueux, regardant par la fenêtre un domaine couvert de brume. C'est le matin au Royaume-Uni et Evangeline revient probablement d'une promenade avec ses chiens, deux goldens retrievers amicaux et doux.

Evangeline n'est pour sa part ni amicale ni douce ; elle est grande et maigre, avec des cheveux bruns coupés au carré et une prédilection pour les pantalons en tweed. Si elle partage les yeux marron de Garth, son visage est en revanche tout en angles et ses lèvres sont en permanence pincées par le dégoût.

Les rares fois où elle a rencontré Cordelia, elle s'est arrangée pour bien lui faire sentir le mépris que lui inspiraient son manque d'éducation, « oh, un diplôme d'art », son âge, « tu es terriblement jeune, dis donc », et sa famille, « je suis vraiment désolée pour toute cette tragédie dans ta famille, ma chère ». Cordelia évoluait dans la grande maison froide, terrifiée à l'idée de toucher quoi que ce soit et espérant passer le week-end sans contrarier la mère de Garth.

Evangeline était opposée à l'idée de l'installation de son fils en Australie car il avait un bel avenir au Royaume-Uni, et même si elle s'était abstenue de traiter Cordelia de « sale garce qui m'a volé mon fils », c'était sous-entendu dans toutes les conversations, surtout celles où il était question de Katherine, l'ex-petite amie de Garth. « C'était une jeune femme charmante et facile à vivre, mais on ne peut pas choisir les partenaires de ses enfants, n'est-ce pas, mon chéri ? Bien sûr, si Katherine et toi étiez restés ensemble, il n'aurait pas été question de départ pour les colonies. Katherine a aussi un diplôme en droit, n'est-ce pas, mon chéri ? Elle était ton égale dans tous les domaines. Je crois qu'elle se débrouille très bien dans un grand cabinet londonien. Sa mère et moi prenons le thé ensemble au moins une fois par mois, mais bon, Emma et moi nous sommes toujours bien entendues. Je pourrais peut-être rencontrer ta mère, Cordelia, quand elle aura surmonté ses... difficultés. »

— Je ne suis pas tout à fait sûre de ce que vous voulez dire, répond aujourd'hui Cordelia à la question d'Evangeline.

— Permets-moi de t'expliquer, alors, ma chère. Garth m'appelle tous les jours à 7 heures du matin, heure australienne. Depuis qu'il m'a quittée pour aller vivre au bout du monde, il n'a pas manqué un seul jour.

Cordelia n'en doute pas. Tous les matins, à 7 heures, Garth

est sur le tapis de course de son bureau. Il déteste être interrompu pendant son entraînement et il est toujours au téléphone.

Mais pas ces deux derniers matins. A-t-il couru lundi ? En général, Cordelia dort à cette heure-là. Elle ne l'a pas entendu partir.

Elle se souvient de l'avoir senti se mettre au lit très tard le dimanche soir et il y avait des preuves de sa présence dans l'appartement lundi matin. Il avait laissé, comme d'habitude, une tasse de café à moitié bue dans l'évier. Du lundi matin ou du dimanche soir ? Et l'avait-elle vraiment senti se coucher à côté d'elle ou simplement imaginé, parce que sa partie du lit était froissée à cause de leur sieste du dimanche après-midi ?

— Oh, lâche Cordelia, faute de deviner ce qu'Evangeline attend d'elle.

— Il ne m'a pas contactée depuis trois jours. Je répète donc ma question : qu'est-ce qui se passe chez vous ?

Cordelia enregistre l'information : Garth n'a pas non plus téléphoné à sa mère lundi, ce qui n'est pas du tout dans ses habitudes. Il appelle toujours sa « môman ». Peut-être était-il si pressé qu'il a décidé de renoncer à sa séance d'entraînement ? Mais pressé d'aller où ? D'après Ian, on ne l'avait pas vu du tout au cabinet. Cordelia se recroqueville sous le plaid, frissonnante.

— Je ne sais pas, dit-elle. Il n'est pas rentré à la maison.

— Où est-il, alors ?

— Je n'en sais rien. Il n'est pas allé à son travail non plus.

Cordelia tremble tellement qu'elle manque renverser sa tasse de thé. Elle la repose donc précautionneusement sur la table basse, non sans entendre la voix de Garth : « *Utilise une sous-tasse, Cordy* », au moment même où elle le fait.

— Quoi ? C'est ridicule. Garth ne manquerait jamais le travail.

— En effet, admet Cordelia en serrant les dents. Je ne sais pas où il se trouve.

S'ensuit une minute de silence, puis Evangeline s'éclaircit la gorge et ajoute à voix basse :

— Je sais que tu as accusé mon fils d'infidélité et je sais ce que ta cinglée de mère a fait à ton père. Alors laisse-moi te prévenir, Cordelia, que si quelque chose est arrivé à mon fils, tu en paieras le prix.

Sur quoi, elle raccroche.

Cordelia n'arrive même pas à comprendre ce qui vient de se passer.

Si Garth n'a pas contacté sa mère, c'est que quelque chose ne va vraiment pas. Doit-elle signaler sa disparition ? Est-ce ce qu'il faut faire ? Si ça se trouve, il cherche seulement à prendre ses distances avec elle ? Il est sans doute furieux.

Mais il ne manquerait jamais le travail. Le travail, c'est tout, pour lui. Et il ne manquerait pas son appel à sa mère. Elle a fait tellement d'histoires quand ils lui ont annoncé leur départ, comme quoi ils la laissaient mourir seule, sans son fils unique, qui porterait toujours la culpabilité de l'avoir abandonnée. Mais Cordelia sait qu'il tenait aussi à mettre de la distance entre sa mère et lui, car Evangeline peut se montrer tyrannique. Un appel téléphonique tous les jours, c'est excessif mais, comme l'a expliqué Garth, « cela m'évite d'avoir à entendre que je l'ai négligée, et puis j'aime bien lui parler, alors pourquoi pas ? Ça ne dure que dix-quinze minutes et ensuite on reprend le cours de nos vies ».

Récupérant son téléphone, elle cherche sur Google : « Que faire si je pense que quelqu'un a disparu ? »

D'après Internet, elle n'a pas besoin d'attendre vingt-quatre heures, elle peut simplement se rendre dans n'importe quel poste de police et signaler la disparition de Garth, en revanche les déclarations ne seront pas prises en compte par téléphone ou par courrier électronique. De toute façon, cela fait bien plus de vingt-quatre heures.

Elle regarde dehors, où s'attarde encore un peu de lumière

de fin d'été, mais des nuages d'orage s'amoncellent. Elle sait que le vent sera violent.

Il est tard, malheureusement elle n'a pas le choix. Le poste de police le plus proche est situé à un pâté de maisons, il est donc inutile de prendre sa voiture. De toute façon, elle ne l'utilise presque pas, car magasins et restaurants ne manquent pas dans les environs et il est plus facile de se rendre au travail en tramway : se garer en ville est toujours un cauchemar.

Cordelia prend sa veste et se dirige vers le poste de police.

Elle marche la tête baissée contre le vent, avançant sans regarder personne, tant elle est occupée à répéter ce qu'elle va dire.

Doit-elle leur parler de la dispute ? Vont-ils demander à consulter son téléphone ? Elle devrait peut-être effacer les messages, mais ils ont moyen de les retrouver de toute façon, non ? Secouant la tête, elle lève les yeux et se rend compte qu'elle se trouve devant le commissariat de police. *Je n'ai rien fait de mal,* se rappelle-t-elle.

Poussant la porte d'entrée, elle se retrouve dans un espace d'accueil silencieux. Le comptoir est tenu par une femme en uniforme.

— Il va y avoir un gros orage, lance-t-elle en guise de salut.

Cordelia acquiesce tout en se débarrassant de sa veste.

— Qu'est-ce que je peux faire pour vous aider ? reprend la femme.

Cordelia s'approche du comptoir, et soudain, toute la situation devient très réelle. Garth a disparu. Vraiment disparu. Peut-être a-t-il été victime d'un accident ou d'une crise cardiaque, même s'il est trop jeune pour ça. Elle aurait dû déclarer sa disparition il y a plusieurs jours. Pourquoi a-t-elle attendu aussi longtemps ? Elle est épouvantable.

— Mon petit ami a... commence-t-elle avant de se mettre à pleurer.

La policière lui tend des mouchoirs.

— Prenez votre temps, dit-elle. Prenez votre temps.

Finalement, Cordelia se ressaisit et s'explique.

La policière note ce qu'elle lui explique tout en hochant la tête.

— Et vous avez contacté l'un de ses autres amis ? Même ceux qui se trouvent au Royaume-Uni ?

— Non, parce que, s'il n'a pas parlé à sa mère ou s'il n'est pas allé au travail...

— Et vous n'avez pas idée d'une raison pour laquelle il aurait pu... partir de son propre chef ?

— Non... Je veux dire, on s'est disputés et... je pense qu'il voit une autre femme et...

— OK, OK, fait la policière en opinant.

Cordelia voit toutes les pièces se mettre en place dans la tête de la femme.

— Mais il a laissé tout ce qu'il possède et il n'aurait jamais... déserté son poste... ou raté un appel à sa mère, s'obstine-t-elle en froissant un autre mouchoir qu'elle glisse dans sa poche.

— D'accord, et comment se portait-il ces derniers temps ? Avait-il l'air d'être lui-même ?

— Il est... Oui.

— Et il n'a pas d'antécédents de maladie mentale ou quelque chose comme ça ?

— Je ne sais pas vraiment. On n'en a jamais parlé.

En a-t-il été question ? Elle cherche dans son esprit une quelconque mention de ce genre d'antécédents, mais Garth parle rarement de sa famille en dehors de sa mère. S'il a une sœur aînée qui vit à Londres, Arabella et lui semblent mener des vies bien distinctes. Arabella ressemble à sa mère, grande et mince, mais elle a été charmante avec Cordelia, les rares fois où elles se sont rencontrées. Épouse d'un chirurgien cardiaque, elle a des jumeaux, tous deux en pension. Sans réelle profession, elle siège au conseil d'administration de nombreuses organisations caritatives. Cordelia doit toujours se creuser la cervelle pour trouver quoi lui dire, car elles n'ont pas grand-chose en commun. Garth a un cousin qui vit ici, mais ils ne sont pas du tout proches, et Cordelia ne l'a rencontré qu'une fois, si bien qu'elle ne serait pas très à l'aise pour le contacter. Mais peut-être le devrait-elle ? A-t-elle seulement son numéro ?

— Il n'a jamais été question de cela ? insiste la policière, ramenant Cordelia à la conversation.

— Non... c'est juste que ce n'est pas quelque chose dont nous avons discuté. Il est très... britannique, ajoute-t-elle, espérant que cela explique pourquoi ils n'ont pas eu ce genre de discussion.

Garth est extrêmement réservé, et aujourd'hui encore, il lui arrive d'entendre parler pour la première fois de certains événements de son enfance : par exemple qu'il a été battu à l'internat. Garth ne s'est pas appesanti sur ce qu'il avait ressenti alors, il y a plutôt fait allusion de façon bravache en concluant par un petit rire : « Je le méritais, j'avais la langue bien pendue. » Et en vérité, Cordelia appréciait ce trait de caractère. À l'époque où elle l'a rencontré, elle avait l'impression d'être embourbée depuis des années dans une rumination émotionnelle sans fin. Cela avait été un soulagement de se retrouver avec quelqu'un qui se contentait de balayer une expérience du revers de la main ou d'en faire une « leçon de vie ». Une manière beaucoup plus simple d'être au monde.

— Mais vous êtes ensemble depuis combien de temps ?

— Quatre ans et demi, répond Cordelia.

C'est la deuxième fois que la policière lui pose la question.

— D'accord, je m'en occupe. J'ai votre numéro. Je vais vérifier dans les hôpitaux et partout ailleurs.

— Et vous m'appellerez si vous trouvez quelque chose ? demande Cordelia, au désespoir.

— Bien sûr, absolument, déclare la policière.

Cordelia n'a plus d'autre choix que de partir.

Lorsqu'elle regagne son appartement, elle est épuisée et souffre d'une violente migraine.

Elle attrape un pot de glace au beurre de cacahuète et au chocolat dans le réfrigérateur. Ses yeux tombent sur le bloc de couteaux posé sur le plan de travail. Elle doit demander à Garth où se trouve le couteau manquant. Il a disparu depuis quelques jours, ou peut-être plus longtemps ? Elle ne se rappelle plus, mais elle lui posera la question quand il rentrera.

Quand il rentrera... Mais va-t-il seulement rentrer ?

Elle ne supporte plus d'y penser. Emportant la glace sur le canapé, elle allume la télévision et, recroquevillée sous un plaid, elle regarde des rediffusions de sitcoms pendant des heures, tout en finissant la glace, puis un paquet de chips et une barre chocolatée. Elle mange sans réfléchir, sans apprécier le goût des aliments, en portant simplement la main à la bouche, comme devait faire sa mère quand elle buvait.

Elle se rappelle l'avoir observée depuis le seuil du salon. Il était tard, elle venait de rentrer de la bibliothèque et la mère de Cassie l'avait déposée chez elle. Cordelia s'apprêtait à saluer sa mère quand elle s'était arrêtée pour la regarder : le verre de vin montait à sa bouche, puis redescendait, si rapidement que le verre se vidait en moins d'une minute. Et le pire, c'étaient les marmonnements de sa mère pendant qu'elle regardait les infos télévisées : « Je sais ce que je sais. Ne me dites pas ce que je suis censée penser. Salaud, salaud, salaud. Vous devriez tous les deux pourrir en enfer. »

Cordelia s'était alors précipitée dans sa chambre, dont elle avait refermé la porte. Pendant le procès de sa mère, elle s'était abstenue de mentionner cet épisode, même s'il entérinait la folie de sa mère, comme Janine, l'avocate de Grace, entendait la dépeindre.

Cordelia, qui déteste ce souvenir, le chasse en prenant une nouvelle bouchée de sa barre chocolatée. Elle fait craquer les noix et le caramel gluant sous ses dents.

Toutes les quelques minutes, elle attrape son téléphone et regarde l'écran, convaincue d'avoir manqué un appel de la police.

Elle ne cherche plus à contacter Garth.

Quelque chose lui souffle qu'elle n'a aucune raison de le faire.

Le lendemain, elle se fait porter pâle au travail.

Et elle n'est absolument pas surprise quand les inspecteurs viennent frapper à sa porte. Pas le moins du monde.

8

GRACE

Hier soir, j'ai traîné aux abords de l'immeuble de Cordelia après le travail et je suis restée là pendant une heure, à me demander si je devais simplement sonner et exiger qu'elle me laisse entrer. Mais j'étais consciente, pendant tout ce temps, qu'il était fort possible qu'elle me rembarre.

J'ai tellement peur pour mon enfant que, hier soir, je me suis autorisée à boire plus d'un verre de vin, tant je brûlais d'oublier un peu mon inquiétude. Je dois rester à l'écart de l'alcool pendant quelques jours, ne serait-ce que pour me prouver que j'en suis capable.

Si j'avais une photo de l'homme, je pourrais googler son image et essayer de savoir qui il est, mais je n'ai rien. Aussi, tant que je n'aurai pas parlé à Cordelia, je suis coincée, incapable de savoir quoi entreprendre. Rien de ce qu'il a dit n'a de sens pour moi.

Au matin, j'envoie à Cordelia mon message habituel. Comme je n'obtiens aucune réponse de sa part, je me rends à son immeuble, devant lequel je me plante à nouveau. J'ai parcouru l'historique des dépenses de ses cartes de crédit en remontant sur quatre années et j'ai découvert qu'au cours des cinq derniers mois, elle a payé beaucoup de choses dans l'appartement. Elle a également réglé des dîners au restaurant ainsi qu'un week-end coûteux à la campagne alors qu'elle ne travaille à temps plein que depuis quelques mois. Je commence à me faire une idée du genre d'homme qu'est Garth, du moins en ce qui concerne l'argent. Je savais qu'il était dragueur et très imbu de sa personne d'après ses posts Instagram, mais il s'agit de quelque chose de différent.

S'il n'avait aucune idée de qui était Cordelia lorsqu'il l'a rencontrée, il a certainement appris assez vite qu'elle est issue d'une famille fortunée. Il est avocat : il n'a pas dû lui falloir de beaucoup de temps pour trouver exactement quelle somme j'ai tirée de la vente de ma société.

Hier soir, je me suis renseignée sur sa famille, qui semble riche, mais j'ai observé attentivement leur grande maison à la campagne sur Google Maps, puis je l'ai trouvée sur un site du patrimoine. Ancienne, elle a grand besoin d'être rénovée. Garth est peut-être parti du principe que Cordelia avait déjà accès à son fonds fiduciaire. Ou bien il suppose qu'elle mettra bientôt à la main sur plusieurs millions.

S'agit-il d'un escroc qui joue la carte du long terme ?

En voilà, une affreuse pensée. Et quel est leur rapport à tous les deux avec l'homme qui m'a parlé ?

Un bref regard à l'heure sur mon téléphone m'indique que Cordelia est en retard. Elle va rater son tramway si elle ne sort pas rapidement. Et moi, je serai en retard au travail.

Elle vit dans un immeuble très animé, d'où on entre et sort en permanence, mais, voyant qu'elle n'est toujours pas sortie au bout de dix minutes, je commence à me demander si je ne devrais pas entrer, simplement entrer et frapper à sa porte.

C'est alors que, de l'autre côté de l'immeuble, apparaît le type au blouson de cuir, l'effrayant jeune homme qui connaît mon nom et celui de Cordelia. Je me tiens près d'un mur et je recule instinctivement pour qu'il ne me voie pas. En revanche, je sors mon téléphone, que je soulève et tiens aussi fermement que mes mains tremblantes me le permettent. Je prends autant de photos que possible. Pourvu qu'il ne me remarque pas et que l'une d'elles soit assez nette pour que je puisse le pister sur Internet.

Il fait les cent pas devant le bâtiment, comme s'il attendait lui aussi à la voir sortir.

Puis une autre voiture s'arrête, d'où sortent deux personnes – un homme et une femme, badge autour du cou – et l'homme au blouson de cuir interrompt ses déambulations. Il éloigne le téléphone de son oreille et secoue la tête avant de quitter rapidement les lieux.

Les deux personnes qui entrent maintenant dans l'immeuble de Cordelia sont manifestement des policiers. Des enquêteurs.

Je tire sur la fermeture Éclair de ma veste, désireuse de sentir un peu d'air frais sur ma peau, et je me remémore mon interrogatoire avec les inspecteurs après l'incendie. À l'époque, j'étais dans un lit d'hôpital, branchée à une perfusion pour me désintoxiquer de l'alcool. Mon corps en sueur ne cessait de trembler.

Ils m'avaient inculpée alors que j'étais allongée dans mon lit, puis lu mes droits pendant que je me penchais pour attraper un récipient où vomir.

Je suis très loin de cette femme pathétique en train de lutter, et pourtant, en pleine surveillance de l'entrée de l'immeuble de Cordelia, je me rends compte que je donnerais n'importe quoi pour un verre. Cette délicieuse brûlure froide de la vodka ou la gorgée sensuelle d'un bon vin ferait tout disparaître l'espace de quelques instants. Mais non, je ne peux que rester là, à m'inquiéter à propos de tout ce qui a dû mal tourner dans sa vie.

Beaucoup de gens vivent dans cet immeuble, donc la police n'est peut-être pas là pour elle. Mais curieusement, j'ai l'impression que mon inquiétude est fondée. Et quand je tourne les yeux vers l'homme au blouson de cuir, je constate qu'il a disparu.

Les craintes que je nourrissais pour ma fille en sont décuplées.

Et je ne sais pas vraiment quelle conduite tenir maintenant.

Je n'ai pas d'autre choix que de partir. Comme je suis en retard, je hèle un taxi à qui je demande de me conduire au bureau, histoire d'être à l'heure.

Dans le hall, je m'observe dans le miroir, afin de vérifier que ma perruque est bien en place.

Le bureau semble plus animé lorsque j'arrive à l'étage. D'habitude, je ne vois personne jusqu'à ce qu'ils commencent à se préparer un café, plus tard dans la matinée, mais quand les portes de l'ascenseur s'ouvrent devant moi, je vois Tristan en train de parler à un autre homme, penché sur son bureau.

— Bonjour, je lance au réceptionniste, qui acquiesce et sourit.

— Bonjour, Grace, répond-il. Voici Max, qui travaille dans le domaine des erreurs médicales avec Natalie et Garth.

Max est un bel homme, grand et très mince, avec une barbe soignée. Il tend la main pour serrer la mienne.

— Désolé, je ne crois pas que nous nous soyons déjà croisés, vous avez traité ma feuille de présence pour moi.

— Bonjour, je réponds en lui prenant la main. Oui, elle contenait juste une petite erreur.

Il s'agit de Max Blum, qui, allez savoir pourquoi, s'est vu attribuer quinze heures facturables un jour et zéro un autre jour.

— J'ai l'impression d'avoir rencontré tout le monde grâce à ces feuilles de présence, j'ajoute, sauf Garth Stanford-Brown.

J'allais vous demander de me le présenter, parce que je n'ai pas vu le bout de son nez, je lance à Tristan.

— Eh bien, commence celui-ci avant de regarder Leah, qui est au téléphone, Garth n'est pas venu cette semaine.

— Ah d'accord, je fais. Il est en déplacement ?

— Non, répond Tristan.

Max me regarde d'un air préoccupé.

— Nous ne l'avons pas vu, m'explique-t-il. Ce qui est un peu étrange, pour être honnête. Personne ne l'a vu. Et nous n'arrivons pas à le joindre.

Je me rends compte que c'est la raison pour laquelle le bureau semble plus animé que de coutume. Les gens forment de petits groupes, ils doivent parler de Garth. Il n'est pas possible d'être dans l'incapacité de joindre quelqu'un de nos jours, à moins qu'il ne le veuille vraiment pas. Je me couvre d'une légère sueur froide. Où est Garth ? Cordelia est-elle seulement chez elle ? Qu'est-ce qui se passe ?

— Quoi qu'il en soit, vous n'avez pas à vous en soucier, réplique Tristan.

Mon statut de nouvelle venue et d'employée intérimaire semble signifier que je ne suis pas incluse dans la discussion sur ce qui a pu arriver à Garth.

Kelsey passe devant la réception, Max se redresse et s'éloigne du bureau, plaquant un doigt sur ses lèvres à l'intention de Tristan, afin de lui intimer le silence. Kelsey nous regarde d'un air renfrogné et s'éloigne.

— J'imagine que ce n'est pas bon pour l'entreprise, je lâche, en quête d'autres informations susceptibles de m'aider à comprendre ce qui s'est passé.

— En effet, convient Max en quittant le bureau.

Tristan se replonge dans son travail.

Je suis cependant contente de m'éloigner, car j'ai besoin de la paix d'un bureau avec une porte fermée pour pouvoir calmer mon cœur affolé. Garth n'est pas venu au travail ?

Personne ne peut le joindre ? Cordelia sait-elle où il se trouve ?

Sortant mon téléphone, je passe en revue toutes les photos que j'ai de l'homme mystère et j'en utilise une qui montre son profil pour effectuer une recherche d'images, qui n'aboutit à rien. Irritée, je jette mon téléphone sur mon bureau, déplorant l'entêtement de ma fille à refuser de me parler, car j'aurais pu l'aider à résoudre ce qui se passe.

Attrapant mon téléphone, je lui envoie un nouveau texto.

J'espère que tu vas bien, ma chérie. Je suis là en cas de besoin.

Elle ne répond pas, ce qui ne me rassure pas pour autant. Même son habituel SMS plein de colère m'aurait rassérénée.

Elle a peut-être plus de problèmes que je ne le pensais. Les collègues de Garth sont-ils au courant de sa relation avec Cordelia et, si oui, l'ont-ils contactée pour lui demander de ses nouvelles ? Est-ce que ça se fait ? L'homme au blouson, la disparition de Garth et le fait qu'elle ne soit pas allée travailler aujourd'hui, ces trois éléments tourbillonnent dans mon esprit alors même que je devrais de me concentrer sur mon travail. Garth est-il parti le premier et Cordelia est-elle allée le rejoindre ? Ma fille est-elle toujours dans le pays ?

J'ouvre l'application bancaire afin de vérifier si elle a acheté un – ou des – billet(s) d'avion, mais je n'y repère rien de nouveau.

De temps en temps, je jette un coup d'œil à la photo de la femme que je remplace et je l'envie, elle, ainsi que ses vacances, où qu'elles se déroulent. J'ai l'impression de bien la connaître, maintenant, à force de l'avoir toute la journée sous les yeux. Je n'arrive pas à rester concentrée, tant je suis agitée et en manque d'un verre, mais je vais devoir me contenter d'un café qui, je le sais, ne fera rien pour calmer mes nerfs. J'ouvre la porte de mon bureau au moment où Natalie passe devant avec Max. Rechignant à discuter avec qui que ce soit, je la referme presque complètement et j'attends qu'ils entrent dans leur bureau, mais pas avant d'entendre Max.

— Ça va se savoir, tu sais. Mieux vaut que tu les en informes avant.

— Pas question, réplique Natalie. Il est exclu que je lâche un mot là-dessus. Peut-être que ça n'a rien à voir avec cette nuit-là. Je préfère me taire jusqu'à savoir ce qu'il en est.

Je me fige, tendant encore l'oreille, mais tout ce que j'entends, c'est le bruit d'une porte de bureau qui se referme, et quand j'ouvre ma porte, le couloir est désert.

Je me dirige vers la cuisine, où je me prépare une bonne tasse de café. De quoi parlaient-ils ? D'un client ? De Garth ? Il semble logique qu'il s'agisse de Garth. L'énigme de sa disparition semble planer sur le bureau. Je peux presque sentir les spéculations à ce sujet.

Qu'est-ce que Natalie a choisi de taire et quel est le rapport avec le petit ami de ma fille ?

9

CORDELIA

Après avoir appelé au bureau pour excuser son absence, elle se lève et enfile un survêtement, déterminée à fouiller les affaires de Garth, à trouver quelque chose qui lui dira où il est et pourquoi il n'est pas rentré. Elle sait qu'il serait furieux s'il la surprenait.

Lorsqu'ils ont emménagé ensemble, après qu'il a trouvé l'appartement, il a été très clair avec elle : elle ne devait toucher à aucun de ses cartons. « Je m'occuperai de mes affaires, laisse-les là où elles sont. » Cordelia a détesté l'appartement au premier regard. Il était trop froid, tout en angles et en verre, avec des sols en béton poli, et situé à un étage trop élevé, ce qui la mettait mal à l'aise lorsqu'elle se tenait trop près du bord du balcon. « La balustrade n'est pas très haute : il serait très facile de tomber par-dessus bord, avait-elle objecté à Garth.

— Ne fais pas l'enfant, Cordy », avait-il répliqué.

Alors elle a gardé le silence sur ses autres griefs à l'encontre de l'appartement. Garth l'aimait, elle l'aimait et voulait vivre avec lui.

Fouiller dans ses affaires s'avère peut-être puéril et constitue certainement une atteinte à sa vie privée, mais il n'est pas là pour s'en plaindre. Elle commence par sa table de chevet, ouvre le tiroir et y trouve le fil dentaire bien rangé, le roman policier entamé depuis plus d'un an parce qu'il scrolle sur son téléphone dès qu'il a un peu de temps, une collection de photos de sa mère, de son défunt père, des chiens et de sa maison, un chargeur de téléphone portable et de la crème pour les mains, parce qu'il se plaint toujours que sa peau est desséchée par le climat australien. Elle s'empare des photos, les passe en revue, mais rien ne sort de l'ordinaire.

Sous les clichés se trouve un avis d'imposition britannique remontant au mois dernier. Elle l'examine. Pourquoi n'a-t-il pas réglé la somme due ?

Le tiroir de sa table de chevet est bien différent de celui de Cordelia, où elle entasse des tas d'échantillons de crèmes récupérées dans des hôtels, des porte-clés offerts par ses amis au fil des ans, deux romans qu'elle est en train de lire en même temps, des échantillons de maquillage qu'elle a collectionnés et des tas d'autres choses encore. Depuis l'incendie, elle a du mal à se séparer de quoi que ce soit, elle s'accroche à tout, depuis les tubes de crème à moitié vides jusqu'aux cartes d'anniversaire génériques que lui envoient ses magasins préférés. Tant de choses lui ont été enlevées cette nuit-là qu'elle a l'impression de devoir accumuler plus que la plupart des gens pour prouver qu'elle a une vie à elle. C'est ridicule et ses placards et tiroirs sont toujours en désordre, mais elle n'arrive pas à s'en empêcher.

Garth serait-il parti sans emporter le contenu de son tiroir ? Peut-être pas les photos. Elle vérifie également son armoire, mais ses chemises blanches identiques et ses costumes bleu marine sont parfaitement alignés. Rien ne manque, sauf les vêtements qu'il portait lorsqu'il a quitté l'appartement, lundi matin ou dimanche soir. Car elle se souvient soudain qu'il est allé travailler dimanche soir. Il est parti malgré sa colère, à elle. Cordelia s'accroupit à nouveau, repassant cette soirée, dont le souvenir lui revient en un éclair.

Le dimanche soir, ils ont l'habitude de commander des plats chinois dans leur petit restaurant préféré, situé à quelques pas de leur immeuble.

Ce soir-là, ils ont regardé la télévision en mangeant. L'émission parlait d'un joueur de foot et Cordelia ne se souvient même pas de son nom, parce qu'ils étaient tous les deux sur leurs téléphones respectifs et qu'elle n'y prêtait même pas attention, mais elle a fini par poser son appareil. « On devrait peut-être se trouver un vrai film à regarder ? a-t-elle suggéré à Garth, qui a secoué la tête.

— Je veux voir ce qui lui est arrivé, maintenant.

— Ça t'intéresse ? Tu n'aimes même pas le foot », a-t-elle protesté.

Garth a secoué à nouveau la tête.

« Ce salaud et son problème de drogue m'ont coûté des milliers de dollars. »

Il n'avait pas l'air contrarié, pas vraiment, mais elle a été choquée par la mention du mot « milliers ».

« Tu as parié sur un match auquel il participait ?

— On peut dire ça comme ça, a-t-il répondu.

— Les jeux d'argent sont stupides. Tu as bien mérité de perdre de l'argent si tu as parié des milliers de dollars. J'espère que tu ne recommenceras pas.

— Cordelia, s'est insurgé Garth en se levant, ne me fais pas la leçon comme si j'étais un enfant.

— Si tu dépenses de l'argent sur des choses stupides et que tu me demandes de payer le loyer, j'ai mon mot à dire », a-t-elle rétorqué.

Elle a aussitôt regretté ses paroles, parce qu'elle savait que le week-end se terminerait sur une dispute et qu'elle aurait l'impression d'avoir tout gâché. Ils passaient déjà si peu de temps ensemble.

« Oh, s'il te plaît, a-t-il répliqué. Je paie bien plus de frais que toi et tu recevras bientôt des millions de ta mère, lorsque tu entreras en possession de ton fonds fiduciaire.

— Je ne sais même pas si je vais l'accepter. Je ne veux pas de l'argent de ma mère. Je ne sais pas si je lui adresserai à nouveau la parole un jour », a-t-elle répondu.

Elle sait qu'elle a eu honte de sentir ses yeux s'enflammer alors que les larmes menaçaient de couler.

« Comme c'est chouette d'avoir le luxe de refuser de l'argent », a-t-il ricané.

Cordelia a éclaté en sanglots.

Elle se souvient maintenant de la rapidité avec laquelle Garth a changé de tactique, pour se mettre aussitôt à la réconforter. Elle s'est dit alors que la nuit pouvait être sauvée, mais à peine une demi-heure plus tard, il a reçu un message, soi-disant du travail.

« Je dois me rendre rapidement au bureau pour aider Nathalie à résoudre un problème », a-t-il annoncé avant de repasser une tenue de travail, ce qu'elle a trouvé étrange, mais pas plus que cette obligation de se rendre au travail un dimanche soir. Il a même mis de l'après-rasage.

« Vraiment ? Un dimanche soir ? Tu me prends pour une cruche ? » s'est-elle insurgée.

Il a soupiré.

« On ne va pas remettre ça maintenant. Il faut que je parte. Je reviens bientôt. »

Il a déposé un baiser sur le sommet de son crâne et, coupant court à toute protestation, il est parti.

Elle s'est endormie avant qu'il revienne. Est-il seulement rentré ou l'a-t-elle simplement imaginé en train de grimper dans le lit ?

Était-il là lundi matin ? Elle se souvient de la tasse de café dans l'évier, mais elle n'a pas nettoyé la cuisine dimanche soir, préférant se coucher, fâchée, après qu'il était parti au travail. La tasse de café pourrait dater de dimanche après-midi. Il a envoyé un texto le lundi soir, pour la prévenir qu'il travaillerait tard, ce qui était un mensonge pur et simple.

Cordelia passe à la salle de bains, où la crème à raser et l'après-rasage de Garth sont posés à côté de sa brosse à dents électrique. Autant d'accessoires qui pourraient facilement être rachetés, mais pourquoi partir sans eux ? Garth ne gaspillerait pas son argent pour une nouvelle garde-robe. Il remet toujours en question les habitudes de consommation de Cordelia, lui demandant si elle a vraiment besoin d'une énième paire de chaussures. Ça ne lui ressemble pas de partir et de tout racheter à neuf. Elle vérifie à nouveau le panier à linge. Garth a passé une chemise blanche pour aller travailler dimanche soir. Il ne met jamais ses chemises blanches plus d'une fois, or il n'y a pas de chemise blanche dans le panier à linge. *Es-tu rentré dimanche soir ? Depuis combien de temps as-tu disparu ?*

La sonnerie de l'interphone la prend au dépourvu et la fait sursauter. Les battements de son cœur s'accélèrent : c'est peut-être Garth qui aurait perdu ses clés. Peut-être qu'il a pris une cuite pendant plusieurs jours ou qu'il a été avec une autre femme. Là, tout de suite, ça n'a pas d'importance. Lissant ses cheveux à la hâte, elle se rend compte qu'elle n'est pas maquillée.

Elle se précipite vers l'interphone et appuie sur le bouton.

— Oui ? lance-t-elle, un peu essoufflée.

— Madame Morton ? dit une femme.

— Oui, répond encore Cordelia, envahie par une déception cuisante.

— Je suis l'inspectrice Ashton, du service des personnes disparues. Je suis ici pour Garth Stanford-Brown.

— Ah...

— Cela ne vous dérange pas si nous venons discuter avec vous ?

Cordelia ouvre d'une main tremblante la porte de l'immeuble à la police, puis elle reste debout près de son entrée, attendant qu'ils frappent chez elle. Ce n'est pas ce qu'elle espérait. Elle voulait qu'on l'appelle pour lui dire qu'ils l'avaient trouvé et que tout allait bien. Peut-être est-il hospitalisé en raison de quelque problème médical dont il va guérir, comme un bras cassé ou autre, mais alors pourquoi ne l'a-t-il pas appelée ? Ce n'est pas ce qu'elle espérait, cependant elle n'est pas surprise. Cela devait arriver, bien sûr que cela devait arriver.

On frappe à la lourde porte, à coups rapides et sonores, autoritaires, et Cordelia s'empresse d'ouvrir.

— Madame Morton ? fait une femme.

Cordelia acquiesce et s'écarte pour laisser passer la femme et un grand homme dégarni.

— Entrez, dit-elle.

Les deux policiers sont vêtus d'un costume – noir pour la femme, marron pour l'homme – qui semble provenir du même magasin. S'agit-il d'une sorte d'uniforme ?

— Je peux vous offrir un café ? demande-t-elle en s'éclaircissant la gorge pour masquer sa gêne.

C'est ce que font les gens à la télévision, quand ils ont affaire à des inspecteurs, non ?

Après la mort de son père, Cordelia a passé beaucoup de temps avec des inspectrices, mais c'étaient deux femmes, et très gentilles, qui lui offraient du thé et des mouchoirs pendant qu'elle pleurait et essayait de décrire sa vie d'avant l'incendie. Et puis, elle était soutenue par Janine Saunders, la féroce avocate de sa mère, une femme qui semblait capable de mettre fin à un interrogatoire d'un simple regard. Janine était assise à côté de Cordelia, dans ses robes chic et ses vestes ajustées, les cheveux relevés en un chignon soigné. « Tu leur parleras en détail de l'alcoolisme de ta mère, Cordelia, ne leur cache rien, répétait-elle chaque fois que sa cliente devait parler à la police. Ta mère est alcoolique et souffre de délires induits par son abus d'alcool, il faut qu'ils le sachent.

— S'il vous plaît, ne parlez pas d'elle comme ça, avait-elle protesté une fois.

— Je parlerai d'elle de la manière qui convient pour lui éviter la prison, Cordelia, ne l'oublie pas. »

Elle regrette un instant de ne pas avoir Janine à ses côtés en ce moment même. Janine saurait quoi dire et quoi faire. Pourquoi leur a-t-elle proposé un café ?

— Nous ne boirons rien, merci. Comme je vous l'ai dit, je suis l'inspectrice Ashton et voici mon partenaire, l'inspecteur Jameson. Nous sommes du département des personnes disparues. Et ici pour parler de Garth.

Cordelia acquiesce.

— Je peux juste aller aux toilettes ? dit-elle.

Elle tourne les yeux vers la porte du balcon. Si seulement elle pouvait l'ouvrir et s'enfuir. Mais ils vivent au quinzième étage. Il n'y a pas d'échappatoire.

— Bien sûr, répond l'inspectrice Ashton.

Dans la salle de bains, Cordelia s'assoit sur le bord de la baignoire et sort son téléphone. Elle n'a jamais voulu faire ça, jamais voulu avoir à faire ça, mais elle n'a pas d'autre solution. Personne d'autre à qui demander de l'aide. Cassie est toujours au Royaume-Uni, ses amis à Sydney ne comprendraient pas, et elle ne leur parle pratiquement plus qu'en ligne.

Elle tape un texto sans pour autant l'envoyer, parce que peut-être, oui peut-être, elle n'aura pas à le faire. Puis elle se lave les mains.

— Il est temps d'affronter la situation, se lance-t-elle dans le miroir.

Elle n'a plus le choix.

Dans le salon, les inspecteurs se tiennent maladroitement à côté du canapé en cuir blanc. Cordelia déteste cette couleur, elle est toujours terrifiée à l'idée de tacher le meuble, mais une fois de plus, c'est Garth qui l'a choisi.

— Je vous en prie, asseyez-vous, propose-t-elle.

L'inspectrice Ashton s'exécute, puis elle la regarde, qui s'assoit à son tour.

— Je sais que vous avez signalé la disparition de Garth hier soir et je dois vous dire que sa mère l'a également signalée.

Bien sûr qu'Evangeline a appelé la police. Elle a probablement contacté la moitié de l'Australie pour exiger que l'on retrouve son fils. Garth vient d'une famille qui avait de l'argent et une position dans la société. Aujourd'hui, ils ont du mal ne serait-ce qu'à conserver leur grande maison ancienne, mais Evangeline est toujours persuadée qu'elle a droit à un traitement de faveur de la part du monde entier.

— Oh, dit Cordelia, se maudissant instantanément pour la stupidité de sa réaction.

— Oui. Et à ce stade, je dois vous informer que nous avons contacté tous les grands hôpitaux, sans trouver aucune mention dans leurs registres d'un homme non identifié correspondant à la description de Garth au cours des quatre derniers jours.

— Quatre jours, répète Cordelia, parce que ça ne peut pas faire aussi longtemps.

Mais on est jeudi et elle sait juste qu'il a quitté l'appartement lundi matin ou dimanche soir, sans avoir aucune idée de l'endroit où il est allé ni de ce qu'il a fait. Pas la moindre.

— Oui, il vous a fallu un peu de temps pour signaler sa disparition. Vous n'étiez pas inquiète pour lui ?

— J'étais... je...

Elle pourrait bien avoir des ennuis, là. De vrais ennuis.

— D'après ce que j'ai compris, vous le soupçonnez d'avoir une aventure ? continue l'inspectrice. Avez-vous des soupçons sur l'identité de son éventuelle maîtresse ?

— Non...

Cordelia secoue la tête. Elle imagine d'ici les ennuis qu'elle s'attirerait en mêlant Natalie à cette histoire. Celle-ci est avocate et, si Cordelia se trompe, l'autre pourrait sûrement l'accuser de diffamation.

— C'est juste une idée que j'ai eue, c'est tout, marmonne-t-elle avant de se frotter le nez.

Elle n'aurait certainement pas dû faire part de ses soupçons à la policière, hier soir.

— Oui, et quand l'avez-vous vu pour la dernière fois ?

— Je l'ai dit à votre collègue : dimanche soir.

— Je croyais que vous aviez parlé de sa présence ici lundi matin.

— Il... J'ai supposé qu'il s'était trouvé là lundi matin, parce qu'il avait laissé sa tasse de café dans l'évier, mais il est parti travailler dimanche soir. Il devait retrouver une consœur, une autre avocate.

— Un dimanche soir ?

Cordelia hausse les épaules. Elle n'a pas d'explication à cette bizarrerie.

— Et vous ne l'avez pas revu depuis ?

Cordelia secoue la tête.

— Je dormais quand il est rentré.

— S'il est rentré, nuance l'inspecteur en tapant sur son téléphone.

La gorge nouée, Cordelia se mord la lèvre. *S'il est rentré.*

Suivent alors d'autres questions. Une heure plus tard, ils sont toujours là et Cordelia a des élancements plein la tête et désespérément besoin d'aller aux toilettes, mais elle n'ose pas demander à y retourner, puisque sa dernière visite des lieux remonte à une heure seulement.

— Je peux donc repasser encore une fois tout ça ? demande l'inspectrice.

Cordelia hoche la tête, comme elle l'a fait la première et la deuxième fois que cette femme lui a posé la même question.

— Vous n'avez pas appelé la police parce qu'il lui arrive souvent de disparaître pendant un jour ou deux ?

Cordelia acquiesce, puis se racle la gorge.

— Bon, pas souvent, mais ces derniers mois... et, je veux dire, il ne disparaît pas, il ne rentre pas à la maison parce que, à l'en croire, il... dort au bureau.

Il dort au bureau ? Vraiment, Cordelia ? Où ça ? Sur le cana-pé ? Et pour se doucher et se changer ? Comment tu as pu croire à une explication aussi ridicule ?

— D'accord, mais dans ces cas-là, vous êtes habituellement en contact avec lui ?

— Habituellement, oui, répond Cordelia.

Elle se déplace sur le canapé, regrettant que l'inspectrice soit assise aussi près. Elle voit une petite tache de quelque chose, peut-être du café, sur la chemise de la policière et elle ne cesse d'avoir envie de la lui montrer. Elle aimerait s'éloigner, mais craint de paraître coupable de quelque chose.

— Alors, vous lui avez envoyé un message quand il n'est pas rentré le premier soir ?

— Comme je vous l'ai dit, oui, je lui ai envoyé de nombreux messages.

— C'est vrai, oui, je peux en voir la preuve sur votre téléphone.

Cordelia n'avait aucune envie de lui montrer ses textos et savait qu'elle avait la possibilité de refuser, mais il était plus facile d'obtempérer. Ce matin, avant de sortir du lit, elle a effacé certains de leurs messages, devinant confusément que les choses risquaient de s'envenimer. Et si Garth était blessé, à l'hôpital ou ailleurs, elle ne voulait pas avoir sous les yeux la preuve de son horrible comportement.

— Et vous avez appelé son cabinet ?

Cordelia serre les dents, pour que l'inspectrice ne se rende pas compte qu'elle est en train de l'atteindre.

— Oui, et on m'a dit qu'il n'était pas venu depuis trois... quatre jours maintenant. Je n'ai pas rappelé ce matin.

Elle se concentre sur les sourcils de l'inspectrice, deux lignes fines et nettes domestiquées par l'épilation. Une partie de l'habileté de l'inspectrice Ashton semble résider dans sa capacité à hausser légèrement ces sourcils pour exprimer l'incrédulité sans qu'elle ait besoin de dire quoi que ce soit. Ses cheveux noirs sont attachés, ce qui souligne la petitesse de ses yeux marron foncé. Peut-être pensait-elle que des sourcils extrêmement fins agrandiraient ses yeux ?

— Non, nous avons appelé son bureau ce matin. Il n'est pas là. Nous nous y rendrons également aujourd'hui.

Cordelia attrape le verre d'eau posé devant elle sur la table basse. Il a laissé une marque sur le bois, négligence que Garth remarquerait et qui le mettrait immédiatement en colère. « Deux mille dollars, Cordelia. Un peu de respect pour ce qui m'appartient, s'il te plaît », dirait-il en tapant du doigt sur la table pour lui montrer les sous-verres. Il a un faible pour les beaux objets. Son canapé en cuir, sa table basse, ses draps en bambou hors de prix, son lit surdimensionné. Ses objets sont luxueux et ils comptent pour lui. Il ne les abandonnerait certainement pas de son plein gré, si ?

Mais elle se désintéresse de la trace laissée par le verre sur la table basse, parce que Garth n'est pas là et qu'il n'est plus là depuis quatre jours.

— Alors, vous allez... lancer une alerte ou quelque chose comme ça ?

— On fera tout ce qui est en notre pouvoir. Il y a une raison de s'inquiéter de sa santé mentale ?

— Non, je veux dire... Il travaille dur, mais je ne pense pas qu'il ait de soucis de cet ordre.

— Et depuis combien de temps vous êtes ensemble ? demande l'inspectrice.

— Quatre ans et demi, répond Cordelia avec un soupir.

— Et la dispute que vous avez eue portait sur… ?

L'inspectrice lui a déjà posé cette question trois fois.

— Simplement parce qu'il travaillait beaucoup, élude-t-elle, tout comme elle l'a fait les fois précédentes.

— Pas sur une éventuelle aventure ?

— Non, déclare Cordelia.

Elle baisse les yeux sur la marque laissée par l'eau puis, faisant glisser sa manche de survêtement jusque sur sa main, elle l'essuie.

— Mais s'il avait une aventure, avez-vous une idée de qui pourrait être sa maîtresse ? Il serait utile que nous le sachions.

— Je ne sais pas, répond Cordelia, qui se répète que ce sera certainement pire si elle mêle Natalie à tout cela. Je ne sais pas.

Un coup d'œil au ciel bleu par la porte du balcon l'amène à se demander s'il fait chaud ou froid dehors. Elle aimerait bien être dehors.

Le collègue de l'inspectrice Ashton n'a posé aucune question. Il ne s'est même pas assis. Il se contente de se déplacer dans l'appartement, se saisissant par moments de l'un des précieux « objets » de Garth, comme l'affreuse petite statuette de fécondité, consistant en une femme aux seins énormes. « Pourquoi tu as acheté ce truc ? lui a-t-elle demandé quand il est rentré un soir avec cette sculpture.

— C'est de l'art et ça prendra de la valeur », lui a-t-il répondu.

Après le Royaume-Uni, Cordelia avait loué un petit appartement pour commencer à étudier pendant que Garth s'organisait pour venir. Elle pensait qu'ils partageraient son appartement, mais Garth, qui avait une certaine idée de lui-même, avait insisté pour louer cet appartement très cher, qu'il avait ensuite rempli de tout un tas de trucs. L'endroit a toujours été plus à lui qu'à elle, même s'il lui a demandé de payer le loyer quelques fois, au motif qu'il était un peu à court d'argent. « Je dois entretenir les apparences, Cordy, et les dîners avec les gens de l'entreprise coûtent cher parfois. » Ces derniers temps, il a semblé « un peu à court » plus souvent qu'à son tour.

« On devrait peut-être déménager dans un endroit moins cher jusqu'à ce que je gagne assez d'argent.

— Ton fonds fiduciaire va bientôt arriver à échéance, non ? » avait-il répliqué.

Elle a aussitôt regretté de lui avoir parlé de ce fonds.

Elle recevra deux millions de dollars à ses vingt-cinq ans. Elle se rend compte que cela va changer sa vie. Une fortune. Plus d'argent, en une seule fois, que la plupart des gens n'en gagnent en une vie. La somme sera suffisante pour acheter un bel appartement et voyager un peu sans avoir à se soucier des factures. Garth sait aussi que sa mère a bien vendu sa société et il l'encourage depuis un certain temps à pardonner à Grace.

« Elle a commis une erreur et elle l'a payée, a-t-il déclaré. Tu dois lui pardonner. »

C'est le seul domaine dans sa vie où Cordelia ne laissera pas l'opinion de Garth influencer sa décision. Il l'influence assez à l'heure actuelle, depuis les vêtements qu'elle porte jusqu'à ses fréquentations. Elle est déterminée à ne plus jamais parler à sa mère. Dans toutes les situations qu'elle a eu à affronter au cours de ces quatre dernières années, elle a cherché l'aide et les conseils de Garth.

Aujourd'hui, il a disparu. Ou il est mort. Elle écarte cette pensée d'un clignement d'yeux.

L'espace d'un instant, elle ressent le besoin désespéré de sa mère, sentiment qu'elle s'efforce toujours d'étouffer dans l'œuf. Mais elle aimerait vraiment bien que sa mère soit là maintenant. Pas la mère alcoolique, paranoïaque et accusatrice que Grace était devenue, plutôt la mère qui l'écoutait quand elle parlait et qui lui donnait des conseils avisés sans porter de jugement. La mère qui cuisinait des cookies avec elle et s'allongeait à ses côtés sur son lit pour commenter la journée de Cordelia.

— Alors, y a-t-il une raison qui puisse expliquer pourquoi il reste absent aussi longtemps ? demande à nouveau l'inspectrice.

Partez, sortez de chez moi et partez, partez ! veut-elle crier. Son visage s'enflamme, parce qu'elle comprend que l'inspectrice sait qu'elle ment sur les raisons susceptibles d'avoir poussé Garth à partir.

— Vous ne pouvez pas... tracer son téléphone ou quelque chose comme ça ? lance-t-elle, brûlant de faire avancer la conversation. Ce n'est pas ce qu'on fait, de nos jours ? Tracer son téléphone et découvrir où il se trouve ?

— C'est intéressant que vous parliez de cela, dit l'inspectrice Ashton avec un petit sourire, dont les deux dents de devant sont légèrement tordues. On peut le faire, mais cela prend beaucoup plus de temps que les gens ne le pensent, parce qu'on doit obtenir un mandat, puis parler à son fournisseur et utiliser les tours de téléphonie mobile. Bref, l'opération peut prendre des semaines, mais ce qui est intéressant, c'est que...

L'inspectrice laisse la phrase en suspens, si bien que Cordelia ne peut s'empêcher de frotter ses bras qui la démangent.

— Ce qui est intéressant ? insiste-t-elle.

— Sa mère a une application de localisation pour son téléphone. C'est souvent le cas entre les gens d'une même famille... mais vous n'en avez pas pour Garth ?

— Je... non, répond-elle.

Ce n'est pas bon. Ce n'est pas bon.

— Bref, sa mère en a une, elle a donc pu nous indiquer l'emplacement de son téléphone.

Cordelia acquiesce, dans l'attente de la réponse. Une centaine de scénarios se bousculent dans sa tête : avec sa maîtresse, en vacances, mort ? Pourquoi l'inspectrice a-t-elle mis autant de temps à le lui révéler ? Pourquoi ne pas commencer par l'endroit où se trouve son téléphone, puisque c'est là que se trouve Garth, évidemment ?

— Il se trouve ici, dit l'inspectrice. Dans l'appartement.

Quoi ? Quoi ? Quoi ? Cordelia sent son estomac se tordre pendant que l'inspectrice continue de parler.

— Sa mère dit qu'elle vous a appelée hier pour vous demander des nouvelles de Garth. Quand vous lui avez appris qu'il n'était pas chez vous, elle s'est inquiétée et elle a donc consulté l'application de localisation. Elle a pu constater que son téléphone était ici, dans l'appartement, et c'est à ce moment-là qu'elle nous a appelés. Je suis sûre que vous pouvez comprendre les raisons de son inquiétude.

— Mais pourquoi ne m'a-t-elle pas rappelée ? s'étonne Cordelia. Pourquoi ne m'a-t-elle pas rappelée pour me le dire ?

L'idée que le téléphone de Garth se trouve dans les parages lui donne presque le vertige.

— On dirait bien qu'elle ne vous fait pas vraiment confiance, répond l'inspectrice Ashton, en détachant les mots avec lenteur.

Cordelia a l'impression d'y déceler un certain plaisir. Elle voudrait détourner le regard de l'inspectrice, mais la femme ne la lâche pas des yeux, puis un sourcil se hausse légèrement.

— Pourquoi, à votre avis ?

— Je...

Cordelia cède à l'envie de se gratter les bras et attaque sa peau sous le regard de l'inspectrice.

— Je dois d'aller aux toilettes, annonce-t-elle.

La voilà qui se lève sans attendre la permission, fonçant vers son refuge dont elle claque la porte derrière elle. Ensuite, elle se lave les mains deux fois, en essayant de calmer son cœur qui s'emballe.

Puis elle envoie le texto qu'elle avait préparé. Plus de doute, elle doit l'envoyer.

Elle s'apprête à quitter la salle de bains quand elle reçoit une réponse. Choquée au plus haut point, elle s'empresse de répondre :

Quoi ? Non. Attends. Il se passe quelque chose. Viens ce soir. Seulement ce soir.

La confusion s'empare de ses pensées. Ce n'était pas du tout ce à quoi elle s'attendait, mais elle n'arrive même pas à prendre le temps d'y réfléchir.

Lorsqu'elle ouvre la porte, les policiers l'attendent de pied ferme.

— Vous ne voyez pas d'inconvénient à ce que nous fassions une petite visite des lieux, n'est-ce pas ? demande l'inspecteur Jameson, trouvant enfin sa voix, maintenant qu'il est planté au-dessus d'elle.

Et elle se rend compte que tel était leur objectif depuis le début. Ils l'ont interrogée pendant près de deux heures et c'est seulement maintenant qu'ils lui disent savoir où se trouve le téléphone. Si elle répond que non, ils ne peuvent visiter l'appartement, si elle exige qu'ils reviennent avec un mandat de perquisition, elle devient immédiatement la suspecte numéro un.

Elle ne peut que secouer la tête, tandis qu'une sonnette d'alarme retentit à ses oreilles.

Garth ne quitte jamais la maison sans son téléphone.

Jamais.

Jeudi

La seule chose à faire, c'est de me concentrer sur mon travail. J'allume mon ordinateur et j'accède à ce dont j'ai besoin, même si mon cœur bat la chamade et que mon esprit tourbillonne. La monotonie des feuilles de présence et des plannings parvient à me faire oublier l'inconnu pendant quelques heures. À l'approche du déjeuner, je me rends compte que j'ai soif et je m'adosse à mon fauteuil en me frottant les yeux derrière mes fausses lunettes.

Dans ma poche, mon téléphone vibre : j'ai reçu un texto. Supposant qu'il s'agit d'un spam puisque personne, à part l'hôtel et Cordelia, n'a ce numéro, je sors l'appareil sans me presser.

Maman, j'ai besoin de toi. Il faut que tu viennes.

Le téléphone me glisse des mains et atterrit sur mon bureau dans un bruit sourd. Je le récupère et relis ses mots. J'inspire lentement, pour m'empêcher de pleurer.

Elle m'appelle à l'aide. Cela doit signifier que les choses sont bien pires que je ne l'envisageais.

Je veux aller la voir sur-le-champ.

Donne-moi ton adresse. Je suis à Melbourne.

Quoi ? Non. Attends. Il se passe quelque chose. Viens ce soir. Seulement ce soir.

J'accepte et elle m'envoie l'adresse dont je n'ai pas vraiment besoin. Je ne veux pas attendre. Je brûle d'aller la voir tout de suite, mais ma fille m'a tendu la main pour la première fois depuis six ans. Je ne vais pas tout gâcher en déboulant chez elle, ce qui reviendrait à tenter de prendre le contrôle et de régenter sa vie à sa place. Je dois me conformer à ses désideratas.

Mais il est très difficile d'être patiente et d'attendre. J'ai eu beaucoup de mal à apprendre la patience, et ce depuis toujours, mais plus particulièrement pendant mon séjour en clinique. « Prenez chaque jour comme il vient », m'a conseillé mon thérapeute. Une petite phrase galvaudée qui m'a fait rire. J'ai cependant trouvé plus facile d'être patiente une fois mises par écrit mes raisons de guérir, mes raisons de sortir de l'établissement. L'une de ces raisons, ce sont mes filles, mais l'autre, c'est le karma.

Le programme en douze étapes, que l'on trouve dans le monde entier et qui a été conçu pour aider les toxicomanes à se rétablir, encourage les participants à se chercher quelque chose de plus grand qu'eux : que ce soit Dieu ou l'univers, tout ce qui permet de sentir qu'opère dans le monde quelque chose de plus grand que soi. J'ai opté pour l'idée du karma.

On ne peut pas mal agir sans s'attendre à être puni d'une manière ou d'une autre.

Je suis consciente d'avoir commis des actes terribles, mais pour une bonne raison, or j'ai l'impression d'avoir été punie sans avoir perpétré le moindre forfait véritable. J'ai tout perdu à cause des agissements, dirigés contre moi, de Robert et de Tamara, mon assistante. Mais parfois, le karma prend son temps. Il permet à des personnes horribles d'être heureuses, de connaître le succès et la joie et de vivre pleinement leur vie. Parfois, le karma ne semble pas y prêter attention. Mais moi, si.

C'est ce que m'inspire Tamara chaque fois que je regarde son compte Instagram. Elle semble différente aujourd'hui, maintenant que six années ont passé, comme si elle avait grandi en tant que femme avec des pommettes saillantes et un fabuleux sens du style. Elle voyage dans le monde entier, toujours avec un homme différent et de plusieurs années son aîné. Elle déjeune et dîne dans des restaurants coûteux et, en général, paraît vivre sa *#meilleurevie*.

Instinctivement, je clique sur sa page, comme j'en ai l'habitude. Sa dernière photo est un plan sur sa main tenant une coupe de champagne, avec la légende *#amonamour #projetsdavenir*. Vu qu'elle ne montre pas de bague, j'en déduis qu'elle n'est pas fiancée, mais elle fait manifestement référence à un homme précis et je ne peux m'empêcher de fulminer à l'idée qu'elle a quelqu'un pour l'aimer, elle, alors qu'elle ne le mérite pas.

Ce n'est pas normal. Quand j'aurai fini d'aider Cordelia, quel que soit son problème, je m'occuperai de Tamara. Je serai le karma et on ne pourra pas m'arrêter.

Je me fiche de savoir combien de temps cela me prendra. On dit que la vengeance est un plat qui se mange froid, mais si vous voulez mon avis, tout ce qui compte, c'est qu'il se mange.

Je regarde l'heure sur mon téléphone. Quand je laisse libre cours à mes pensées, je peux parfois perdre une heure ou deux. Je repousse Tamara dans un coin de mon esprit, en me rappelant que je vais bientôt revoir ma fille. Je me trouverai bel et bien dans la même pièce qu'elle. Je frémis de joie et d'impatience, les yeux sans arrêt fixés sur mon téléphone, dans l'espoir que le temps s'accélère.

En milieu d'après-midi, je me rends compte que je suis affamée. Penser à ma fille m'a tellement distraite que j'ai travaillé pendant le déjeuner. En sortant de mon bureau, je tombe sur Kelsey, au téléphone. Son joli visage s'illumine quand elle s'esclaffe sur un propos que lui tient son interlocuteur.

— J'ai hâte, conclut-elle en raccrochant lorsqu'elle me voit.

— Vous prévoyez quelque chose de spécial ? je lui demande. Elle acquiesce.

— Je vais prendre un congé de l'université. Mon père va devenir fou, mais je m'en fiche.

J'ouvre la bouche, sur le point de lui donner un conseil, avant de me raviser. Je ne vais pas me mêler de la vie de cette jeune femme en lui disant qu'elle se fourvoie. Je dois m'occuper de ma propre enfant et de ses choix.

— Je n'ai que dix-neuf ans, reprend-elle, comme si elle devinait mon opinion, j'ai tout le temps de faire des études ennuyeuses.

— Assurément, je réponds.

Ce ne sont pas mes affaires après tout.

Je la laisse à ses projets et me dirige vers la sortie.

Mais au moment de partir, je vois, plantés dans la réception, les deux inspecteurs qui se trouvaient ce matin devant l'immeuble de Cordelia. Je bats en retraite dans mon bureau, le cœur affolé. Ce sont bien les mêmes. Je reconnais leurs uniformes.

Pourquoi sont-ils ici ? Cela doit avoir un rapport avec l'absence de Garth au travail, forcément. Que savent-ils ? Vont-ils vouloir parler à tout le monde ici aussi ? Et s'ils m'interrogent, de quoi seront-ils au courant ? Je ne sais pas trop comment je vais réussir à mentir aux inspecteurs. Mon permis de conduire est toujours au nom de Grace Morton. Ils feront le lien entre Cordelia et moi, bien sûr, et il est hors de question que cela arrive.

J'ouvre lentement la porte de mon bureau, tapotant ma perruque pour m'assurer qu'elle est bien en place, puis je me dirige rapidement vers les toilettes.

J'attends quelques minutes dans une cabine, où je m'efforce de décider quoi faire. Il n'est pas exclu que je puisse sortir du bureau sans m'entretenir avec les inspecteurs. Après tout, je viens juste de commencer à travailler ici, et je suis une intérimaire. Pour tout le monde, je n'ai jamais entendu parler de Garth avant de prendre ce poste.

Mais je ne veux courir aucun risque.

Sur une profonde inspiration, j'ouvre la porte de la cabine pour m'approcher des lavabos, où je me lave les mains. Au même instant, la porte d'une autre cabine s'ouvre et Natalie en sort. Elle sursaute en me voyant.

— Oh, je ne vous avais pas entendue, bredouille-t-elle.

— Je suis un peu en retard, je m'apprête à sortir pour aller manger un morceau, je lâche, sans la regarder.

Je remarque cependant qu'elle semble agitée quand elle commence à se laver les mains.

Une fois l'opération terminée, elle ne quitte pas pour autant les lieux : elle reste là, à me regarder.

— Quelque chose ne va pas ? je demande.

Elle secoue la tête.

— La police est ici.

Je le sais, mais je sens soudain qu'il vaudrait mieux feindre l'ignorance.

— Ah bon, pourquoi ?

— Garth, l'un des principaux associés, a disparu depuis lundi. Il n'est pas venu lundi et il n'a informé personne de la raison de son absence.

— Tristan m'en a parlé, ce matin. Il est peut-être malade, je suggère.

— Non, murmure Natalie, je ne pense pas que ce soit ça. À mon avis, il lui est arrivé quelque chose.

— Mais pourquoi ? je demande en essayant de paraître confuse.

— Il est... commence-t-elle avant de secouer la tête. Ce n'est pas quelqu'un de bien. Il est juste...

J'attends qu'elle finisse, retenant mon souffle pour savoir ce qu'elle va dire mais, réalisant visiblement qu'elle s'adresse à moi, elle hausse les épaules.

— Désolée, je devrais garder ça pour moi. Je suis sûre que tout va bien.

— Vous pouvez vous confier à moi si vous voulez, Natalie. Je ne le connais pas, mais vous semblez préoccupée par la présence de la police. Peut-être que vous devriez leur parler ?

Je savais que Garth n'était pas quelqu'un de bien, je l'ai su dès que j'ai vu son sourire factice sur une photo. J'aimerais que Natalie informe la police de ce qu'il a fait pour que je réussisse à le faire sortir de la vie de ma fille.

— Je... Non... non, je ne sais vraiment rien, balbutie-t-elle en quittant rapidement les toilettes.

Je me lave à nouveau les mains, utilisant l'eau fraîche pour focaliser mes pensées. Puis j'ouvre la porte et je regarde qui se trouve dans les parages. Je vois les deux inspecteurs parler à Natalie, laquelle regarde autour d'elle, comme en quête de soutien. Puis ils entrent dans un bureau, dont la porte se referme. Il faut que je sorte maintenant.

À la réception, Tristan est en train de téléphoner. J'attends patiemment, l'œil rivé sur le bureau où les inspecteurs ont emmené Natalie.

Quand il a raccroché, je me penche et je murmure :

— Je dois partir, Tristan. Je ne me sens vraiment pas bien. Mon... ventre, dis-je.

Je rougis en prenant conscience de ce que cela laisse entendre, mais ça marche, parce qu'il recule rapidement dans son siège.

— Bien sûr, allez-y. Je doute qu'on travaille beaucoup aujourd'hui.

— Pourquoi ?

Il s'avance à nouveau sur son siège, ravi de pouvoir partager un potin juteux :

— Garth, vous savez, celui sur lequel vous m'avez interrogé ce matin ?

J'acquiesce.

— Il n'est pas venu de la semaine et maintenant sa petite amie, une fille charmante... bien trop jeune pour lui, si vous voulez mon avis... Bref, reprend-il en agitant une main, elle a signalé sa disparition et il y a des rumeurs au sujet de Garth...

— Quelles rumeurs ? je demande.

Passant au chuchotement, il répond :

— Disons simplement que Garth a des yeux baladeurs et qu'ils se baladent parfois dans la mauvaise direction. Beaucoup de langues se sont déliées à ce sujet aujourd'hui.

Il m'adresse un signe de tête complice.

— Qu'est-ce que vous entendez par « mauvaise direction » ? j'insiste.

Il recule de nouveau dans son siège : je dois avoir l'air plus malade que je ne le pensais, car il secoue la tête.

— Vous devriez vraiment y aller, Grace. La dernière chose dont nous avons besoin, c'est que le bureau soit infecté par un virus teigneux.

— Bien sûr, à demain matin.

— « *Feel better* », me chante-t-il alors que je me retourne pour partir.

Mais il est bientôt interrompu par un appel.

Du coin de l'œil, je vois s'ouvrir la porte du bureau où se trouvaient Natalie et les inspecteurs. Je me précipite donc dans l'escalier au lieu d'attendre l'ascenseur, dévalant les sept étages et émergeant en sueur dans le vent violent qui souffle sur la ville.

Je hèle un taxi pour qu'il me ramène à mon hôtel, où je me doucherai et mangerai avant d'aller voir Cordelia. Un coup d'œil à ma montre m'indique qu'il est plus de 16 heures. Je quitterai mon hôtel à 17 heures. Plus qu'une heure à attendre.

Plus qu'une heure avant de savoir exactement ce qui arrive à mon enfant.

Tristan devait parler de l'infidélité de Garth. Une infidélité ne serait-elle pas une « mauvaise direction » s'il a une petite amie ? Si l'on ajoute à cela le fait que Cordelia paie le loyer et d'autres factures, je me demande dans quel pétrin cet homme a bien pu se fourrer. Mais où est-il donc passé ?

Je vais régler ce problème, parce que c'est ce que je fais pour mes filles, ce que je ferai pour mon enfant. Et quel que soit le danger que représente l'homme au blouson de cuir, ou ce que Garth fait ou a fait, ils ne comptent pour rien face à une mère qui protège son enfant. Rien.

11

CORDELIA

Sa mère est à Melbourne et sera bientôt là. Cordelia n'en revient pas. Pourquoi est-elle ici ? Avait-elle deviné d'une manière ou d'une autre que sa fille aurait besoin d'elle ?

Il est un peu moins de 17 heures et elle a dit à sa mère de venir en début de soirée. Grace ne devrait donc plus tarder.

En attendant, elle déambule dans l'appartement. S'approchant des portes vitrées, Cordelia les fait coulisser et sort sur le balcon, croisant automatiquement les bras pour se protéger du vent. Leur balcon est charmant en été, quand il fait beau. On peut s'asseoir sur le canapé d'extérieur et siroter un thé en contemplant la ville et le fleuve. Mais la plupart du temps, il fait trop froid et il y a trop de vent vu la hauteur à laquelle il se trouve, c'est pourquoi elle n'en profite quasiment pas.

Baissant les yeux, elle scrute la rue, quinze étages plus bas, puis secoue la tête. Ce n'est pas comme si elle pouvait distinguer quoi que ce soit de toute façon. Faisant demi-tour, elle retourne à la cuisine pour se préparer une tasse de thé.

Elle avait l'intention de ne plus jamais reparler à sa mère.

Ses mains tremblent un peu lorsqu'elle opte finalement pour un café. Un peu de caféine la requinquera un peu.

Elle avait l'intention de ne plus jamais reparler à sa mère et pourtant elle l'a appelée à l'aide. Pourquoi ?

Parce qu'elle comprendra.

Prenant une gorgée de sa tasse, elle regarde l'appartement, regrettant de n'avoir pas interdit aux inspecteurs de fouiner partout, d'ouvrir les tiroirs et les placards, même s'ils ont procédé avec précaution. L'appartement n'est pas grand et il ne leur a pas fallu longtemps pour trouver le téléphone de Garth.

L'appareil était sous le lit, la sonnerie sur silencieux, la batterie tombée à sept pour cent. Cordelia n'avait même pas pensé à le chercher, parce que Garth ne quitte jamais la maison sans lui et qu'il lui a envoyé un texto depuis ce même téléphone lundi soir.

« Je ne savais pas, a-t-elle déclaré lorsque l'inspectrice Ashton le lui a montré.

— Il est rare que quelqu'un quitte son domicile sans son téléphone de nos jours, a répliqué l'inspectrice dont les sourcils se sont haussés pour mieux impressionner Cordelia.

— Je ne... Je ne savais pas, a-t-elle répété.

— Il ne l'avait jamais laissé à la maison auparavant ? a insisté l'inspectrice Ashton.

— Non, jamais. Pourquoi aurait-il fait cela ? »

Cordelia ne posait pas vraiment la question à l'inspectrice, mais plutôt à elle-même.

« Pourtant vous affirmez qu'il vous a envoyé des textos de son téléphone lundi ?

— Oui. »

L'inspectrice a penché la tête, suggérant que quelque chose la perturbait.

« D'accord, mais vous n'êtes même pas sûre qu'il soit rentré dimanche soir.

— Je veux dire... Je pensais... a bredouillé Cordelia.

— Et si le téléphone se trouve ici depuis le début, il ne vous aurait pas été très difficile de vous envoyer à vous-même un SMS à partir de cet appareil.

— Pourquoi j'aurais fait ça ? Jamais de la vie ! s'est insurgée Cordelia.

— Bien sûr que non, a opiné l'inspectrice dont l'incrédulité était patente.

— S'il l'a laissé ici, c'est sans doute pour une bonne raison », a répliqué Cordelia.

Mais il m'a envoyé un texto lundi. Il l'a fait.

L'inspectrice a haussé les épaules.

« Si quelqu'un veut disparaître, c'est quelque chose que j'ai déjà vu... enfin, si jamais il le voulait.

— Mais pourquoi l'aurait-il voulu ?

— À vous de me le dire », a répliqué l'inspectrice, le regard fixé sur Cordelia.

Celle-ci se sentait presque nue sous l'intensité de son radar.

« Pourquoi vous me posez toutes ces questions ? J'ignorais que le téléphone se trouvait là et je suis vraiment inquiète pour lui maintenant. Vous devriez plutôt être en train de le chercher.

— Oh, nous le cherchons, nous le cherchons vraiment. Est-ce que nous pouvons emporter son téléphone ?

— Eh bien, il pourrait... Je ne pense pas qu'il aimerait ça.

— Peut-être que vous pourriez le déverrouiller pour nous, histoire que nous vérifiions juste s'il a reçu des messages qui pourraient nous indiquer ce qui s'est passé.

— Je ne sais pas... » Les mots se sont bloqués dans la gorge de Cordelia. « Je ne sais pas déverrouiller son téléphone. Il utilise un schéma que je ne suis pas sûre de connaître. »

L'inspectrice a acquiescé, mais Cordelia a pu constater une nouvelle fois que la femme ne la croyait pas.

« Nous nous débrouillerons pour le déverrouiller si vous êtes d'accord pour nous le confier. »

Cordelia a dévisagé l'inspectrice, consciente que cette politesse scrupuleuse était une ruse. Si elle refusait, elle aurait l'air coupable de quelque chose.

Ce serait encore pire quand ils auraient réussi à ouvrir l'appareil. Elle ne s'attendait pas à ce que quelqu'un d'autre que Garth consulte ce téléphone.

« C'est bon, a-t-elle concédé, incapable de s'empêcher de croiser les bras.

— Vous n'avez pas l'intention de partir en vacances de sitôt, n'est-ce pas ? a lancé l'inspectrice en se dirigeant vers la porte de l'appartement.

— Bien sûr que non, s'est exclamée Cordelia. Garth et moi parlions de partir l'été prochain mais… » Elle s'est tue, submergée par le poids énorme de sa peur pour son compagnon. « Mais maintenant… » Elle a fermé les yeux, sentant une larme s'échapper.

« Nous le retrouverons, j'en suis sûre », a déclaré l'inspectrice, un brin de douceur dans la voix. Cordelia a alors compris qu'elle s'était finalement comportée comme elle le devait.

Elle s'est dirigée vers sa porte d'entrée et l'a ouverte, impatiente de les voir quitter son espace.

« Oh, et juste pour vérifier, votre mère est bien Grace Morton, n'est-ce pas ? » a ajouté l'inspectrice en franchissant son seuil pour s'engager dans le couloir menant à l'ascenseur.

Cordelia a senti sa mâchoire se crisper.

« Oui, a-t-elle répondu.

— D'accord. OK. Nous resterons en contact et, bien entendu, s'il vous joint d'une manière ou d'une autre, veuillez nous en informer immédiatement.

— Bien entendu », a confirmé Cordelia.

Elle a refermé la porte d'entrée pour y appuyer son front, attendant d'entendre les pas des inspecteurs s'éloigner. Au bout de quelques minutes, elle a compris qu'ils étaient toujours là, probablement une oreille collée à la porte, dans l'espoir d'entendre si elle appelait quelqu'un, disait ou faisait quelque chose.

Elle s'est lentement éloignée de la porte, furtive dans sa propre maison, puis elle s'est enfermée dans sa salle de bains en marbre où elle a relu le texto de sa mère, convaincue de l'avoir imaginé au bout du compte.

D'après sa mère, son père la trompait et lui mentait ; d'après sa mère, son père la manipulait. Et si Cordelia est honnête avec elle-même, elle sait que c'est exactement ce que Garth a fait aussi.

L'inspectrice a-t-elle mentionné sa mère parce qu'elle la connaît ? Telle mère, telle fille ?

Elle pensait sa mère à Sydney, à l'abri du monde entre les murs d'un appartement luxueux. Mais sa mère est là, en route, et Cordelia ne sait pas quoi faire d'elle-même.

Si Garth avait l'intention de disparaître, de s'enfuir, il a pu abandonner son téléphone, mais qu'aurait-il voulu fuir ? S'il était rentré il y a trois nuits pour lui dire : « Je suis amoureux de quelqu'un d'autre et je te quitte » ou « Je veux que tu partes », Cordelia n'aurait pas été surprise. Elle aurait accepté de voir ses soupçons se muer en certitude et elle serait partie avec ses bagages, juste partie.

Adolescente, devant les disputes de ses parents, elle s'est juré de n'être jamais aussi pathétique que sa mère, obligée de se réfugier dans l'alcool pour endormir sa paranoïa, de crier et de hurler pour faire avouer quelque chose à son mari. Elle s'est promis de partir si son mariage ou sa relation s'effondrait, mais partir n'est pas aussi facile que prévu, maintenant qu'elle soupçonne bel et bien Garth de la tromper. L'amour pousse les gens à des folies, et sentir qu'on a été trahi par la personne qu'on aime le plus au monde n'est pas aussi facile à gérer que Cordelia l'avait imaginé pendant son adolescence.

Elle a honte d'elle-même, d'avoir agi comme elle l'a fait avec Garth, d'avoir jugé sa mère, d'avoir pensé que ça ne lui arriverait pas, à elle, simplement parce qu'elle a déjà souffert de la perte de son père. Il n'existe pas de compte global où tout s'équilibre. Des ennuis surviennent, puis d'autres ennuis encore et, avec un peu de chance, on trouve le moyen d'y survivre.

Maintenant, elle veut juste savoir que Garth va bien et que, quoi qu'il soit arrivé, ils s'en sortiront tous les deux. Elle pense l'espérer.

La sonnette de la porte d'entrée de son immeuble retentit, sonore dans l'appartement. Sa mère est là, dehors. Sa mère est là.

12

GRACE

Jeudi

Plus que quelques minutes avant que je revoie mon enfant.

J'appuie énergiquement sur la sonnette de son interphone, incapable de croire que je vais bientôt avoir Corcelia en face de moi, pour la première fois depuis six ans.

— Maman ?

Sa voix me parvient, fluette et lointaine.

— Maman, répète-t-elle comme si elle n'arrivait pas à y croire.

— Je suis là, ma chérie, je réponds. Je suis là.

Un bourdonnement retentit et les portes vitrées s'ouvrent. Puis je me retrouve dans l'ascenseur le plus lent du monde, qui grimpe étage après étage, et je dois me mordre la lèvre pour m'empêcher de crier lorsqu'il s'arrête au sixième étage et qu'un vieil homme pénètre à la vitesse d'un escargot dans la cabine.

— Oh, je croyais qu'il descendait, fait-il en appuyant sur le symbole du rez-de-chaussée.

— Il monte, je réplique, avant de regarder mes pieds, pour couper court à toute tentative de conversation.

— Je vais donc devoir monter, conclut-il avec un soupir.

Enfin, nous y voilà. Dès que les portes s'ouvrent, je me précipite vers son appartement. Je lève la main pour frapper, mais la porte s'ouvre... Je suis devant elle, ma si belle enfant.

— Tu es là, dit-elle.

— Je suis là.

J'ai envie de tendre les bras, de l'attraper et de la serrer contre moi. Elle est si menue et si pâle.

— Tu es très mince, constate-t-elle.

— Tu es trop mince, je réplique.

Elle acquiesce, tout en reculant pour me laisser entrer.

— Garth... mon petit ami... mon petit ami n'aime pas les femmes rondes, dit-elle, avant de secouer la tête, regrettant ses mots.

— Je peux... je peux te serrer dans mes bras ? je demande.

Elle se tient à un mètre de moi, pas moins. Assez proche pour que je puisse la toucher, mais ses épaules sont rejetées en arrière, ses poings serrés. Tout son corps est prêt à se battre. Elle m'a appelée parce qu'elle est désespérée, je le sais, mais au moins elle m'a appelée. J'ai un grand accès de compassion pour elle, parce qu'elle n'a personne d'autre à appeler. Robert voulait un deuxième enfant, cependant je savais que cela compliquerait le développement de mon entreprise. Cordelia me suffisait. Toutefois, après tout ce qui s'est passé, je regrette qu'elle n'ait pas de frère ou de sœur vers qui se tourner pour obtenir de l'aide. Du moins à sa connaissance.

Elle acquiesce et s'avance. Je l'entoure de mes bras, sentant qu'elle rechigne à être touchée par moi. Je la serre contre ma poitrine, inhalant le parfum sucré qu'elle a toujours porté. Je la serre plus fort et, finalement, je la sens se détendre dans mon étreinte, son corps se fondre contre le mien, puis elle pleure et je pleure et nous nous étreignons.

Lorsque nous nous écartons enfin, elle va chercher un mouchoir pour chacune de nous. J'observe l'appartement en me mouchant. Elle vit ici ? Il n'y a rien d'elle dans cet espace. On dirait plutôt qu'un célibataire a engagé un designer pour le meubler. Les canapés sont en cuir blanc, la table de cuisine en bois foncé et le tapis offre un motif persan orange et rouge. Rien de tout cela ne ressemble à Cordelia, dont les couleurs préférées sont le bleu pâle et le gris, mais cela fait des années que je ne l'ai pas vue et, la dernière fois, elle était au tribunal, en train de témoigner. Peut-être a-t-elle changé ?

— Tu veux boire quelque chose ? me demande-t-elle.

Je devine aux hésitations de sa question qu'elle craint de m'entendre réclamer une boisson alcoolisée.

— Une tasse de thé, ce serait adorable, je réponds.

Je me dirige vers la porte coulissante qui mène au balcon et je contemple la ville de Melbourne, dont tous les bâtiments sont illuminés et où il a commencé à pleuvoir. En bas, les parapluies colorés qui dansent sous les lampadaires semblent animés d'une vie propre.

Je sais combien coûte la location de cet appartement, et pour quelque chose d'aussi petit, c'est une somme non négligeable. Je sais aussi combien gagne Garth, et même si, en tant que manager senior dans un cabinet d'avocats, il perçoit un gros salaire, ce loyer en mange tout de même une part considérable. Est-ce pour cela qu'elle le paie parfois ? Ou y a-t-il une autre raison ?

— Tiens, dit Cordelia.

Je me retourne : elle porte un plateau avec du thé et une assiette de biscuits au chocolat.

Une fois assise, je prends une gorgée de la tasse qu'elle me tend et j'attrape un biscuit. J'aimerais bien descendre un verre, mais je ne boirai plus jamais devant elle. Le secret de mon retour à la boisson, je l'emporterai dans ma tombe. Les yeux de Cordelia sont cerclés de rouge et elle se mordille la lèvre, habitude qu'elle a depuis l'enfance lorsqu'elle est préoccupée.

— Dis-moi tout, je lance, une fois qu'elle a pris une bouchée de son propre biscuit.

— Garth a disparu, dit-elle. Mon petit ami, l'homme avec qui je vis depuis quatre ans et demi, a disparu.

— Oh, quand... Pourquoi ne pas commencer par le début, ma chérie ?

Ce que je ressens, c'est surtout du soulagement. Garth a disparu, et alors ? Je le savais déjà. Il a disparu et elle est en sécurité, c'est tout ce qui compte. Je sais que je ne peux pas le lui dire. Elle aime manifestement cet homme, mais s'il l'a quittée, je sais qu'elle est mieux sans lui.

À moins qu'il ne se soit passé un événement terrible. Je repense à l'homme au blouson de cuir, celui qui m'a dit que Cordelia était censée faire quelque chose. Je regarde mon enfant, ma fille, en m'interrogeant sur ce que j'ignore à son sujet. Est-elle au courant des « yeux baladeurs » de Garth ?

— La police est venue aujourd'hui. Ils ont fouillé l'appartement. Ils ont trouvé son téléphone sous le lit.

— Son téléphone ? Il a laissé son téléphone ?

Cordelia lève les yeux vers moi.

— Oui, confirme-t-elle.

— C'est... plutôt inhabituel de nos jours.

— En effet, convient-elle. Et lorsque la police le déverrouillera, ils découvriront ce qui s'est passé.

— Et que s'est-il passé ? je demande.

Elle frémit légèrement, puis ramène ses genoux contre sa poitrine et les entoure de ses bras, comme quand elle était adolescente et qu'elle venait me confier l'un de ses soucis.

— Il me trompait. Enfin, je pensais qu'il me trompait... Je pense qu'il m'a trompée. Je croyais qu'il couchait avec une femme de son cabinet qui s'appelle Natalie, mais à présent, je ne suis plus certaine qu'il s'agisse d'elle. Je ne suis plus certaine qu'il m'ait trompée, j'ai peut-être juste... Je ne suis sûre de rien.

— Oh, Cordelia !

J'ai mille questions à lui poser, mais je prends une autre bouchée du biscuit, pour me concentrer sur ces miettes sucrées tout en m'enjoignant à la patience.

— Il a nié, il nie toujours quand je le confronte là-dessus.

— Eh bien...

Évidemment qu'il nie. Combien d'hommes nient et retournent l'accusation contre leur femme ou leur petite amie ? Finn, qui a trompé Ava, me revient à l'esprit. Finn est différent. Tous les hommes ne sont pas toxiques et horribles. Il y a beaucoup d'hommes forts dans le monde. Mais il y a aussi beaucoup de Robert et de Garth.

— Et la flic qui est venue m'interroger ce matin m'a demandé si j'étais ta fille.

— Il t'a interrogée là-dessus ?

— C'était une femme, et oui, elle m'a posé la question.

Cordelia balaie l'appartement des yeux puis hausse les épaules.

— Elle craignait peut-être que je mette le feu à tout ça. Et si elle n'était pas inquiète avant d'expertiser le téléphone de Garth, elle le sera après.

Les mots, pleins de cruauté, sont destinés à me blesser et je ne peux m'empêcher de tressaillir, mais je sais aussi qu'elle est en crise en ce moment et qu'elle me fait souffrir parce qu'elle m'a sous la main. Les mères deviennent souvent les souffre-douleur de leurs enfants, obligées d'affronter les cris d'un adolescent qui les « déteste » à cause d'un incident survenu à l'école ou d'une dispute avec un ami. Mais je suis si heureuse d'être ici, si heureuse qu'elle m'ait contactée, que j'accepte sa colère et sa douleur. Nous nous dévisageons, ma fille et moi, deux femmes tissées dans la même étoffe. Et je sais à ce moment-là que, quoi qu'elle ait fait et quoi qu'il faille entreprendre pour la sauver, je ne reculerai pas.

— Pourquoi les flics iraient penser une chose pareille ? je

demande, m'empressant d'avaler une gorgée de thé parce que j'ai la bouche soudain sèche.

— Je lui ai envoyé... des messages désagréables, je l'ai traité de menteur et...

Elle laisse tomber sa tête sur ses genoux. Et ses épaules tremblent. Elle pleure. Je pose ma tasse, me déplace vers elle et l'entoure de mes bras.

— Ça va aller, tout ira bien, dis-je en lui tapotant le dos.

Elle me repousse et se lève, pour s'éloigner.

— Il me faut une petite minute, lâche-t-elle.

Je la regarde se diriger vers le petit cabinet de toilette attenant à la cuisine.

Je ne sais pas du tout par où commencer, quelles questions poser, mais je finis mon biscuit et mon thé, puis j'emporte la tasse dans la cuisine. Une bouteille de vin à moitié bue, rouge foncé dans sa bouteille verte, est posée sur le plan de travail. Ma main se dirige déjà vers elle, quand la porte du cabinet de toilette s'ouvre. Je laisse rapidement retomber mon bras pour me tourner vers la bouilloire, que je m'empresse de remettre en route.

— Je suis affamée, lance Cordelia en entrant dans la cuisine.

Il est un peu plus de 18 heures et je me rends compte que j'ai faim moi aussi.

— On mange dehors ? Ou tu préfères commander ? À moins que je nous prépare quelque chose. Je ne sais pas ce que tu as dans tes placards.

— Tu pourrais...

Elle s'interrompt en se mordillant la lèvre et baisse les yeux sur ses grosses chaussettes grises.

— Tu pourrais me préparer ton fromage grillé spécial ? demande-t-elle. Je crois que j'ai tout ce qu'il faut.

— Bien sûr. Assieds-toi.

Je lui préparais tout le temps mon « fromage grillé spécial » – qui n'est qu'un mélange de cheddar et de mozzarella avec quelques dés de tomates, le tout frit dans une poêle –, quand elle était enfant, mais en grandissant, elle s'est mise à n'en réclamer que lorsqu'il y avait un problème dont elle voulait vraiment parler : une dispute avec une amie, une mauvaise note dans une matière où elle entendait exceller, une rupture avec un petit ami...

J'ouvre son réfrigérateur et trouve les ingrédients dont j'ai besoin, m'orientant assez facilement dans sa petite cuisine.

Dix minutes plus tard, je place une assiette devant elle sur la table basse, et une autre devant moi. Enfouie sous une couverture orange moelleuse, Cordelia regarde les portes du balcon, où la pluie a redoublé d'intensité.

Elle soulève l'assiette et pique dans un triangle de fromage grillé. Les yeux fermés, elle savoure.

— Je suis désolée d'avoir cessé de te parler, lâche-t-elle lorsqu'elle a avalé sa première bouchée.

Je proteste en secouant la tête :

— Il ne faut pas... Tu n'as pas à être désolée. Je comprends ta colère. Je suis contente d'être là maintenant et je vais t'aider, Dee Dee, je conclus en recourant à son surnom d'enfant.

— Tu m'as manqué, maman, admet-elle en versant de nouvelles larmes.

Je hoche la tête.

— Tu n'as pas idée de ce que j'ai souffert de ne plus te voir. Mais maintenant, tu dois tout me dire parce que je vais t'aider. Je trouverai un moyen de résoudre tes problèmes.

Cordelia prend une autre bouchée de son sandwich et commence à parler, débutant son récit par sa rencontre avec Garth, avant de me parler de son comportement étrange au cours des derniers mois et des soupçons qu'elle a eus sur son infidélité.

J'écoute en mangeant mon propre fromage grillé, l'homme au blouson dans un coin de ma tête. J'attends que mon enfant me révèle tout ce qu'elle sait. Je veux lui montrer les photos de l'homme qui la suit, mais mon instinct me souffle de patienter, de la laisser parler, de prendre mon temps. Il faut que je sache tout ce qu'elle sait et que je comprenne si elle me cache des choses.

Et je dois aussi veiller à ce qu'elle ne découvre pas tout ce que je cache. Pas maintenant, pas encore et, si possible, jamais.

13

CORDELIA

Cordelia se réveille à l'aube et reste allongée à fixer le plafond dans l'obscurité. Finalement, incapable d'en supporter davantage, elle allume sa lampe de chevet et attrape son téléphone, sans pour autant ouvrir les stores. C'est tellement étrange de ne pas pouvoir envoyer de texto à Garth, de ne pas en attendre un de sa part.

Si elle le pouvait, elle effacerait tous les messages qu'elle lui a envoyés au cours des derniers mois, mais ça ne servirait à rien. La police a le téléphone, et les messages.

Est-ce qu'ils épluchent tout ? Vont-ils regarder les photos de Garth et voir celles qu'elle lui a envoyées quand elle était en Australie, lui encore au Royaume-Uni et qu'il lui manquait tant ? Bien que seule dans sa chambre, Cordelia sent son visage s'empourprer.

Il est trop tôt pour appeler l'inspectrice et lui demander s'ils ont appris quelque chose de nouveau sur Garth : elle n'aura même pas pris son poste. Et sa mère est repartie si tard qu'elle ne veut pas la réveiller.

Elle se tourne sur le côté, ferme les yeux et pense à Grace, ici, hier soir. C'était surréaliste de la voir, surréaliste de la toucher après tout ce temps. Le premier réflexe de Cordelia a été de lui dire de partir. Elle ne voulait pas que sa mère revienne dans sa vie après tous les dégâts qu'elle y avait causés. Sa mère a ruiné sa vie, complètement.

Mais quand Grace s'est avancée pour la serrer dans ses bras, Cordelia l'a laissé faire et, curieusement, elle a senti sa résistance s'effondrer.

Son enfance n'a pas été si mauvaise que cela. Sa mère lui a lu des histoires, a cuisiné avec elle, l'a aimée et a toujours été à l'autre bout du fil, même si elle travaillait en permanence. Cordelia savait qu'elle était aimée. Elle n'avait aucun doute là-dessus, et ce n'est que l'année où sa mère a commencé à accuser son père de la tromper que tout est devenu affreux.

Sa mère est différente maintenant : elle n'est plus celle qu'elle a été pendant l'année terrible où tout s'est effondré et, à l'évidence, elle ne boit plus, n'est plus paranoïaque comme à l'époque, mais elle est différente. Elle semble plus forte, plus résiliente, comme si rien ne pouvait l'ébranler. Or Cordelia a besoin de quelqu'un comme ça en ce moment.

Grace a changé la couleur de ses cheveux, elle a opté pour une jolie teinte cuivrée qui s'harmonise bien à ses yeux verts et elle a l'air… oui, plus mince, mais en forme et bien dans sa peau. Elle ressemble à la femme que Cordelia aurait aimé trouver en elle au cours de sa dix-septième année, au lieu de celle qui buvait tous les soirs, mangeait mal et ne s'intéressait qu'à son entreprise ou, finalement, à ses délires sur son mari.

Grace a écouté attentivement tout ce que sa fille avait à dire et Cordelia ne lui a rien caché. Peut-elle lui faire confiance maintenant ? Peut-elle lui faire confiance pour l'aider en cas de besoin ? Car, elle le sent, elle va avoir besoin de quelqu'un.

Ses théories à propos de Garth tournent en boucle dans sa tête.

Il l'a quittée pour une autre femme – pas Natalie, ou bien si et il se cache jusqu'à ce qu'il ait le courage de dire la vérité à Cordelia ? Mais pourquoi ?

Il lui est arrivé quelque chose de grave, comme une crise cardiaque, ou alors il a été agressé ou un truc du genre. Si ça se trouve, il gît quelque part en espérant de l'aide sans que personne ne sache où il se trouve. Cordelia frémit à cette idée.

Peut-être qu'il est rentré au Royaume-Uni, qu'il a tout laissé en plan – pour que Cordelia s'en charge – et qu'il est rentré chez lui. Sauf qu'il en aurait alors informé sa mère. Les hommes ne disparaissent pas comme ça. Elle n'a pas accès à ses cartes de crédit ni à son compte bancaire, mais la police va probablement y jeter un œil aujourd'hui.

Alors que le temps avance lentement, Cordelia envoie un message à Jacinta.

Je suis désolée. Je suis toujours malade. Je ne pourrai pas venir aujourd'hui.

Malgré l'heure matinale, Jacinta est manifestement réveillée, probablement en train de faire du yoga ou quelque chose d'aussi impressionnant, car elle répond aussitôt à son message.

Je suis désolée aussi, j'espère que votre état va bientôt s'améliorer.

Elle sort du lit et prend une douche chaude, fermant les yeux pour savourer l'apaisement que l'eau procure à son corps. Et elle implore silencieusement Garth de la contacter.

Son téléphone se met à sonner lorsqu'elle sort de la douche. Elle s'en saisit d'une main tremblante et humide, faisant glisser son pouce en travers de l'écran.

— Garth ? dit-elle.

Elle n'a pas reconnu le numéro, mais comme il n'a pas son téléphone, n'importe quel numéro pourrait être le sien.

— Non, je suis désolé, Cordelia. C'est l'inspectrice Ashton.

— Oh... vous avez... ?

Elle n'arrive pas à finir sa phrase.

— Nous n'avons pas localisé Garth, mais nous nous demandions si nous pouvions jeter un coup d'œil à votre voiture.

— Ma voiture ? répète Cordelia, perplexe.

— Oui, répond l'inspectrice sans rien ajouter.

— Mais je m'en sers à peine parce que je prends le tram pour aller au travail et Garth ne conduit pas ici. Je veux dire, il en a la possibilité, mais il ne le fait pas.

— Certes, mais vous avez bien une voiture, non ?

— Oui, elle est garée en bas.

— Alors vous ne verrez pas d'inconvénient à ce que nous y jetions un coup d'œil.

— Je... Je ne comprends pas pourquoi vous avez besoin d'examiner ma voiture.

— Cordelia, vous conduisez une Toyota Corolla rouge de 2017 ?

— Je... oui.

Elle se souvient de son retour à la maison, après avoir réussi son permis de conduire à l'âge de dix-sept ans : elle avait trouvé la voiture dans l'allée, toute neuve et d'un rouge éclatant, enveloppée d'un gros nœud rose. Lorsqu'elle a quitté le pays, elle l'a laissée à Alexandra pendant son absence, mais elle l'a récupérée en rentrant, même si elle ne l'utilise que rarement.

— Et quand l'avez-vous conduite pour la dernière fois ?

— Je ne sais pas vraiment... Peut-être il y a quelques semaines. Je suis allée dans un grand centre commercial pour acheter de nouvelles serviettes, que je ne voulais pas trimballer dans le tramway au retour.

Elle se sent ridicule de donner tous ces détails à l'inspectrice. Elle devrait se taire maintenant, cesser de répondre à ses questions.

— Nous sommes en route pour chez vous. Pourrions-nous jeter un coup d'œil à cette voiture ?

— Pourquoi ? s'entête-t-elle. Je ne vois pas le rapport avec Garth.

L'inspectrice soupire.

— Cordelia, nous sommes devant votre immeuble et nous serons bientôt dans le parking souterrain. Nous aimerions que vous descendiez de votre plein gré et que vous nous permettiez de fouiller la voiture. Nous avons une équipe de la police scientifique avec nous.

— Quoi ? s'écrie Cordelia. Vous ne pouvez pas faire ça.

Elle laisse tomber sa serviette pour attraper les vêtements qu'elle portait hier soir et les renfiler.

— Bien sûr que si. Le concierge de votre immeuble nous a dit qu'il avait enregistré un départ de la voiture à 2 heures, lundi matin. Votre petit ami n'a plus été vu par personne d'autre que vous depuis dimanche dernier, puisqu'il n'est pas allé travailler lundi.

— Mais il était là lundi matin, il a laissé sa tasse dans l'évier... Enfin, je pense... proteste Cordelia. Il est allé travailler dimanche soir. Avec Natalie, sa consœur. Demandez-lui. Vous lui avez posé la question ?

— Oui, et à l'en croire, elle ne l'a ni appelé ni rencontré dimanche soir. D'ailleurs personne au cabinet ne l'a appelé ni ne l'a rencontré dimanche soir.

— Quoi ? s'écrie Cordelia. Mais il a dit...

L'inspectrice continue de parler sans se soucier de ses objections.

— La voiture a quitté le parking à 2 heures du matin pour revenir deux heures plus tard. Veuillez nous y retrouver avec vos clés.

— Vous avez un mandat ou les papiers qui vous autorisent à

faire un truc pareil ? crache Cordelia, furieuse qu'on lui parle sur ce ton et qu'on lui donne cet ordre.

— Oui, Cordelia, répond l'inspectrice Ashton avec douceur. Nous l'avons.

Cordelia s'est habillée à présent, elle a les genoux qui tremblent, ce qui l'oblige à s'asseoir sur le bord de son lit.

— J'arrive, dit-elle.

Elle n'a pas le choix.

Ils m'obligent à leur donner accès à ma voiture, maman. On l'a vue quitter le garage tôt lundi matin. Il faut que tu viennes.

Je suis en route.

Il y a quelques jours, elle craignait que Garth la trompe, la quitte ou qu'elle doive prendre la décision de le quitter.

Mais quoi qu'il soit arrivé à Garth, la situation est bien pire que ce qu'elle avait envisagé. Il est de plus en plus évident que quelque chose d'autre se tramait.

Cordelia trouve ses clés à l'endroit où elle les laisse habituellement, dans un bol en verre près de la porte d'entrée. Bizarrement, elles sont poisseuses. Elle s'empare d'une lingette antiseptique pour les nettoyer avant de prendre l'ascenseur et de descendre au parking, où les inspecteurs, deux hommes en combinaison blanche et le concierge de l'immeuble entourent sa voiture.

Cordelia adresse une grimace à Lionel, le concierge de l'immeuble d'une familiarité excessive qui ressent le besoin de la saluer chaque fois qu'il la voit avec quelque chose comme un regard lubrique et une remarque sur le fait qu'elle est en beauté aujourd'hui. Cet homme effrayant et bizarre, Cordelia fait tout ce qu'elle peut pour l'éviter.

— La police m'a demandé les images de vidéosurveillance

de la semaine dernière et, bien sûr, j'ai dû leur raconter ce que j'avais vu, explique-t-il avec le plus grand sérieux.

Cordelia l'ignore et se tourne vers sa voiture, garée à sa place habituelle, celle de l'appartement qu'elle loue avec Garth.

La Toyota est sale, couverte d'éclaboussures de boue sur tout un côté, des grumeaux de terre sont coincés dans les roues et la portière du conducteur est éraflée. On dirait qu'elle a roulé dans le bush, ce que Cordelia ne ferait jamais.

Ça sent pas bon. Pas bon du tout. Comment c'est arrivé ? Il a pris la voiture sans me le dire ? Pourquoi ne l'a-t-il pas fait nettoyer ? Où serait-il allé ? Quelqu'un l'a volée et ramenée ? Qu'est-ce qui se passe, bon sang ?

— Je ne sais pas comment c'est arrivé, déclare Cordelia en désignant la saleté et l'éraflure.

Elle tente de ravaler la boule de panique dans sa gorge. Elle ne conduit jamais sa voiture ailleurs qu'en ville, où même lorsqu'il pleut, une voiture ne se tache pas de boue toute seule.

— Vraiment ? s'étonne l'inspectrice Ashton, qui tend la main pour que Cordelia y dépose les clés.

Cordelia a l'impression de regarder une série policière à la télévision où un témoin ne va pas tarder à se présenter pour raconter qu'il l'a vue traîner un corps de la voiture jusqu'au fin fond du bush. C'est ridicule.

— J'ai besoin d'un avocat ? demande-t-elle.

N'est-ce pas une question qu'on est censé poser ?

— Ne tirons pas de conclusions hâtives, réplique l'inspectrice avec un petit sourire en coin.

Mais Cordelia voit bien que la femme les a déjà tirées. Et que tout dans sa vie est sur le point de s'embraser à nouveau.

Elle tend ses clés à l'inspectrice qui les étudie, puis les approche de son visage et les renifle, un comportement si étrange que Cordelia étouffe le rire qui monte en elle.

— Vous avez nettoyé ces clés avec une sorte d'antiseptique ? demande l'inspectrice.

Son envie de rire s'évanouit. Cordelia acquiesce, le cœur tambourinant dans sa poitrine.

— Vous pouvez retourner chez vous, reprend l'inspectrice.

Cela ne ressemble pas à une suggestion mais plutôt à un ordre.

Cordelia rebrousse chemin vers son appartement pour y attendre sa mère.

Elle ne sait que faire d'elle-même. Il est à peine plus de 7 heures, le jour se lève tout juste, mais les inspecteurs sont déjà debout depuis un moment, attendant de pouvoir lui parler. Quand ont-ils appris l'existence de sa voiture et pourquoi n'ont-ils rien dit hier soir ? Cordelia a l'impression qu'ils jouent au chat et à la souris avec elle, qu'ils font de la rétention d'information. Elle est définitivement la souris dans ce scénario et elle déteste ce rôle. Savent-ils en fait où se trouve Garth ? Savent-ils quelque chose qu'ils lui cachent ?

Et elle, que l'imaginent-ils en train de leur cacher ?

14

GRACE

Je serre ma fille contre moi dès que j'arrive chez elle et elle me rend mon étreinte. Je sens sa maigreur à travers son haut de survêtement. Cordelia se nourrit correctement, sauf lorsqu'elle est malheureuse : dès que le stress la submerge, elle se tourne vers la malbouffe. Je suppose que je suis pareille, sauf que je me suis tournée vers autre chose.

Elle m'explique pourquoi la police s'intéresse à sa voiture et me parle des taches sur un de ses côtés.

— Peut-être s'agit-il simplement de la boue des rues, je suggère sans y croire vraiment.

— Non, maman, réplique-t-elle avec un soupir. Ça ressemblait à la poussière qu'on récolte quand on conduit dans le bush.

— Garth a pu la prendre sans t'en informer.

— Oui, mais pourquoi ?

— Et pour aller où ? je renchéris.

— Je ne sais pas, admet-elle. S'il a bel et bien une aventure, il s'agit forcément de quelqu'un du travail, j'en suis sûre. Il ne fréquente vraiment que les gens de son cabinet. Il ne s'est pas fait d'autres amis depuis qu'il est ici et il n'a jamais mentionné qui que ce soit d'autre devant moi. Peut-être que la personne avec qui il couche saura quelque chose à propos de la voiture.

Je prends une profonde inspiration. Le temps des révélations est venu, parce que je ne peux plus lui cacher la situation et parce qu'il est presque 8 heures du matin – autrement dit, je dois vraiment aller travailler si je veux garder cet emploi. Or bien sûr que je veux le garder. Maintenant plus que jamais.

— Asseyons-nous une minute.

Elle m'obéit, ramenant sur elle la couverture orange moelleuse qu'elle avait drapée sur le canapé.

— J'ai quelque chose à te dire.

Je vois son corps se recroqueviller, ses bras s'enrouler autour de ses genoux. Elle redoute ce que je m'apprête à lui annoncer et, une fois de plus, je me rappelle ce que j'ai infligé à cette jeune femme, que j'aime pourtant de tout mon cœur.

— En fait, je travaille pour le cabinet de Garth, je débite à toute allure.

— Quoi ? s'exclame-t-elle, incrédule.

— Je voulais... D'accord, cela va te sembler affreux, mais je voulais voir quel genre d'homme il était. Je voulais juste m'assurer que c'était quelqu'un de bien qui te traitait comme il faut.

— Mais tu viens à peine... de découvrir son existence, objecte-t-elle en s'éloignant de moi, à l'autre bout du canapé.

Je dois me résoudre à une confession complète.

— Je t'ai suivie sur Instagram. Comme tu refusais de me parler, je n'avais que ce moyen pour voir si tu allais bien, et quand des photos de lui ont commencé à apparaître, j'ai éprouvé le besoin d'en savoir plus sur lui. Alors je l'ai suivi et observé sur Instagram, lui aussi. Ce qui m'inquiétait, c'était qu'il était beaucoup plus âgé que toi et qu'il n'avait pas l'air très gentil parfois.

Les mots sortent en rafale. Je parle si vite que j'ai l'impression de me trouver dans un film que j'aurais passé en accéléré pour arriver plus vite à la fin. Je ne regarde pas Cordelia avant d'avoir terminé, et je la découvre alors livide, qui se mordille la lèvre.

— Non, non, oh mon Dieu, c'est tellement... Comment tu as pu faire ça ? M'espionner comme ça ? C'est tellement flippant, tellement bizarre.

Elle repousse la couverture et se lève.

— Je veux que tu t'en ailles, déclare-t-elle. Va-t'en. Je vais m'occuper de tout ça moi-même.

Je porte la main à mon cœur, la poitrine transpercée par une douleur aiguë. J'ai tout gâché. Je me lève, hochant la tête alors que mes yeux déversent des flots de larmes. J'ai gâché cette chance ! Je n'arrive pas à y croire. Elle m'observe, horrifiée, pendant que je vais récupérer mon sac. J'ai le sentiment que je ne la reverrai jamais. Mais alors que j'arrive à la porte de son appartement, quelque chose en moi, Grace Enright peut-être, m'interdit de partir, d'accepter cette défaite sans batailler.

— Il y a encore des choses que tu dois savoir, je lâche, parce qu'il le faut.

— Bon sang, je ne veux plus rien entendre, crie-t-elle. Va-t'en et laisse-moi tranquille.

— Quelqu'un te suit.

— Quoi ? Tu es folle ou quoi ? s'insurge-t-elle.

Et avant que je puisse répliquer, elle hurle :

— Non, non, non, tu es en train d'inventer des trucs pour que je t'autorise à rester ici et je ne peux pas. Je n'arrive pas à te suivre, toi et toutes tes...

Elle fait pivoter un doigt contre sa tempe.

— ... toi et tous tes trucs, achève-t-elle en ricanant.

Il n'y a aucune chance qu'elle écoute quoi que ce soit d'autre. Elle sera toujours sur la défensive avec moi. Même quand j'essaie de l'aider, même quand elle a désespérément besoin de mon soutien.

Elle ne comprend pas à quel point je suis désespérée moi

aussi, combien je brûle de l'aider. Elle ne comprend pas ce que j'ai vécu, pas vraiment.

— Tu sais, Cordelia, je comprends ta colère, mais sache que tu n'as aucune idée de ce qu'on ressent à se faire rejeter par son enfant qu'on aime depuis sa conception.

— Se faire rejeter à juste titre, hurle-t-elle.

— Je sais, je réponds, le cœur battant à tout rompre. Tu ne crois pas que je le sais ? Tu ne crois pas que, chaque jour pendant ces six dernières années, je me suis torturée pour ce que je t'ai fait subir ?

— Tu as tué mon père, hurle-t-elle à nouveau.

En pleurs, elle s'éloigne encore plus et croise les bras.

— C'était un accident, je déclare en baissant la voix, parce que nous ne pouvons pas nous hurler dessus, vu que police est dans l'immeuble. J'ai payé pour cet accident, et tous les jours depuis six ans. Si tu penses que m'exclure de ta vie va la rendre plus supportable, je dois accepter ta décision, mais je te demande de réfléchir à ceci, Cordelia June, j'ajoute en recourant à son nom complet. Je me suis trouvé un travail d'assistante pour voir avec quel genre de personne tu avais choisi de faire ta vie. Je suis obligée de porter une perruque pour occuper ce poste afin que personne ne me reconnaisse. Je dois me faire appeler par un nom de famille différent. Tu sais quel genre de personne je suis. Je n'aurais pas choisi une solution aussi radicale sans raison valable et maintenant, on dirait bien que quelque chose est arrivé, quelque chose qui risque de transformer à nouveau ta vie. Je veux juste que tu sois en sécurité, Dee Dee, en bonne santé, en sécurité et que tu vives une vie paisible.

— Tu as veillé à ce que cela n'arrive jamais quand tu as mis le feu à notre maison avec papa à l'intérieur, réplique-t-elle dans un murmure.

Après quoi elle se détourne de moi et va s'enfermer dans sa

chambre dont elle fait volontairement cliqueter la serrure, ce qui est en quelque sorte pire que si elle l'avait claquée.

Je me penche pour ramasser mon sac sur le canapé où je l'ai laissé tomber. Il vaut sans doute mieux que je lui accorde un peu d'espace maintenant. C'est tout ce que je peux faire. J'ai essayé de lui parler de l'homme qui la suivait, mais elle ne m'écoutera plus jamais.

Je pars en espérant qu'elle m'appellera lorsque les inspecteurs la contacteront au sujet de ce qu'ils ont trouvé dans la voiture.

Alors que je me dirige vers la porte, on frappe, un brusque coup de poing sur le bois, suivi par le carillon de la sonnette.

Je m'arrête, faute de savoir quelle conduite tenir, mais la porte de la chambre s'ouvre et Cordelia en sort. Ses yeux rougis me disent qu'elle a pleuré.

— J'ouvre ? je lui demande.

Elle acquiesce. Comme elle me paraît jeune en cet instant ! Et ce que j'aimerais pouvoir lui épargner tout ça. Je sais qu'elle m'en veut, qu'elle m'en voudra toujours pour la mort de son père, mais je ne peux pas remonter le temps. L'aide que je suis en mesure de lui apporter se cantonne à ici et maintenant.

J'ouvre la lourde porte et me retrouve face aux deux inspecteurs que j'ai vus hier.

— Vous êtes ? demande la femme sans même se présenter.

Je redresse les épaules, irritée.

— Grace... Morton, dis-je, sachant qu'il est inutile d'utiliser Enright. La mère de Cordelia.

— Ah, oui, vous avez été libérée, commente l'inspectrice en jetant un rapide coup d'œil à son partenaire.

— Vous avez fini avec ma voiture ? nous interrompt Cordelia.

— Non, répond l'inspectrice. On est en train de la remorquer pour pouvoir l'examiner de manière plus approfondie.

— Quoi ? Pourquoi ? Et si j'en ai besoin ?

L'inspectrice se tourne vers son partenaire, qui se tient sans moufter dans son dos. Elle prend un sachet en plastique qu'il tient et se retourne vers nous, en le soulevant pour que nous puissions voir exactement ce qu'il contient, à savoir un couteau.

— Vous le reconnaissez ? demande-t-elle à Cordelia, dont le regard se porte immédiatement sur la cuisine.

Un bloc de couteaux trône sur le plan de travail de marbre blanc, avec un ustensile manquant. Les couteaux sont en acier inoxydable, d'un modèle commun que l'on trouve partout. En général, il y a une lame avec un bord dentelé, tandis que les autres sont lisses. Cordelia se retourne et je la vois serrer les poings. Le couteau qui se trouve dans le sachet en plastique tenu par l'inspectrice a un tranchant dentelé, et il est émoussé, couvert de taches de ce brun-rouille terne que prend le sang en séchant. Il pourrait s'agir d'autre chose, bien sûr. Tout est possible. Mais je serais étonnée du contraire. Je pense que c'est exactement ce à quoi ça ressemble.

Je serre la lanière de mon sac à main. Un voile de sueur perle sur ma lèvre supérieure.

Qu'as-tu fait, ma fille chérie ? Une peur désespérée fuse à travers mes veines. *Qu'as-tu fait ?*

15

CORDELIA

Cordelia sait qu'elle doit regarder ce que lui montre l'inspectrice, car ses yeux sont fixés dessus. Elle est ici, dans son appartement, à côté de sa mère, en train de fixer une femme qui tient un sachet en plastique contenant un couteau dentelé, taché de ce qui ressemble à s'y méprendre à du sang. Mais elle n'arrive pas à comprendre ce qui se passe. Elle a un moment l'impression de se regarder de l'extérieur, vêtue d'un sweat à capuche bleu, d'un pantalon ample assorti et de chaussettes noires, ses cheveux blonds attachés. Elle se voit ainsi pendant une seconde, qui fixe le sachet en plastique. Et une vague pensée se forme : *Je ne voudrais pas être à sa place.*

— Savez-vous d'où cela peut provenir ? demande l'inspectrice, tout en dirigeant son regard vers la cuisine, que l'on aperçoit depuis la porte d'entrée.

Cordelia ne répond pas.

Elle sait que le couteau a disparu, elle a même pensé à le chercher dans tous les tiroirs de la cuisine, parce que parfois – rarement – Garth vide le lave-vaisselle et range les ustensiles au mauvais endroit. Elle a songé à interroger son compagnon sur le couteau : c'était il y a quelques jours ou quelques semaines ? Le temps paraît élastique en ce moment, il s'étire et revient la frapper sans prévenir.

Depuis combien de temps a-t-il disparu ? Elle n'en a aucune idée.

— Nous pouvons entrer ? demande l'inspectrice.

— Euh... oui, répond Cordelia en reculant.

A-t-elle le choix ? Comme hier, elle ne sait pas si elle peut refuser, alors même qu'elle aimerait crier « non ! » et courir jusqu'à sa chambre, grimper dans son lit et s'enfouir sous les couvertures jusqu'à ce que tout disparaisse.

— Un instant, intervient sa mère. Je ne pense pas que ce soit une bonne idée.

— Pourquoi ? demande l'inspectrice Ashton, avec une curiosité qui semble authentique.

— Écoutez, je ne sais pas si vous avez montré à ma fille votre mandat de perquisition pour sa voiture et je sais qu'elle vous a autorisés à fouiller son appartement hier, mais pour l'instant, je n'ai pas l'impression qu'elle veuille vous parler à nouveau, du moins jusqu'à ce que vous lui expliquiez clairement pourquoi vous l'interrogez.

— Soit, fait l'inspecteur Jameson.

Cordelia voit sa mère lever la tête pour le regarder.

— Comme vous le savez peut-être, madame Morton, poursuit-il en accentuant le mot « madame », nous savons que la voiture de votre fille a quitté son immeuble à 2 heures du matin, lundi, et maintenant nous sommes en possession d'un couteau, avec ce qui ressemble – je pense que vous serez d'accord avec moi – à du sang. Je dirais donc que nous avons pas mal de sujets à aborder, d'autant que je vois d'ici un bloc de couteaux et qu'il en manque un, à moins bien sûr que vous ne sachiez où se trouve l'exemplaire absent, nuance-t-il en tournant vers Cordelia. Pas dans le lave-vaisselle, n'est-ce pas ?

Elle ne peut s'empêcher de secouer la tête, car elle sait que le couteau n'y est pas.

Sa mère croise les bras en redressant les épaules. Cordelia comprend que la Grace Morton qui, en partant de zéro, a construit une chaîne de cinquante boutiques à travers toute l'Australie est de retour. À vrai dire, elle a presque oublié l'existence de cette Grace après tout ce qui s'est passé. Sa colère contre sa mère, qui s'est fait embaucher dans le cabinet de Garth pour pouvoir l'espionner, lui, et par extension Cordelia, est toujours là, en train de mijoter. Mais sa peur de ce que l'inspectrice détient, de ce qui semble impliquer d'une manière ou d'une autre Cordelia dans un sombre dessein, est plus grande.

Où es-tu, Garth ? Qu'est-ce qui se passe ? Pourquoi est-ce en train d'arriver ?

— Ma fille ne vous parlera plus sans la présence d'un avocat, déclare sa mère.

L'inspectrice Ashton fronce les sourcils.

— Mais ce n'est pas nécessaire. Tout ce que nous voulons, c'est avoir une conversation.

Sa mère se retourne pour la regarder.

— Cordelia, qu'est-ce que tu veux faire ?

Elle se sent soudain très, très jeune, et complètement indécise. Elle n'a aucune idée de la bonne réponse. Mais sa mère paraît pleine d'assurance et Cordelia espère pouvoir s'en remettre à elle.

— Si vous décidez d'engager un avocat, l'avertit l'inspectrice Ashton, toute autre conversation devra se dérouler au poste de police.

Cordelia jette un rapide coup d'œil à sa mère, qui opine légèrement.

— Je veux un avocat, répond-elle.

L'inspectrice Ashton secoue la tête, se tasse un peu. L'inspecteur Jameson a également l'air déçu, ce que Cordelia interprète comme le signe qu'elle a pris la bonne décision. On l'a intimidée, certes poliment, mais on l'a ainsi obligée à autoriser la fouille de son appartement et la confiscation du téléphone de Garth. Elle ne se laissera pas impressionner encore une fois, elle n'acceptera pas d'autre « conversation ». Pas maintenant que sa mère est ici et qu'elle semble si sûre de la conduite à tenir. Elle ne s'autorise pas à se demander pourquoi sa mère sait ce qu'il faut faire dans une telle situation. Quels qu'aient été les agissements de sa mère par le passé, Cordelia a besoin de sa force maintenant.

— Donc, à moins que vous n'ayez l'intention d'inculper officiellement ma fille, je pense qu'elle aimerait vous voir partir.

— Nous lui demanderons de venir au poste de police pour un interrogatoire officiel, déclare l'inspectrice Ashton.

— Nous avons besoin de temps pour trouver un avocat et nous sommes vendredi. Elle ne sera donc pas en mesure de vous parler avant la semaine prochaine, rétorque sa mère.

Cordelia aimerait retourner dans sa chambre, se blottir dans son lit et laisser les adultes s'occuper de tout. Il y a cinq jours à peine, elle avait l'impression d'être une adulte à part entière, et voilà qu'elle est redevenue une enfant, parce que sa mère est là et que la police semble l'accuser de quelque chose.

— Très bien. Prenez ma carte, lâche l'inspectrice Ashton. Nous tenons à ce que vous veniez dès que possible, Cordelia.

La policière s'adresse davantage à sa mère qu'à elle, cependant.

— Nous voulons emporter ce bloc de couteaux, ajoute-t-elle en désignant la cuisine.

— Nous refusons, sauf si vous avez un mandat de perquisition pour l'appartement, réplique sa mère, qui effectue un pas en arrière, prête à fermer la porte.

— Cordelia devra nous remettre son passeport lorsqu'elle se présentera pour un entretien, explique l'inspecteur Jameson.

— Très bien, répond sa mère.

— Ce serait étrange, non ? dit l'inspectrice.

— De quoi parlez-vous ? rétorque sa mère, dont l'irritation à l'égard de l'inspectrice Ashton est évidente.

— Qu'un autre homme lié à une femme Morton soit mort.

L'horreur de cette phrase, de ce qu'elle pourrait signifier, de ce qu'elle signifie fort probablement, bouleverse Cordelia, la précipite dans un maelström de peur et de fureur.

— Qu'est-ce que vous insinuez ? hurle-t-elle.

L'inspectrice paraît se rendre compte que sa remarque était tout à fait déplacée et lève les mains.

— Rien, rien, murmure-t-elle.

— Alors vous auriez probablement dû vous taire, s'emporte sa mère qui referme la porte, obligeant les inspecteurs à reculer. Quelle grossièreté ! commente-t-elle alors.

— Qu'est-ce qu'on fait maintenant, maman ? demande Cordelia, qui sent une hystérie nerveuse monter de ses orteils, au point qu'elle tremble des pieds à la tête. Qu'est-ce qu'on fait ?

— Pour ma part, je vais aller travailler et contacter Janine. J'espère te trouver le meilleur avocat pénaliste de Melbourne.

Cordelia s'affaisse et se recroqueville. Elle n'arrive pas à comprendre ce qui est arrivé à sa vie, comment tout a pu à nouveau s'effondrer.

16

GRACE

Je suis épuisée. Il est encore tôt et j'ai déjà envie de me recoucher, mais ma fille me regarde avec un désespoir immense au fond des yeux, et l'air de me penser capable de savoir exactement ce qu'il faut faire. Je ne peux pas m'effondrer maintenant. Au moins, elle ne me crie plus dessus, même si je sais qu'elle est toujours en colère : sa colère est juste reléguée au second plan par sa peur et sa confusion.

— Qu'est-ce que je dois faire ? crie Cordelia, recroquevillée sur elle-même.

J'attrape ma fille par les épaules et je la tiens fermement.

— Cordelia, je veux que tu m'écoutes, que tu m'écoutes attentivement. On ne va pas devenir hystériques, parce que ça ne nous mènera nulle part. On va prendre les choses étape par étape et mettre au point un plan.

Elle repousse mes mains et se retourne, pour s'éloigner de moi et gagner la cuisine.

— Quel plan, maman ? Quel genre de plan on va bien pouvoir mettre au point ? Ce couteau provenait de mon bloc, ajoute-t-elle en désignant le seul emplacement vide dudit bloc. Je le cherche depuis... je ne sais même pas combien de temps, parce que je n'y faisais pas attention. Je pensais que Garth l'avait rangé quelque part.

Elle secoue la tête et commence à ouvrir et fermer des tiroirs.

— Peut-être qu'il est là, peut-être que leur couteau ne vient pas de ma cuisine.

Elle ouvre un tiroir en bas de son meuble de cuisine et attrape tout un tas d'ustensiles, qu'elle soulève avant de les jeter par terre, de les déplacer dans un sens puis dans l'autre. Des claquements métalliques retentissent dans tout l'appartement.

— Arrête ça, je lui ordonne. Arrête ça tout de suite.

Elle s'immobilise brusquement, pour me jeter un regard désapprobateur que j'ignore.

Je m'éloigne de la porte et m'assois sur le canapé, le temps de sortir mon téléphone et de regarder l'heure. Il me reste dix minutes avant de devoir partir au travail. J'aimerais avoir le temps d'analyser lentement et prudemment la situation avec ma fille, mais il est plus important que jamais que je conserve cet emploi. Natalie sait quelque chose ; en fait, plusieurs personnes au cabinet savent probablement des choses sur Garth. Il faut que j'obtienne ces informations avant la police.

Mais je dois également m'assurer que Cordelia est vraiment aussi désorientée par cette situation qu'elle prétend l'être.

— S'il te plaît, viens t'asseoir, qu'on puisse parler. Juste parler, je lance.

Elle sort de la cuisine.

— Est-ce qu'il y a quelque chose que tu ne me dis pas, Cordelia ? j'attaque, dès qu'elle s'est installée sur le canapé.

J'ai posé la question gentiment, mais je pense à l'homme au blouson de cuir et à ce qu'il a dit.

— Ça peut être un détail gênant... peu importe ce que c'est, je veux t'aider ou du moins je veux essayer. On réussira à surmonter ça ensemble.

— Non, maman, dit-elle en secouant la tête. Pourquoi je te cacherais quelque chose ?

Elle attrape un horrible coussin orange et le serre contre elle.

Je ne dis pas les mots qui me passent vraiment par la tête. *Est-ce que je peux te confiance ? Est-ce que j'ai le droit de te demander ça ? Qu'est-ce que tu caches ?* Au lieu de quoi, je tente de lui parler à nouveau de l'autre danger qu'elle court.

— Je sais que tu ne veux pas me croire, mais quelqu'un t'a suivie.

— Maman, s'il te plaît... proteste-t-elle.

— C'est un homme, je m'entête. Il porte une veste en cuir et il est jeune, peut-être du même âge que toi, et il... m'a dit quelque chose à propos de Garth et toi.

— Quoi ? Qu'est-ce qu'il a dit exactement ? Tu lui as parlé quand ? s'étonne-t-elle.

— Il m'a dit que je devrais me renseigner au sujet de ton homme et de ce que tu étais censée faire maintenant.

Elle se lève pour arpenter les abords de la table basse.

— Je ne comprends pas, s'agace-t-elle. Pourquoi t'a-t-il parlé ? Comment tu as su qu'il me suivait ?

Inutile de lui mentir, elle le découvrira de toute façon.

— Quand je suis arrivée à Melbourne, je voulais te voir. Je voulais juste te voir et, comme tu refusais de me parler, je... suis allée à ton travail et je suis arrivée jusqu'à cet immeuble. Je t'ai juste... suivie.

Je prononce ces mots, la gorge nouée. Je me rends bien compte de ce qu'elle doit ressentir. Je ne veux surtout pas qu'elle me prenne pour une folle.

— Autrement dit, tu m'as pistée et sur Instagram, et dans la vraie vie ? Personne ne me suit, maman. C'est toi, l'espionne.

— J'ai une photo, je réplique en sortant mon téléphone.

Sauf qu'elle ne veut plus écouter.

— C'est tellement dérangeant que je ne peux même pas...

Elle lève les mains en l'air et va se planter, bras croisés, près des portes vitrées du balcon.

— Et tu as trouvé un poste dans l'entreprise de Garth. Qu'est-ce qui ne va pas chez toi ? demande-t-elle en secouant la tête. C'est complètement dingue.

Je voudrais répliquer, cependant je me rends compte que je n'ai pas les mots pour l'aider. Probablement parce qu'elle a raison.

— Écoute, je pense que tu devrais partir. Je peux gérer la situation moi-même. Je n'aurais jamais dû te demander ton aide, ni te faire confiance. Pars, s'il te plaît.

Et nous y revoilà. Je me lève et attrape mon sac.

— Je sais que tu es en colère et je suis désolée... pour tout ça, mais je voulais juste voir si tu allais bien, rien de plus. Et à ce moment-là, j'ai remarqué ce type. Ensuite, il y a deux-trois jours, je me suis assise sur un banc en face de ton immeuble et il s'est installé à côté de moi pour me parler.

— Il t'a parlé ? Comment il savait que tu me connaissais ?

Je secoue la tête.

— Je n'en ai aucune idée, c'est bien le problème... Je portais une perruque.

— Celle que tu mets au travail ?

La curiosité et l'inquiétude l'emportent sur la terrible fureur qu'elle éprouve à mon égard.

— Oui, je n'ai... Écoute, je voulais juste te voir sans que tu me reconnaisses. Je sais que ce n'est pas bien, mais j'essaie de te parler depuis des années, Dee Dee. Comme tu refusais, je devais te voir.

— Je pense que tu es... Je ne crois pas que qui que ce soit me suive. Je ne sais pas pourquoi tu inventes ces balivernes, conclut-elle en secouant la tête.

Elle n'a plus l'air en colère, plutôt désolée pour moi. Elle s'affaisse sur le canapé, le coussin à nouveau serré contre sa poitrine.

— Il faut que tu partes, va-t'en, s'il te plaît.

Je hoche tristement la tête. Je ne peux rien faire de plus.

— Je vais trouver le nom d'un bon avocat et te l'enverrai par SMS, dis-je.

— Je peux me débrouiller toute seule, réplique-t-elle, sans me regarder.

Elle préfère diriger ses yeux vers le ciel chargé de nuages, où un faible soleil s'efforce de percer.

Lui répondre, se disputer avec elle ne me sera d'aucune utilité. J'opte donc pour le silence et me dirige vers l'entrée, dont j'ouvre la porte.

— Je voudrais te demander une chose, maman, lance-t-elle.

Je m'immobilise.

— Tout ce que tu veux, je réponds en me retournant.

— Tu sais ce qui est arrivé à Garth ? Bon, tu as dit qu'il ne te plaisait pas, même si tu ne l'as jamais rencontré, et que tu nous avais espionnés en cachette. Tu es arrivée à Melbourne au moment même de sa disparition, alors est-ce que tu sais où il se trouve et ce qui lui est arrivé ?

Elle a sorti sa réplique sans me regarder, sur un ton doux et neutre, comme si nous discutions du temps qu'il fait, mais je devine ce qu'elle cherche vraiment à dire, à demander.

La bouche sèche, je m'empresse de ravaler ma salive.

— Pourquoi tu me demandes ça ?

Je me souviens de Cordelia adolescente, de sa capacité à m'atteindre, rapidement et sans même y penser. Vers l'âge de quinze ans, elle avait traversé une phase où elle rejetait tout, depuis l'heure à laquelle elle était censée rentrer à la maison, jusqu'aux devoirs, en passant par la façon dont elle devait me parler. Nous nous disputions sur toutes ces questions et, systématiquement, le ton montait des deux côtés, puis, soudain, elle baissait la voix et lâchait : « Je voudrais te demander une chose. » Immanquablement, je hochais la tête et me taisais, pour l'entendre me sortir des propos aussi tranchants que méchants comme : « Tu penses vraiment que tu as le droit de me dicter ma conduite alors que tu es à peine là en tant que mère ? » ou « Il est bien possible que tu n'aimes pas Sarah simplement parce que tu n'as jamais passé de temps avec elle, vu que tu n'en as que pour ton travail, non ? » Dans ces cas-là, je me ratatinais et m'en allais.

Elle hausse les épaules.

— Je suis simplement curieuse. Et j'aimerais avoir une réponse.

— Bien sûr que non.

Pas question de me laisser démonter par cette requête. Non, je me permets même de me mettre à nouveau en colère.

Cordelia est une adulte, pas une enfant, et c'est elle qui a des problèmes, qui a besoin de mon aide. J'aimerais le lui enfoncer dans le crâne, mais cela ne servirait à rien. Aussi, avant qu'elle ne puisse ajouter quoi que ce soit ou que je lâche une parole regrettable, je quitte enfin son appartement, le cœur battant à tout rompre. Lorsque la porte se referme derrière moi, je m'assure qu'il n'y a personne pour me voir renfiler soigneusement ma perruque. Je me sens mieux, une fois qu'elle est en place, comme si une partie du poids que je porte en tant que Grace Morton disparaissait. Je suis à nouveau Grace Enright.

Les retrouvailles que j'avais prévues et les choses que j'espérais en venant ici ne se sont pas produites. Tout s'est terriblement mal passé et je ne sais pas ce qui va arriver maintenant. Je déteste ce genre de sensation. De toute mon âme.

En quittant l'immeuble de Cordelia, je cherche à attraper un taxi, mais sans succès. J'ouvre mon application Uber, malheureusement la voiture la plus proche est à vingt minutes. Pendant que j'attends, je jette un coup d'œil autour de moi, m'attendant à repérer l'homme au blouson. Je ne l'ai pas vu en arrivant ce matin, mais il se peut qu'il se soit fait discret avec l'intervention de la police. Je déteste l'idée qu'il traîne dans les parages avec ma fille seule dans son appartement. Pourquoi n'a-t-elle pas voulu regarder la photo ? Est-ce qu'elle est déjà au courant de son existence ? Je n'aime vraiment pas devoir remettre en question l'honnêteté de mon enfant, mais je ne dois pas non plus me voiler la face. Avoir la certitude d'être trompée par Garth... Cela a dû être terrible pour elle. Je sais combien cette découverte a été terrible pour moi et ce que j'ai fait en trouvant la preuve de l'infidélité de Robert.

Je choisis de marcher jusqu'à mon travail, tout en sachant qu'il me faudra au moins vingt minutes pour y arriver.

Frustrée, j'appelle l'entreprise.

C'est Tristan qui décroche.

— Harmer, Wright et Sing, en quoi puis-je vous aider ?

— Tristan, c'est Grace. Je suis terriblement en retard, parce que ma voiture est tombée en panne. Je fais en sorte d'arriver le plus vite possible.

— Grace, je pensais que vous appeliez parce que vous étiez encore malade, mais c'est terrible pour vous. Vous avez passé une sacrée semaine. Ne vous inquiétez pas, je préviendrai qui de droit.

— Merci infiniment.

— De toute façon, la police est de nouveau là, ils interrogent tous les associés principaux qui travaillent en collaboration avec Garth... Vous savez, l'avocat qui a disparu, chuchote-t-il dans le combiné.

— Oh... je lâche en serrant le poing.

Je ne dois surtout pas oublier d'y aller prudemment. Merci à Tristan d'être un peu commère. Je vois qu'il meurt d'envie de causer des événements, surtout avec une personne prête à l'écouter sans y être directement liée.

— Vous pensez... vous pensez qu'ils vont interroger tout le monde ?

Il faut que je sache si je dois simplement éviter le cabinet aujourd'hui, parce qu'il est absolument exclu que je parle aux flics. L'inspectrice Ashton me reconnaîtra immédiatement. Cordelia est en colère contre moi, et à juste titre, mais je dois voir ce que je peux découvrir d'autre, et pour cela, je dois faire un brin de causette avec les collaborateurs de Garth. Sauf que cela devra peut-être attendre lundi.

— Je ne pense pas qu'ils s'entretiendront avec qui que ce soit d'autre. Bon, ils ont eu une petite discussion avec moi, mais je n'ai jamais eu beaucoup d'interactions avec Garth. C'est une espèce de connard arrogant, vous savez. Tout le monde est au courant qu'il a une compagne, mais ça ne l'empêche pas d'être toujours en chasse. Il se croit intelligent, alors qu'en fait, il est trop bête pour comprendre où il ne soit pas fourrer sa...

Tristan s'interrompt, prenant à l'évidence la mesure de ce qu'il était sur le point de dire.

Mon ventre se serre, secoué par une légère nausée.

— Vous savez comment je vois les choses ? poursuit-il dans un chuchotement théâtral.

— Non, je fais en accélérant le pas, le souffle court.

— Je pense que sa petite amie a découvert qu'il la trompait et que quelque chose... Je ne sais pas, je ne suis pas du genre jaloux. Mais peut-être qu'elle l'est, d'autant que, figurez-vous, chez sa mère, ça ne tournait pas tout à fait rond.

L'envie de traverser la ligne téléphonique pour gifler Tristan me pousse à marcher plus vite. Mais il n'a aucune idée de l'identité de son interlocutrice. Je ne peux donc pas lui reprocher ses propos.

Ça ne tournait pas tout à fait rond, en effet, j'ai commis un acte terrible pour lequel j'essaie toujours de me rattraper.

— C'est ce que pense la police ? je demande.

— Allez savoir ce qui se passe dans la tête des flics : l'inspectrice Ashton est à la limite de l'impolitesse avec tout le monde. N'empêche, c'est la chose la plus excitante qui se soit produite ici depuis des mois.

— C'est un peu triste, je lâche. Je me demande ce qui lui est arrivé.

— Aucune idée, admet Tristan. Oh, ils parlent encore à Natalie... Désolé, Grace, je dois y aller.

Je suis sur le point d'arriver devant l'immeuble de nos bureaux. Une fois à destination, je me plante de l'autre côté de la rue pour observer la façade du bâtiment et attendre, tout simplement.

Tristan aura informé tous ceux que ça intéresse de mon problème de voiture – une batterie défectueuse, je leur expliquerai, quelque chose de si banal que personne ne songera à mettre ma parole en doute. C'est ce qu'il y a de bien avec un poste d'assistante. Nul ne se soucie de l'endroit où vous vous trouvez ni de ce que vous fabriquez, à moins d'avoir besoin de vous.

Je ne peux me trouver dans les locaux en même temps que les enquêteurs. Même avec ma perruque, je suis sûre que l'inspectrice Ashton saura qui je suis et je n'ose imaginer les conclusions qu'elle en tirera.

Bien que nous ne soyons qu'au début de l'automne, il fait froid dans la ville, le vent est furieux et violent. Je regrette de ne pas avoir enfilé un bon manteau, mais je ne m'attendais pas à rester dehors aussi longtemps.

Combien de temps vont-ils s'attarder dans le cabinet ? Combien de temps puis-je rester ici ?

Enfin, au bout d'une demi-heure, je les vois sortir, tous deux au téléphone. Ils traversent la rue et je me rencogne un peu plus contre le mur, la tête baissée.

Ils passent devant moi sans même jeter un coup d'œil dans ma direction, mais j'entends l'inspecteur Jameson lâcher :

— Coupable comme pas deux, j'en suis sûr.

Et l'inspectrice Ashton de répondre :

— Je sais, et on va la pincer, ne t'inquiète pas.

Après quoi, ils s'éloignent et je traverse la rue à toute allure, mon ventre en furie m'obligeant à déglutir pour ne pas vomir.

Parlent-ils de Cordelia ou de Natalie ? Ils visaient forcément l'une d'elles, et je me demande, une fois de plus, si ma fille me cache quelque chose. Comment pourrais-je le découvrir ?

Ironiquement, je vais peut-être avoir moins de mal à m'entretenir avec Natalie. Car celle-ci ignore que je suis autre chose qu'une assistante intérimaire un peu curieuse. Nul ne se soucie de ce qu'il raconte à quelqu'un qu'il ne reverra probablement jamais. Les secrets se dévoilent plus facilement à des inconnus qu'à des proches.

Prenant une profonde inspiration, j'entre et je savoure la chaleur du hall, soulagée de quitter les rues venteuses de la ville.

— OK, je murmure en pénétrant dans l'ascenseur où je convoque Grace Enright.

Je suis prête à découvrir la vérité.

17

CORDELIA

Lorsque la porte se referme, Cordelia se retrouve soudain très seule dans l'appartement. Et tout se bouscule autour d'elle, menaçant de la submerger complètement. Garth, sa voiture, le couteau, sa mère qui la surveille, l'homme qui la suit – si elle peut se fier à l'histoire de sa mère –, sa mère qui travaille dans le cabinet de Garth. Elle presse le coussin contre son visage et pousse un cri, long et fort, jusqu'à ce qu'elle n'en puisse plus.

Recroquevillée sur le canapé, elle se laisse aller à des larmes de frustration, de colère et de peur, sans même essayer de s'arrêter, jusqu'à ce qu'elle sombre dans le trou noir d'un sommeil épuisé.

Elle est réveillée par la sonnerie insistante de son téléphone sur la table basse voisine. Elle le cherche à tâtons, pose finalement la main dessus et le porte à son oreille après avoir déverrouillé l'écran.

— Oui, dit-elle, choquée par le timbre rauque de sa propre voix.

On dirait qu'elle n'a pas parlé depuis des jours. La faute aux cris et aux pleurs.

— Cordelia, répond Jacinta, je voulais savoir comment vous alliez.

Elle gémit. Le travail est soudain devenu le cadet de ses soucis. Elle écarte le téléphone de son oreille pour regarder l'écran. On est vendredi, jour où se tient normalement une réunion du personnel, à l'heure du déjeuner. Jacinta aime « tâter le pouls » de tout le monde une fois par semaine.

— Je suis vraiment désolée, Jacinta, je ne vais vraiment pas bien, répond-elle.

— C'est vrai que vous avez une voix affreuse, Cordelia, constate sa patronne, laissant transparaître une pointe de compassion.

Cordelia remercie silencieusement le timbre rauque de sa voix.

Il lui semble impossible de reprendre un jour le travail, de ne pas voir sombrer son monde dans le chaos le plus complet. Comment les choses pourraient-elles s'améliorer ? Elle a cessé d'espérer que Garth ressurgisse brusquement avec une explication. Elle en sait trop. Il est manifestement impliqué dans quelque chose et avec quelqu'un.

— Eh bien, rétablissez-vous rapidement. Si vous êtes toujours malade la semaine prochaine, il vous faudra un certificat médical.

— D'accord, bredouille Cordelia.

À sa grande honte, elle a la gorge serrée, sur le point de se remettre à pleurer.

— Le bouillon de poule, lâche Jacinta. Ça fait des merveilles contre les gros rhumes.

Sur ce conseil, sa patronne raccroche.

Cordelia se roule en boule. Elle a l'impression d'avoir la gueule de bois, sauf qu'elle n'a pas bu. Elle dépasse rarement les bornes, en matière de boisson, et n'a eu la gueule de bois que quelques fois dans sa vie. Pourtant sa tête la lance et sa bouche est desséchée.

Se levant du canapé, elle se dirige vers la cuisine, descend deux verres d'eau et se prépare un café ainsi qu'un toast.

Elle regrette d'avoir renvoyé sa mère, tout en sachant que c'était la meilleure chose à faire. Elle aimerait lui envoyer un texto pour lui demander si elle a découvert quelque chose au cabinet de Garth, mais elle se refuse à lui adresser à nouveau la parole. Le comportement de Grace est complètement délirant. Y a-t-il vraiment un homme qui la suit ou sa mère a-t-elle inventé cette histoire pour que Cordelia ne soit pas fâchée d'avoir été espionnée ? Peut-elle croire sa mère sur quoi que ce soit ? Peut-elle seulement lui faire confiance ?

Il est exaspérant de se sentir ainsi après tout ce qu'elle a vécu. Elle a de nouveau dix-sept ans, sa vie est en plein chaos et elle n'arrive pas à croire à ce qui est en train de lui arriver.

La réponse concernant la nature des agissements de Garth, l'endroit où il se trouve et la personne avec qui il est doit se trouver quelque part dans cet appartement, décide-t-elle.

Il lui suffit de mettre la main dessus.

Cordelia commence par retourner le tiroir de la table de chevet de Garth, dont elle passe le contenu en revue et fouille même le dessous. Elle ne découvre rien, sauf deux autres lettres concernant ses impôts impayés. De là, elle passe à son armoire, jetant tout par terre, prenant même un certain plaisir au désordre qu'elle crée, tout en sachant que c'est elle qui devra ranger. La pile des chemises d'un blanc immaculé devient de plus en plus haute, bientôt recouverte par des vestes et des pantalons de costume bleu marine. Elle explore toutes les poches, sans succès. Garth, qui aime que ses costumes soient dans un état impeccable, ne glisse son téléphone que dans l'une des poches. Il a des pochettes assorties à toutes ses cravates, détail qui irrite Cordelia sans qu'elle puisse trop s'expliquer pourquoi : elle les jette toutes par terre, les rouges, les jaunes et les bleu électrique s'en allant rejoindre la pile.

Elle tire son tiroir à sous-vêtements et le retourne, déçue de n'en voir tomber que des caleçons.

Le fond de son tiroir à chaussettes abrite une carte. Elle se jette dessus, pour découvrir qu'il s'agit de la dernière carte d'anniversaire qu'elle lui a offerte. « *Merci d'avoir été là pour moi tous les jours et d'avoir rendu ma vie meilleure de toutes les façons possibles.* » Cordelia grimace à la lecture de ces mots banals. Cela dit, l'année dernière, elle les pensait vraiment.

L'anniversaire de Garth tombe le 1er août. Elle l'avait emmené dans leur restaurant italien préféré et lui avait offert une paire de boutons de manchette en argent, gravé des lettres « GSB ». Elle les avait fait personnaliser pour une somme tout sauf modeste, mais il les avait adorés. Cordelia se souvient qu'en partageant des cannellonis et des pâtes à l'encre de seiche avec lui, elle avait éprouvé quelques heures de béatitude. Cela semble bien loin aujourd'hui. Natalie a rejoint le cabinet environ un mois plus tard et Garth s'est soudain montré détaché et distant.

Secouant la tête, Cordelia abandonne ce souvenir et grimpe sur un petit escabeau pour attraper tout ce qui se trouve en haut de l'armoire, ouvrant les cartons qui contiennent sa collection de portefeuilles et de boutons de manchette, découvrant la paire qu'elle lui a offerte mêlée à toutes les autres. Il l'a laissée là, avant de disparaître purement et simplement. Cette pensée lui fait mal, car elle a le sentiment qu'il a abandonné derrière lui tout ce qui pourrait lui rappeler Cordelia.

Il n'y a pas grand-chose à voir, car Garth n'a pas rapporté tout ce qu'il possédait du Royaume-Uni. Il a emménagé ici avec en tout et pour tout quelques valises et cartons. Il a toujours eu l'intention de retourner dans son pays, une fois devenu associé du cabinet, et Cordelia était censée l'accompagner à ce moment-là. Elle s'était imaginée retourner un jour au Royaume-Uni avec le statut d'épouse.

Elle reste immobile un moment, stupéfaite par tout ce qu'il lui est arrivé de croire concernant son avenir. Elle s'imaginait créatrice de vêtements, habillant des gens riches et célèbres ; elle s'imaginait épouser un Australien avec qui elle aurait deux enfants ; elle s'imaginait voir ses parents vieillir... Elle n'est pas assez naïve pour s'imaginer que tous nos rêves d'avenir se réalisent, mais elle est choquée de constater que tout ce qu'elle a toujours voulu lui a été enlevé.

Et tout ça par la faute de sa mère. Cordelia s'autorise une minute de férocité au cours de laquelle elle hait sa mère avec ferveur, avant de se rabrouer et de chasser cette émotion inutile.

Elle abandonne le désordre de la chambre conjugale et se rend dans la chambre d'amis. Il y a là un bureau et une chaise, pour elle comme pour Garth. Cordelia y dépose tout ce qu'ils reçoivent par la poste et passe rapidement les enveloppes en revue. La plupart sont adressées à Garth et elle n'y prête pas attention, supposant qu'il s'agit de courrier en provenance du Royaume-Uni ou de publicités. Les factures sont envoyées par courrier électronique.

À présent, elle s'assoit dans le fauteuil et ouvre tout, y compris des lettres manuscrites de la mère de Garth et celles d'une tante. Evangeline écrit à son fils de longues lettres sur du papier bleu pâle, et Cordelia balaie la première du regard.

Mon chéri,

Le temps est exécrable en ce moment et, bien sûr, le toit qui fuit n'aide pas...

Elle laisse tomber la lettre, sachant qu'elle ne contiendra rien d'autre d'important. Pourquoi cette femme ne peut-elle pas envoyer un courriel ?

Une partie d'elle s'inquiète de la colère de Garth quand il sera de retour et découvrira qu'elle a lu son courrier, mais elle écarte cette crainte. Elle accueillera sa colère s'il revient, la recevra et la lui renverra. Comment ose-t-il lui faire ça ? Elle ouvre des factures en provenance du Royaume-Uni, des publicités de magasins de vêtements et de vins, une lettre de son dentiste lui rappelant l'examen de contrôle qu'il n'a pas encore fait, une autre lettre où Evangeline jacasse à propos de la maison et de tout ce qui doit être réparé, où elle lui dit qu'en tant que fils unique, il est de son devoir de rentrer au Royaume-Uni et de tout arranger. Evangeline lui envoie une lettre de cette teneur tous les mois, et Cordelia sait qu'il se sent très coupable de ne pas être là-bas pour aider sa mère, d'où son appel téléphonique quotidien. « Je veux juste devenir associé, histoire de gagner plus pour l'aider », a-t-il expliqué à Cordelia. Mais elle ignore si son salaire sera un jour assez élevé pour permettre la réparation de la maison familiale. Il faudrait des centaines de milliers de livres pour ça.

Le bureau a deux tiroirs, qu'elle ouvre mais ils ne contiennent rien d'autre que des fournitures de bureau. Cordelia soupire et regarde la table de travail, touchant la poignée en laiton en forme de demi-lune, au centre, juste là pour équilibrer l'apparence du bureau. Elle est assortie aux deux poignées de chaque tiroir sur les côtés.

À moins que ce ne soit pas seulement une question d'esthétique... Prudemment, elle tire sur la poignée et constate, à sa grande surprise, que s'ouvre un vaste tiroir.

Lequel ne contient qu'une seule chose : une énième lettre d'Evangeline. Pourquoi n'est-elle pas rangée avec les autres ?

Cordelia s'en saisit et l'ouvre.

Mon chéri,

Juste un petit mot pour te remercier de l'argent que tu

m'as envoyé. Je sais que vingt mille livres sterling, c'est beaucoup, mais tu t'en sors toujours. Cela m'a énormément aidée. Tu n'imagines pas le bonheur que c'est d'avoir à nouveau de l'eau chaude. Je sais que c'est vraiment difficile pour toi de m'aider, mais tu fais de ton mieux et c'est adorable. J'espère que tu pourras aussi contribuer à la réparation du toit.

Je t'aime, maman

Autrement dit, Garth a envoyé de l'argent à sa mère pour retaper la maison. Elle se souvient de leur conversation à propos du footballeur qui a « coûté des milliers » à Garth. Si ça se trouve, il pariait pour se procurer de l'argent à envoyer à sa mère. Même si elle ne voudrait certainement pas qu'il en arrive à de telles extrémités... Et ce serait pour cette raison que Cordelia doit tout payer ?

Pourquoi Garth ne lui a-t-il rien dit et depuis combien de temps cela dure-t-il ? Pourrait-il s'être attiré des ennuis à force de jouer à des jeux d'argent ? A-t-il emprunté de l'argent à quelqu'un de mal intentionné ?

Elle devra montrer cette lettre à la police.

Son téléphone, posé sur le bureau, tinte pour lui indiquer l'arrivée d'un SMS. Cordelia, qui sursaute, laisse tomber la lettre.

Janine m'a donné le numéro d'un avocat nommé Nicholas Blake. Apparemment, il est très bon.

Cordelia ne répond pas. Détresse et choc se posent sur elle comme une couverture qui gratte sans qu'elle parvienne à la repousser. Garth envoie de l'argent à sa mère et oblige Cordelia à financer leur vie en Australie. Elle repense au nombre de fois où il a mentionné son fonds fiduciaire, à son insistance pour qu'elle pardonne à sa mère. Elle sent la nausée l'envahir. N'est-il avec elle que pour son argent ? Est-il possible qu'il ait déjà su qui elle était, le jour où ils se sont rencontrés, qu'il ait su qui était sa mère ?

Non, il m'aime. Il m'a aimée, non ?

Peut-être s'est-il lassé d'attendre qu'elle hérite et a-t-il commencé à parier pour aider sa mère ? Cordelia se demande si quelqu'un d'autre, au cabinet par exemple, est au courant. Il passe tellement de temps avec ses collègues. Peut-être en savent-ils plus qu'elle au sujet de Garth.

Et maintenant ? Cordelia songe à se rendre au bureau de son compagnon et à exiger que quelqu'un lui dise ce qu'il sait. Mais elle ne ferait jamais une chose pareille. C'est le genre de sa mère, ça, comme traiter Tamara de catin devant toute l'entreprise, comportement dont Cordelia a entendu parler au procès. Sa mère n'a plus d'assistante ni d'entreprise. Elle n'a que des regrets et un peu d'argent. Cordelia ne veut pas finir comme elle.

Elle n'agira jamais comme sa mère, qui était dingue. Même aujourd'hui, elle se comporte encore de manière étrange, mais alors que Cordelia quitte la chambre d'amis pour aller chercher quelque chose à manger, elle se demande si elle n'aurait pas justement besoin de quelqu'un qui soit prêt à faire des choses folles.

Toute cette situation est tellement bizarre qu'elle lui donne l'impression d'être en train de perdre la tête.

Est-ce ce que sa mère a ressenti lorsqu'elle a incendié notre maison ? Était-ce ainsi pour elle, un désespoir incontrôlable ?

Elle relit le texto de sa mère à propos de l'avocat et répond.

Merci. Je suis désolée pour ce matin. S'il te plaît, viens demain soir, qu'on puisse parler.

Comme elle n'a absolument pas faim, elle quitte la cuisine

et retourne dans son lit, où elle se tourne et se retourne dans l'espoir de s'endormir, parce que c'est tout ce dont elle a envie.

Qu'est-ce qui est arrivé à ma vie ? se demande-t-elle, et la voilà qui se remet à pleurer. Elle vient de réaliser que la même pensée lui a traversé l'esprit il y a six ans, et qu'elle se retrouve à nouveau en plein chaos et en plein désespoir, sans avoir le moindre début d'une idée pour y remédier.

Son téléphone tinte à nouveau et elle s'en empare avec l'intention de demander à sa mère d'arrêter de lui envoyer des textos, mais le message ne vient pas de Grace.

Il faut que je vous parle. Je sais ce qui se passe.

Un SMS de Natalie.

Cordelia lâche le téléphone comme s'il lui brûlait la main et se couvre la bouche.

Puis elle récupère l'appareil et scrute le message. Elle n'a pas le choix. Elle a mille questions qui se bousculent dans sa tête, mais elle veut voir le visage de Natalie quand elle les lui posera.

18
GRACE

Lorsque les portes de l'ascenseur s'ouvrent à l'étage du bureau, je me rends compte que j'ai presque deux heures de retard. J'espère que l'excuse de la panne de voiture passera comme une lettre à la poste.

— Grace, lance Tristan quand il me voit, ça en a pris du temps, qu'est-ce qui s'est passé ?

— Je sais, je réponds en hochant la tête. L'assistance routière a mis une éternité et je me suis gelée à les attendre. C'est ridicule qu'il fasse aussi froid en automne. J'ai vraiment besoin d'un café.

— Vous m'étonnez ! répond-il avec un sourire.

Je m'éloigne pour me rendre à mon bureau.

Je dépose mon sac sur ma table de travail et vérifie d'abord mon téléphone pour voir si j'ai des nouvelles de Cordelia. Il n'y aura probablement rien, je le sais, n'empêche que j'ai le cœur brisé de voir que j'avais raison.

Puis je vais aux toilettes. Pendant que je me lave les mains, Natalie entre, un mouchoir en papier à la main pour se tamponner les yeux. Elle est manifestement en train de pleurer. D'ailleurs, quand elle me voit, elle se précipite dans une cabine.

— Tout va bien ? je demande, m'attendant à ce qu'elle me réponde simplement par l'affirmative.

Au lieu de quoi, elle ressort, se mouche et prend un autre mouchoir.

— C'est à propos de... Garth ? L'homme qui a disparu ? je demande.

Natalie hoche la tête et renifle.

— La police a une idée de ce qui lui est arrivé ?

Elle secoue la tête.

— Ils pensent... Je veux dire qu'ils n'arrêtaient pas de poser des questions sur sa relation avec sa petite amie.

— Vraiment ? je réplique, un léger bourdonnement dans les oreilles. Je me demande bien pourquoi. Vous la connaissez ?

Elle hoche lentement la tête et lève une main pour ramener ses cheveux sur son épaule. Elle se gratte subrepticement le cou, où je vois apparaître des zébrures rouges.

— Je fais de l'urticaire quand je suis stressée, admet-elle d'une voix douce.

— Je comprends, dis-je. C'est une situation très stressante.

J'ai envie de répéter ma question – connaît-elle Cordelia ? –, mais je sais qu'il ne faut pas insister. Les gens vous diront toutes sortes de choses s'ils pensent que vous êtes prêt à les écouter sur un sujet qu'ils s'imaginent dénué d'enjeu pour vous.

Natalie n'a pas besoin de savoir que je suis très impliquée dans cette histoire et que je cherche à assurer la victoire de ma famille.

— Sa petite amie est très gentille, en fait. Elle est probablement un peu trop jeune pour lui et, je pense, très naïve.

— Oh ! je fais.

— Oui, et je ne pense pas qu'elle se doute un instant de l'homme qu'il est vraiment.

Elle secoue la tête.

— Est-ce qu'il… ?

J'hésite à poser la question. Va-t-elle se demander pourquoi je la lui pose ? Cela va-t-il l'amener à se demander qui je suis ? Mais je joue le rôle de l'assistante curieuse. Et les gens sont prompts aux conclusions hâtives.

— Est-ce qu'il la trompe ? j'achève en scrutant son visage.

— Je n'en sais rien, répond-elle en serrant les dents. Il faut que je retourne travailler.

Je vois que je l'ai contrariée. Si elle aussi a couché avec le petit ami de ma fille, elle doit être contrariée, elle doit souffrir même.

— Mais s'il la trompait, j'insiste, la police devrait en être informée, non ?

Natalie me considère avec suspicion.

— Je ne pense pas que cela vous regarde, dit-elle. Et de toute façon, je ne sais pas grand-chose de la vie privée de Garth.

Elle se tourne pour partir, mais pas avant que je ne voie le vermillon qui a envahi ses joues tandis qu'elle se gratte désespérément le cou. Elle ment, c'est évident.

Natalie prend rapidement un autre mouchoir et ouvre la porte, juste au moment où Kelsey entre. L'avocate s'esquive après avoir percuté la jeune femme.

— Quelle malpolie ! grommelle Kelsey.

— Sans doute qu'elle passe une mauvaise journée, dis-je.

— Tout le monde passe une mauvaise journée, réplique-t-elle, presque joyeuse. J'ai envoyé un e-mail à mon père pour lui annoncer que j'abandonnais l'université, mais il ne m'a même pas répondu parce qu'il est trop pris par tout ça, ajoute-t-elle en désignant les locaux.

— Vous connaissiez Garth ? je demande.

Elle lève les yeux au ciel.

— Je connais tout le monde. Je travaille ici depuis novembre dernier.

— Et qu'est-ce que vous pensez de lui ?

J'ai parlé avec désinvolture, mais elle ne se laisse pas prendre à mon manège.

— Vous posez beaucoup de questions pour quelqu'un qui ne travaille ici que depuis quelques jours, Grace, vous ne trouvez pas ? Vous avez entendu le vieux dicton, non ? Comme quoi la curiosité serait un vilain défaut ?

Elle est très directe pour quelqu'un d'aussi jeune.

— Soit, j'admets en rougissant. Mais je pense que tout le monde veut savoir ce qui s'est passé.

Je me penche, pour scruter mon reflet dans le miroir. Je vais vérifier mon maquillage et éviter de répliquer à sa question impolie.

— Mais je suis sûre que vous avez très peu en commun avec Garth, je lâche.

Je hausse les épaules comme si cela n'avait aucune importance pour moi.

— Ce n'est pas... commence-t-elle, avant de secouer la tête. Il faut vraiment que j'aille aux toilettes et je suis sûre que vous devez retourner à votre poste.

Sur quoi elle entre dans une cabine et, quand je l'entends tourner le verrou de la porte, je sais qu'il est temps d'abandonner toute idée d'en tirer quoi que ce soit d'autre. C'est une stagiaire et la fille d'un associé. Elle en sait probablement beaucoup plus sur ce qui se passe ici qu'elle ne veut bien me le dire. Mais je n'obtiendrai rien de plus de sa part aujourd'hui, c'est une certitude.

Je retourne donc à mon bureau et me mets au travail, sachant que je dois attendre l'heure du déjeuner pour appeler Janine. Même si Cordelia ne veut plus jamais me reparler – ce qui, je l'espère, ne sera pas le cas –, je dois l'aider à trouver un avocat.

— Grace ? dit-elle lorsqu'elle décroche.

J'entends la tonalité interrogative de sa phrase.

— Tout va bien pour moi, mais j'ai besoin de votre aide pour Cordelia.

Janine n'est pas du genre à aimer la causette.

— Parce que ?

— Je suis à Melbourne, où elle vit actuellement. Son petit ami a disparu. On a trouvé un couteau dans la voiture de Cordelia. Et quelqu'un a vu ladite voiture quitter son immeuble à 2 heures du matin, la dernière nuit où elle l'a vu. Il était censé travailler tard le lundi, autrement dit le jour suivant, mais il n'est pas allé au travail et n'est jamais rentré chez lui.

— Hmm, fait Janine.

Je sais qu'elle prend des notes pendant que je parle.

— Depuis combien de temps a-t-il disparu ?

— Cinq jours maintenant, je réponds.

— D'accord, fait Janine. Laissez-moi m'en occuper. Je vais passer mes contacts en revue et vous envoyer quelques noms.

— Elle est innocente, évidemment, j'ajoute.

— Bien sûr, convient Janine.

Je me souviens de mon premier rendez-vous avec elle, encore tremblante et en sueur après mon sevrage. « Je ne l'ai pas fait exprès, lui ai-je déclaré. C'était un accident.

— Bien sûr », a-t-elle confirmé en opinant. Sur quoi, elle a remonté ses lunettes pour qu'elles soient plus près de ses yeux. « C'était un accident. Mais maintenant, vous devez me raconter tout ce qui y a conduit. »

Je ne lui ai pas tout raconté, bien sûr. Je lui ai dit que j'avais allumé des bougies et que je m'étais endormie. Je n'ai jamais révélé à personne que j'avais trouvé une lettre de la maîtresse de mon mari et que je l'avais brûlée. Les avocats et la police n'ont pas besoin de tout savoir. Personne n'a besoin de connaître toute l'histoire.

Je passe le reste de la pause déjeuner à travailler pour rattraper mon retard, et je reçois un message de Janine, juste au moment où j'allais me lever pour me préparer une autre tasse de café.

Nicholas Blake – très bon avocat pénaliste, le meilleur du secteur. Il n'est pas donné, mais c'est un maître dans son domaine.

Je la remercie et j'envoie le contact à Cordelia, sans m'attendre à une réponse.

Je suis épuisée depuis ce matin. La tension liée aux interrogatoires de police et à la disparition de Garth semble s'infiltrer à travers la porte fermée de mon bureau. Tout le monde chuchote, je le sens, et je sais que ma fille fait l'objet de certains de ces chuchotements. Et je suis aussi certaine, sans l'ombre d'un doute, que Garth l'a trompée avec une femme qui est probablement Natalie, comme Cordelia le soupçonnait.

Tout en m'efforçant de me concentrer, je me réjouis que demain soit un samedi. Je suis au milieu d'une feuille de calcul quand je reçois un message de Cordelia.

Merci. Je suis désolée pour ce matin. S'il te plaît, viens demain soir, qu'on puisse parler.

J'ai envie de sangloter de joie. Elle m'accorde une nouvelle chance et je lui en suis très reconnaissante. Peut-être comprend-elle que tout ce que je fais, c'est pour elle et pour son bonheur.

À la fin de la journée, je m'apprête rapidement pour quitter le bureau, impatiente de regagner ma chambre d'hôtel, où je profiterai d'un peu de calme et d'un grand verre de vin.

J'aimerais passer du temps avec Cordelia ce soir, mais je sais qu'elle a besoin d'un peu d'espace.

Je suis debout, mon sac bouclé, quand Kelsey passe devant mon bureau, y jette un coup d'œil, puis entre.

— Vous rentrez chez vous ? me demande-t-elle.

— Oui, je réponds. Et vous ?

— Je retrouve mon petit ami, lâche-t-elle en balayant mon bureau du regard.

— Eh bien...

Je veux conclure. J'ai épuisé toute envie de converser.

— Hé ! s'exclame-t-elle. Ma boucle d'oreille ! Je l'ai cherchée partout.

Elle récupère le bijou sur mon bureau. Je l'avais complètement oublié, celui-là.

— Je l'ai trouvée par terre... près des sanitaires j'explique.

Je m'abstiens juste à temps de lui apprendre que je l'ai découverte dans le bureau de Garth.

— C'est mon père qui me les a offertes, il aurait été très contrarié si j'en avais perdu une, ajoute-t-elle en souriant. Merci.

— Vous la cherchiez depuis combien de temps ? je demande.

— Hmm, répond-elle. Des mois, je crois. Je les ai portées à Noël dernier. J'espérais remettre la main dessus par hasard.

Je hoche la tête, tout en la dévisageant, en quête de la vérité. Elle n'a que dix-neuf ans, impossible que Garth et elle soient ensemble, si ? Et elle a parlé d'un petit ami.

— Bonne soirée, me lance-t-elle en chantonnant.

Et la voilà qui tourne les talons et s'en va.

Tout en cheminant dans l'air vif, je pense à tout ce que je sais sur Garth et je me rends compte que c'est plutôt insignifiant. Pour commencer, que faisait la boucle d'oreille de Kelsey dans son bureau ?

Frustrée de n'avoir aucune réponse, je m'arrête devant un

restaurant où j'entre. Je me commande un verre de vin tout en parcourant le menu apporté par une jeune serveuse.

J'opte pour un steak accompagné de pommes de terre au four et vide deux verres de vin avant de me forcer à arrêter.

Dans ma chambre d'hôtel, j'ôte avec plaisir ma perruque et mes lunettes pour redevenir Grace Morton. Je suis heureuse d'être moi-même.

Demain soir, je verrai ma fille et, avec un peu de chance, nous pourrons trouver une solution ensemble.

Je me fais couler un bain bien moussant et je me plonge pendant une heure dans la gigantesque baignoire pour passer en revue tout ce que je sais. Quel est le rapport entre le couteau et la voiture couverte de boue ? Est-il possible que Cordelia ait découvert l'infidélité de Garth et l'ait blessé d'une manière ou d'une autre ? Je secoue la tête. Cordelia est beaucoup plus petite que Garth, elle aurait dû déployer d'immenses efforts pour le maîtriser... et je ne peux pas croire qu'elle ait recouru à la violence. Bien sûr, je n'aurais jamais cru devenir celle que je suis devenue en me débattant contre mes sentiments face à la liaison de mon défunt mari. La jalousie est la plus pernicieuse des émotions, notamment parce qu'elle peut conduire à des horreurs.

Incapable de m'en empêcher, je me sèche une main, je récupère mon téléphone sur le petit tabouret rond qui flanque la baignoire et j'envoie un texto à Cordelia.

Ça va ?

Pas vraiment.

Tu veux que je vienne ?

Non, s'il te plaît. On se voit demain soir. J'ai besoin de temps.

Je ne peux rien faire d'autre maintenant. J'ai commandé un verre de vin au service d'étage, que j'ai posé à côté de la baignoire. La solide gorgée que je prends m'apaise par son goût de velours.

Je fais défiler mon téléphone pendant quelques minutes avant de retourner sur Instagram pour prendre des nouvelles de Tamara, mais elle n'a rien ajouté de nouveau. Elle ne semble même pas avoir de travail, à moins que le poste qu'elle occupe actuellement ne soit pas assez glamour pour être évoqué sur Instagram. J'abandonne donc sa page pour retourner au compte de Garth. N'y aurais-je pas manqué quelque chose susceptible de m'aider à comprendre ce qui se passe ?

J'observe à nouveau la photo de lui tenant un verre de bière, assortie du commentaire énigmatique de Natalie – « *J'espère que ça en valait la peine.* » Qu'a-t-elle bien pu vouloir dire ?

Je regarde la date de la photo : elle a été postée le 18 décembre, soit aux alentours de Noël, mais son environnement ne ressemble pas à une fête de Noël. Je clique sur la photo et l'agrandis, dans l'espoir de trouver quelque chose qui me permette de savoir de quoi parlait Natalie.

Garth est assis à une table dans un pub dont les murs sont lambrissés et il y a des groupes de personnes derrière lui. La plupart ayant été prises en plein mouvement, elles ne sont pas vraiment nettes.

J'étudie l'homme avec qui ma fille est restée pendant plus de quatre ans, qui a disparu et qui la trompait sans l'ombre d'un doute. Mes yeux passent de ses cheveux blonds en désordre à son large sourire et à son visage piqueté d'un début de barbe, puis je jette un coup d'œil à son bras, plus précisément au bras et à la main qui reposent sur la table, sans tenir la bière. Je remarque le côté d'une main de femme, aux longs ongles rouges. La main féminine est placée près du bras de Garth, tout près, elle touche même ce bras. Est-ce la main de Natalie ou, dans le cas contraire, de qui ? J'agrandis encore la photo : je distingue alors le bout d'une oreille, une boucle d'oreille et des cheveux. La boucle d'oreille est très caractéristique, une petite grappe de diamants entourant un minuscule saphir.

Il s'agit juste d'un verre dans un cadre professionnel. Ça ne veut rien dire. Sauf que si.

J'ai envie d'appeler Cordelia sur-le-champ, mais je m'oblige à la plus grande prudence. Mieux vaut attendre d'être sûre, d'avoir fait le tour de la question. *Sois patiente, Grace.*

19

CORDELIA

Cordelia jette un coup d'œil autour d'elle dans le café bondé où des familles sont assises en groupes à côté d'amis qui discutent à bâtons rompus. L'ambiance est typique d'un samedi matin : tout le monde est de bonne humeur dans les premières heures du week-end, car les gens ont l'impression d'avoir tout le temps devant eux. L'air, chaud, fleure bon le café et les pâtisseries.

Il s'agit en fait d'un café où elle s'est assise avec Garth, lorsqu'elle lui a rendu visite au travail. Elle lui avait demandé à plusieurs reprises de lui faire visiter son bureau.

« Pourquoi tu veux venir à mon cabinet ? lui avait-il demandé.

— Je veux juste voir avec qui et où tu travailles pour pouvoir t'imaginer pendant la journée, avait-elle répondu en souriant.

— Bizarre, mais d'accord », avait-il consenti.

Elle avait donc manqué un jour à l'université pour faire du shopping et le retrouver à son bureau. Il l'avait présentée à ses collègues, lui avait montré ses locaux, puis ils étaient venus ici prendre un café.

Mais cela remontait à deux ans au moins, bien avant l'arrivée de Natalie. Aurait-elle été jalouse de la jeune femme à ce moment-là ? Peut-être, cependant ses relations avec Garth étaient bien meilleures alors ; ils aimaient encore l'idée d'être ensemble dans la même ville, d'être de nouveau réunis. Elle se rappelle avoir été très fière de lui lorsqu'elle avait vu la plaque en laiton sur la porte de son bureau, elle s'était félicitée d'avoir trouvé un homme aussi beau, intelligent et charmant. Et elle se rappelle aussi avoir pensé que rien ne pourrait jamais faire dérailler leur couple. Comment aurait-il pu en aller autrement ? Ils s'aimaient, il la soutenait et prenait grand soin d'elle. Mais voilà. Il a disparu et elle est sur le point de rencontrer la femme avec laquelle il a peut-être une liaison.

Natalie et Charles ont un appartement à proximité, c'est probablement pour cela qu'elle a choisi cet endroit.

Cordelia a passé une nuit blanche à la perspective de ce rendez-vous, à envisager tout ce que Natalie pourrait ou voudrait dire lui. Il aurait été nettement préférable de se voir hier, mais Natalie n'y a pas consenti. Dès que Cordelia a reçu son SMS, elle a répondu.

Où et quand ?

Demain matin, café Westgate.

Pourquoi pas aujourd'hui ? Je peux me déplacer.

Pas aujourd'hui. Je suis au travail. Demain à 10 heures.

Elle a accepté, parce qu'elle n'avait pas le choix.

La porte du café s'ouvre, apportant dans son sillage une bouffée d'air frais. Cordelia lève les yeux pour étudier le menu, même si elle n'a pas l'intention de commander à manger. Un homme aux cheveux gris est entré et Cordelia gigote sur sa chaise, repensant à l'homme qui, selon sa mère, la suit. Son cœur s'emballe tandis qu'elle étudie l'inconnu. Mais elle le voit tenir la main d'une fillette. Juste un grand-père et sa petite-fille qui passent la matinée ensemble. D'après sa mère, l'homme aurait l'âge de Cordelia, de toute façon. Personne ne la suit.

Elle regarde sa montre. Natalie a cinq minutes de retard.

Cordelia s'est préparée pour cette rencontre comme s'il s'agissait d'un rendez-vous galant, veillant à ce que ses cheveux soient parfaitement lisses, son maquillage soigné. Puis elle a choisi un pantalon gris et un chemisier de soie à porter sous son trench-coat noir. Elle voulait avoir l'air professionnelle, paraître plus vieille que son âge et capable de faire face à toutes les révélations de Natalie. En réalité, elle a eu l'impression d'être une enfant qui se déguise.

C'est un café urbain typique : des murs d'un blanc éclatant, un plancher taché, des chaises et des tables en bois, des jeunes gens derrière le comptoir qui préparent et servent du café. Les murs sont décorés de posters de chatons, que Cordelia trouve réconfortants, après avoir observé pendant quelques minutes un chat noir et blanc jouant avec un canard en caoutchouc. Elle aurait aimé avoir un chat, mais Garth aime les chiens, et il aurait été injuste d'obliger un chien à passer ses journées dans un appartement pendant que ses deux maîtres sont au travail.

Le café de Cordelia est trop amer, malheureusement le sucre se trouve sur le comptoir et elle n'a pas l'énergie de se relever pour aller le chercher. Alors elle boit le breuvage à petites gorgées, les yeux fixés sur son téléphone. Elles étaient censées se retrouver à 10 heures, or l'heure est dépassée de dix minutes, à présent. Enfin, elle voit Natalie entrer dans l'établissement. Cette femme est magnifique, comme toujours, mais en comparaison, Cordelia se rend immédiatement compte du caractère déplacé de sa tenue. Natalie, qui a relevé ses cheveux blond-blanc en queue-de-cheval, porte un jean bleu moulant et un haut bleu, tout doux, en maille. Cordelia se sent stupidement trop habillée. Natalie la repère immédiatement, la salue et va se commander une tasse de café.

— Je n'ai pas hâte d'être en hiver, lâche-t-elle en s'asseyant de l'autre côté de la table.

Cordelia acquiesce, même si elle trouve cette manière de l'aborder étrange, trop cordiale, trop banale pour ce dont elles vont discuter.

— Je t'écoute, lâche-t-elle.

Elle voit des plaques rouges s'étendre du cou de Natalie jusqu'à ses joues, si bien que la jeune femme finit par se gratter.

— La police est venue au bureau, commence Natalie. Ils ont interrogé tout le monde, et personne ne sait où se trouve Garth.

Cordelia s'adosse à sa chaise et fixe Natalie.

— Vu ce que tu m'as dit, je croyais que tu savais ce qui lui était arrivé. C'est la seule raison de ma présence ici : comme quoi tu savais ce qui s'était passé et que tu allais me le dire. Pourquoi m'avoir fait venir si tu ne sais rien ? J'étais déjà au courant que la police avait interrogé des gens du cabinet, parce que c'était une évidence.

Cordelia perçoit la colère dans ses propres paroles. Elle a envie de gifler Natalie, mais s'en abstient en enroulant les mains autour de la tasse de son infect café.

Le rouge vire au pourpre sur les joues de Natalie. Elle regarde autour d'elle, ses yeux verts ne cessant d'aller et venir.

— Je voulais te l'apprendre moi-même, parce que ça va se savoir et que c'est aussi bien que tu sois au courant. Je devais juste trouver un moyen de te faire venir ici.

Cordelia se sent submergée par une vague de chaleur, qui l'oblige à serrer les poings et à enfoncer ses petits ongles dans ses paumes.

— Je le savais, murmure-t-elle.

— Tu n'as aucune idée de ce que je m'apprête à te dire.

— Bien sûr que si, crache Cordelia. Tu couches avec Garth. Tu couchais avec Garth et je l'ai deviné. Chaque fois que je vous ai vus ensemble, je m'en suis doutée, mais bien sûr, il niait.

Cordelia a un goût de bile dans la bouche. L'horreur de ce qu'elle a soupçonné la consume, et elle ferme les yeux l'espace d'une seconde, s'imaginant en train d'attraper les jolis cheveux blonds de Natalie et de les lui arracher de la tête.

« *Bon sang, tant de violence, Cordelia, tu ressembles beaucoup à ta mère.* » Elle entend la voix légèrement moqueuse de Garth dans sa tête. La vision disparaît lorsqu'elle rouvre les yeux.

Une serveuse en jean et T-shirt blanc apparaît avec le café de Natalie, qu'elle dépose sur la table avec un rapide sourire.

— Merci, dit celle-ci en s'emparant de la tasse dont elle boit une grande gorgée.

Pourvu que le breuvage lui brûle la langue au passage !

— Ce n'est arrivé qu'une fois, nuance Natalie sans croiser le regard de Cordelia. Pendant un séminaire d'entreprise. On était tous les deux ivres et ça ne s'est pas reproduit. Mais j'ai dû l'avouer à la police, parce qu'ils ont interrogé tous les membres du personnel sur leurs relations avec Garth. Je n'avais pas le choix.

Cordelia se remémore le séminaire d'entreprise qui s'est tenu il y a quatre mois, au printemps. L'entreprise avait loué un vieil hôtel à la campagne, un bâtiment splendide, et y avait emmené tout le cabinet pour renforcer la cohésion de l'équipe et y faire tout ce qu'on fait lors de ces séminaires. Elle se souvient que Garth avait pesté contre l'obligation de s'y rendre : « Je déteste tous ces exercices de confiance stupides, ce n'est pas comme s'ils allaient faire de moi un meilleur avocat. Et la nourriture est toujours dégoûtante. En plus, si tu oses de plaindre, tout le monde te regarde comme si tu étais un idiot.

— Mon pauvre, je vais te manquer ? lui avait-elle demandé.

— Tu sais bien que oui », avait-il répondu. Lui a-t-il semblé différent à son retour ? Pas particulièrement, mais Cordelia ne s'attendait pas à ce qu'il le soit, juste à ce qu'il soit Garth. Ont-ils fait l'amour le soir de son retour ? Probablement, oui. Elle gigote sur le bois dur de sa chaise, vaguement dégoûtée. Comment a-t-il pu lui faire ça ? Natalie l'observe, le visage encore écarlate, semblant toujours quêter son pardon. Sauf que Cordelia n'a pas pour habitude de pardonner.

— Et maintenant, dis-moi : tu es fière de toi, Natalie ? Tu es fière de ce que tu as fait ? Tu sais où se trouve Garth ? Tu sais ce qui lui est arrivé ou tu cherchais seulement à soulager ta conscience ?

Elle serre les dents, sifflant ses mots à l'adresse de la femme assise en face d'elle.

Natalie boit une autre gorgée de café et secoue la tête.

— Non, je veux m'expliquer. S'il te plaît, laisse-moi t'expliquer. C'est arrivé une fois et j'ai compris juste après que ça ne se reproduirait plus. Mais tu dois le savoir, Cordelia, je ne suis pas la seule femme avec qui il a couché au cabinet. Il flirte avec tout le monde. Nous savons tous qu'il est avec toi, mais ça ne l'empêche pas de flirter avec toutes les femmes de l'entreprise, toutes les femmes qu'il croise, et même les clientes.

Cordelia a la nausée. Elle voudrait plaquer la main sur la bouche de Natalie pour empêcher toutes les terribles vérités de se répandre.

— Et parfois, quand il parle de toi, il t'appelle sa...

Natalie plonge le regard dans sa tasse de café à moitié remplie.

Cordelia se saisit de la sienne, la vide, sentant le marc sur sa langue. Sombre, amer comme son ressentiment envers cette femme et maintenant envers Garth.

— Sa quoi ?

Natalie ferme les yeux, rechignant visiblement à prononcer ces mots.

— Il t'appelle sa petite carte de crédit.

— Oh, mon Dieu ! lâche Cordelia.

Elle sent la piqûre physique des mots sur sa peau. Promenant les yeux dans l'établissement, elle voit une mère tenant un enfant en équilibre sur ses genoux, qu'elle aide doucement à mettre de la mousse de cappuccino dans sa bouche. C'est ironique, mais elle pensait que Garth et elle ne tarderaient pas à se marier et à avoir des enfants. Elle se réjouissait à l'idée d'appartenir de nouveau à une famille, une vraie famille, et elle comptait bien ne pas reproduire les erreurs de sa mère. Aujourd'hui, tout est à nouveau en lambeaux, tout dans sa vie est en lambeaux.

— Je ne peux pas... balbutie-t-elle en laissant tomber sa tête dans ses mains.

Elle a l'impression qu'on l'assaille de mots, qu'on se sert de ce que Garth – un homme qu'elle croyait connaître – a fait pour la rouer de coups. Elle veut s'enfuir, se lever et se mettre à courir, mais elle doit entendre tout ce que Natalie a à dire, elle le sait. Alors elle relève la tête, submergée par la fureur. Natalie doit se délecter de la scène. Elle feint de se montrer gentille et soucieuse, mais elle doit savourer le fait que Cordelia soit tombée amoureuse d'un homme aussi horrible.

— Et qu'est-ce qui t'a décidé à me raconter tout ça aussi gentiment, Natalie ? Simplement parce que tu as couché une fois avec lui, ou bien tu as un autre motif ?

Natalie repousse sa chaise et se lève.

— Pour être honnête, je l'ai fait parce que je nous pensais plutôt amies et parce que je détestais la façon dont il parlait de toi. J'ai toujours voulu t'en parler. La police est venue au cabinet et je ne voulais pas que tu te retrouves piégée par ce qu'il a dit et fait.

— Par ce que tu as fait avec lui, nuance Cordelia.

Natalie hoche la tête.

— Je ne pense pas être la seule, répète-t-elle.

— Qui d'autre ? demande Cordelia.

Elle a parlé si fort que des têtes se tournent.

— Je ne sais pas, je ne sais pas… je n'ai pas de certitude, balbutie Natalie. Je voulais te prévenir, parce que tu n'es pas quelqu'un de méchant. Tu es gentille et il a profité de toi. Il profite de tous ceux qui le laissent faire.

— Avec qui d'autre il a couché ? insiste-t-elle.

— Je ne peux rien te dire. Des tas de rumeurs circulent au cabinet, sur Garth et les femmes.

— Des rumeurs que tu étais prête à garder pour toi, que tu aurais gardées pour toi, ainsi que ton propre écart de conduite, s'il n'avait pas disparu, réplique Cordelia.

— Tu as raison et j'en suis désolée. Tout ce que je peux te dire, c'est que je suis vraiment, vraiment désolée.

Elle regarde Cordelia d'un air douloureux et interrogateur. Il y a de la pitié dans ses yeux. Une toute petite partie de Cordelia sait que Natalie fait ce qu'elle pense être juste, mais cela ne l'aide pas pour l'instant. Ce constat ne fait pas disparaître son envie de hurler ni la haine qu'elle éprouve en ce moment.

Natalie continue :

— Je voulais juste te préparer, c'est tout. Je vois bien maintenant que c'était une idée stupide. J'aurais dû laisser la police te raconter tout ça. Je m'en vais. Je regrette ce qui s'est passé au séminaire. Je n'étais pas moi-même et ce n'est pas quelque chose que je referai un jour.

— Et si j'en parlais à Charles ? demande Cordelia en levant les yeux vers elle. Si j'appelais Charles et que je lui disais : « Hé, tu sais que Natalie et Garth ont couché ensemble pendant le séminaire ? »

Natalie referme les doigts sur l'encolure de son petit haut et secoue la tête.

— J'en ai parlé à Charles juste après. Je me sentais tellement coupable que je le lui ai avoué et qu'il m'a pardonnée. Mais fais ce que tu veux, Cordelia. Je te présente mes excuses pour avoir voulu te protéger de l'être ignoble qu'est Garth.

Sur ce, Natalie tourne les talons.

— Est-ce que tu mens pour le protéger ? Est-ce qu'il se cache et que tu mens pour lui ? s'emporte Cordelia.

— Évidemment que non, répond Natalie en seccuant la tête. Je suis désolée, Cordelia, vraiment désolée.

Cette fois, elle s'en va, laissant Cordelia dans sa détresse.

Elle voudrait se lever et bouger, quitter la chaleur suffocante de ce café rempli de gens ayant pour tout souci le choix du gâteau à commander. Mais ses jambes ne lui obéissent pas. Tout son corps est lourd, car elle sait désormais qui est Garth et ce qu'il a fait.

Alors que le brouhaha du café s'estompe, elle tente de mettre des mots sur ce qu'elle ressent, afin de pouvoir se l'expliquer à elle-même. Désolation ? Oui, cela semble juste. Humiliation ? Absolument. Peur ? Le mot fonctionne aussi.

Il l'a trompée, il l'a utilisée pour payer des factures pendant qu'il envoyait de l'argent à sa mère, et il a perdu de l'argent au jeu, peut-être même plus que les milliers de dollars mentionnés à propos du footballeur.

Quoi ? Comment une telle chose est-elle possible ? Comment ai-je pu laisser ça m'arriver ?

Savait-il que toute l'histoire allait sortir ? S'est-il enfui pour ne pas avoir à en affronter les conséquences ? Au cours de sa fouille de l'appartement, elle n'est pas tombée sur son passeport. S'adossant à sa chaise, elle secoue la tête. Elle n'a pas vu son passeport. Pourquoi ne l'a-t-elle pas justement cherché ? Pourquoi la police ne le lui a-t-elle pas demandé ? Seraient-ils au courant s'il avait pris l'avion ? Probablement. Les mêmes questions tournent en boucle depuis des jours dans sa tête : *Cherche-t-il juste à me fuir, moi, à fuir son travail, sa mère ? Avec qui me trompe-t-il ? Qui est-il ? Qui est-il vraiment ?*

Elle l'imagine maintenant, sur une plage quelque part, sous

un soleil brûlant, admirant l'océan d'un bleu parfait. Il a probablement un cocktail à la main et une belle femme à côté de lui, et il se moque probablement d'elle, de la police.

Colère, fureur, rage ? Oui, ces mots fonctionnent aussi.

Elle attrape son téléphone dans son sac et songe à appeler Grace. Natalie sait-elle que sa mère travaille dans le cabinet de Garth ? Ont-elles déjà eu des contacts ?

Sa mère ne rêve probablement que de recevoir de ses nouvelles. Aussi Cordelia trouve-t-elle un autre sentiment au fond de son cœur. La gratitude. Elle est heureuse d'avoir sa mère sur qui compter, en dépit de toutes les choses... bizarres qu'elle a faites. Sa mère comprendra tous les autres sentiments qu'elle éprouve à tort ou à raison. Grace était persuadée que son mari la trompait. Et Cordelia sait que si elle avait la possibilité de tuer Garth, elle le ferait. Sans hésiter.

Renonçant à passer son appel, elle remise le téléphone dans son sac. Elle n'est pas prête à parler à sa mère, pas encore. Elle la verra ce soir.

Finalement, elle parvient à se lever et quitte le café. La rafale de vent qui la frappe au visage la surprend.

Elle se met à marcher, juste à marcher, tandis que les pensées tourbillonnent dans sa tête. Elle longe deux pâtés de maisons, puis trois, puis quatre. Le vent souffle de plus belle et elle commence à transpirer, des ampoules se forment sur ses talons parce qu'elle porte des chaussures tout à fait inadaptées pour la marche. Sans doute devrait-elle rentrer chez elle. À la faveur d'une halte pour se repérer, elle se sent soudain accablée.

Elle est juste à côté de son travail et n'a aucune envie de se faire surprendre dans les parages, même si on est samedi. Jacinta a l'habitude de travailler le week-end et de le faire savoir à tout son personnel en envoyant des courriels le samedi.

À la faveur d'un brusque demi-tour, Cordelia pose les yeux sur un homme vêtu d'un blouson de cuir noir. Elle s'arrête et le regarde tourner les talons pour repartir dans la direction opposée, comme si elle l'avait surpris en pleine filature. Est-ce le fruit de son imagination ? S'agit-il de l'homme dont parlait sa mère ? L'a-t-il vraiment suivie depuis le début ? Il faut qu'elle observe mieux son visage. Elle accélère donc avec l'ambition de le rattraper, de lui taper sur l'épaule et de prétendre qu'elle a cru le reconnaître. Elle a beau se dépêcher, plus elle presse le pas, plus il accélère aussi.

— Hé ! lance-t-elle, s'efforçant d'ignorer la terrible brûlure de ses talons.

La ville est animée et nombre de passants s'arrêtent pour la dévisager, mais elle les ignore. L'homme se déplace rapidement, presque en courant, Cordelia accélère encore. Elle l'interpelle à nouveau.

Il s'engage dans une petite rue que Cordelia sait être une impasse, parce qu'elle est terminée par un *coffee-shop*, le Bottom of the Road Café.

— Ah ! se réjouit-elle.

Elle va le rattraper maintenant.

Elle continue d'avancer, apercevant à nouveau la veste en cuir, même si, cette fois, l'homme lui semble plus petit. N'empêche, elle court vers lui lorsqu'il s'arrête devant le café et lui touche l'épaule.

— Salut ! lui dit-elle.

L'homme se retourne.

— Bonjour, répond-il. Je ne parler pas anglais, merci.

Il porte une barbe brune bien taillée et lui offre un large sourire.

Cordelia s'arrête, interloquée, stupide. Ce n'est pas le bon. Cet homme-ci est plus petit et plus âgé. Elle est presque sûre que l'autre n'avait pas de barbe, quoiqu'elle ne l'ait pas vraiment bien vu.

— Désolée, bredouille-t-elle en reculant pour regarder autour d'elle.

L'homme au blouson de cuir noir a disparu. Il a tout simplement disparu, comme s'il n'avait jamais existé. L'a-t-elle imaginé ?

Je ne suis pas en train de devenir folle. Je ne suis pas en train de devenir folle.

Cordelia sort son téléphone et appelle un Uber. Ses talons la brûlent, elle est en sueur et le maquillage qu'elle a généreusement appliqué en prévision de son rendez-vous avec Natalie forme une couche compacte sur son visage.

Elle regagne lentement la rue pour attendre Jack, le chauffeur Uber, qui sera là dans deux minutes. Adossée à un mur, elle ferme les yeux et laisse son corps reprendre des forces. Elle est épuisée, complètement épuisée, et la seule chose logique qu'elle puisse faire maintenant, c'est dormir le reste de la journée.

Sa mère viendra ce soir et peut-être saura-t-elle quelle conduite adopter.

Son téléphone vibre dans sa main. Elle répond à l'appel, au cas où il s'agirait du chauffeur Uber.

— Oui ?

— Bonjour, Cordelia, inspectrice Ashton à l'appareil. Je veux juste m'assurer que nous vous verrons lundi au commissariat.

— Non, je n'ai pas encore d'avocat, répond-elle. Cela ne peut-il pas attendre ?

— Je crains que nous n'ayons besoin de vous voir dès que possible. Je vous donne jusqu'à mardi pour vous présenter au poste pour un entretien formel.

Cordelia sent son ventre se tordre, car la menace est nettement perceptible dans la voix de l'inspectrice. Elle se couvre la bouche, craignant de vomir dans la rue devant tous ces gens qui passent un samedi ordinaire.

— OK, lâche-t-elle en écartant la main de ses lèvres.

Sur quoi, elle met fin à l'appel, sans attendre la réponse de la policière.

Les choses ne vont faire qu'empirer dorénavant, elle le sent.

20

GRACE

J'aurais préféré voir Cordelia ce matin. Il faut que je lui montre la photo sur l'Instagram de Garth, que je lui demande si elle a rencontré Kelsey, si elle sait quelque chose à propos de Garth et de la jeune femme.

Je lui ai envoyé quelques messages cet après-midi, pour lui demander comment elle allait, mais elle n'a répondu à aucun, à l'exception d'un SMS laconique :

S'il te plaît, laisse-moi tranquille pour la journée. On se voit ce soir.

À 18 h 30, j'entre dans son immeuble, prête à affronter ce qu'elle pourrait avoir à dire, prête à lui apprendre ce que je sais et à l'amener enfin à me révéler tout ce qu'elle sait de son côté.

J'ignore si Cordelia a appelé l'avocat que Janine a suggéré. Je ne suis au courant de rien. Et de ce fait, j'ai l'impression que la situation m'échappe complètement.

J'apporte de la nourriture de chez le traiteur thaïlandais, un assortiment de plats végétariens. Je sais que Cordelia aime le curry vert au tofu et j'adore les poêlées au chili et à l'ail. J'ai ajouté quelques barquettes de légumes mélangés supplémentaires afin de pouvoir lui en laisser pour le reste du week-end. Je sais qu'elle ne se nourrit pas comme il faut.

Lorsqu'elle ouvre sa porte d'entrée, elle a l'air si fragile, si brisée, que je ne peux m'empêcher de pousser un cri de stupeur. D'autant qu'elle a manifestement pleuré.

— Oh, ma chérie, dis-je en m'avançant.

Mais elle recule vers la cuisine, où elle prend des assiettes pour les plats que j'ai apportés. Je remarque que la bouteille de vin rouge à moitié bue est toujours sur le plan de travail et mon envie d'en avaler un verre est si forte que je dois attraper le comptoir et m'y cramponner un instant.

— Ça va ? demande-t-elle.

— Oui, c'est juste... Je n'ai pas mangé depuis le petit déjeuner, et j'ai un peu la nausée quand je jeûne trop longtemps.

— Je n'ai pas mangé du tout, avoue-t-elle en secouant la tête. On forme une sacrée paire !

— Effectivement, je conviens avec un petit rire.

Et je suis heureuse de voir un sourire se dessiner sur ses lèvres.

Nous nous servons dans les barquettes, garnissons nos assiettes et les disposons sur la table en verre de la salle à manger. Pendant quelques minutes, nous mangeons sans rien dire.

— Tu veux boire quelque chose ? demande Cordelia.

Je sais ce dont j'ai vraiment envie, mais je sais aussi que ce n'est pas la bonne réponse.

— La même chose que toi, ce sera parfait.

Elle apporte une bouteille d'eau minérale et deux verres sur la table.

— J'ai rencontré Natalie ce matin, m'annonce-t-elle.

Je m'arrête un instant de manger. Ma dernière bouchée de

brocoli refuse de descendre dans mon gosier jusqu'à ce que j'avale de l'eau.

— Oh !

— Oui, et elle... m'a dit des choses, juste...

— Je t'écoute, je l'interromps en vidant mon eau avant de m'en resservir.

Je repousse mon assiette pendant qu'elle m'explique que Garth et Natalie ont couché ensemble.

Cordelia mange machinalement en me racontant toute l'histoire, notamment que Garth envoie de l'argent à sa mère tandis qu'elle se retrouve à devoir payer tout le loyer, qu'il l'a appelée sa « petite carte de crédit », expression qui me fait bouillir.

Quand son assiette est vide, Cordelia va la remplir à nouveau à la cuisine. Si je suis contente qu'elle mange, je vois bien que c'est sans appétit, qu'elle comble juste le vide qui s'est ouvert en elle lorsqu'elle a eu la certitude que Garth l'avait trompée avec Natalie et qu'il avait probablement couché avec d'autres femmes aussi. Je me souviens de ce sentiment, du choc, de l'horreur, des interrogations. Pour ma part, j'ai cherché à noyer ce vide avec de l'alcool, et j'espère que Cordelia n'aura jamais recours à cet expédient.

— Donc voilà. Je supposais qu'il me trompait et c'était bel et bien le cas. C'est même pire, vu qu'à présent, il a disparu et que la police pense que j'ai quelque chose à voir là-dedans. L'inspectrice m'a dit que je devais venir mardi, et... je ne sais pas quoi faire maintenant.

Nous restons silencieuses pendant qu'elle mange. Je m'efforce de trouver quoi dire, comment l'aider exactement.

— J'ai parlé à Natalie hier, je déclare, parce qu'il est important qu'elle le sache.

— Quoi ? Pourquoi tu ne l'as pas dit plus tôt ?

— J'allais te raconter, évidemment, mais pour l'essentiel, elle m'a dit la même chose qu'à toi. Elle ne m'a pas avoué qu'elle avait couché avec lui, évidemment, même si je lui en ai donné l'occasion. Elle a juste laissé plusieurs fois entendre que Garth n'est pas quelqu'un de bien.

— Je ne sais même pas quand il a eu le temps de me tromper. Il est tellement occupé par son travail et par ses efforts pour devenir associé. Il *était* tellement occupé, rectifie-t-elle, en refoulant manifestement ses larmes.

— À mon avis, les gens trouvent du temps pour les choses qu'ils veulent faire, en particulier celles dont ils ne sont pas fiers et qu'ils cachent à leur entourage.

— Mais il m'aime... enfin, il m'aimait, bredouille-t-elle. Je pensais qu'il m'aimait. Je pensais que nous n'avions pas de secrets l'un pour l'autre. Je lui ai tout révélé sur ma vie, sur toi, sur l'incendie. Je lui ai tout confié. Pourquoi m'aurait-il caché des choses ?

— Je pense...

Je me demande si je dois mettre le sujet sur le tapis maintenant, ni même, plus généralement, s'il faut qu'elle sache.

— Tu penses ?

— Je pense qu'il a peut-être aussi couché avec une jeune femme nommée Kelsey – elle est stagiaire dans son cabinet. Son père est l'un des associés. Elle n'a que dix-neuf ans.

— Quoi ? Comment tu le sais ?

Je lui parle de ma visite dans le bureau de Garth et de la boucle d'oreille, puis je lui montre la photo sur Instagram.

— Cela ne prouve rien, c'était une soirée professionnelle, c'était...

Elle secoue la tête, puis reprend :

— Je ne pense pas que ce soit possible. Garth ne ferait pas... non, il ne ferait pas ça. Non, je n'y crois pas.

Elle attrape encore de la nourriture, qu'elle engloutit dans l'espoir de repousser l'idée de Garth avec une toute jeune fille. Le moment est sans doute malvenu d'énoncer ma théorie.

Je ferme les yeux, invoquant Grace Enright, la femme dont on ne peut pas se jouer, à qui on ne peut pas mentir, qu'on ne peut ni manipuler ni blesser. Je comprends la confusion et le désespoir de ma fille.

— Je n'ai pas de réponse à te donner, ma chérie. Mais je suis là pour t'aider. Dis-moi ce que tu veux faire.

— Je ne sais pas, répond-elle d'une petite voix, tout en continuant à manger. J'aimerais partir, emballer mes affaires et partir, mais je suis impliquée jusqu'au cou. J'ai l'impression qu'il s'est enfui, seulement j'ignore pourquoi il y a de la boue sur ma voiture ou un couteau dedans... C'est juste bizarre et tu me dis en plus qu'on me suit et que l'homme en question t'a parlé ?

— En effet, je confirme. Tu es bel et bien suivie.

Elle s'adosse à sa chaise, les mains sur le ventre, car elle est visiblement mal à l'aise.

— J'ai eu l'impression que quelqu'un me suivait aujourd'hui. Je marchais, je me suis retournée et j'ai cru voir quelqu'un, et je l'ai poursuivi. Finalement, c'était juste un type qui ne parlait même pas anglais.

— Il faut que je te montre les photos que j'ai prises de ce gars, je réplique.

— Mais pourquoi, et quel serait le rapport avec la disparition de Garth ?

Elle se lève et apporte nos assiettes vides à la cuisine, les dépose sur le plan de travail. Après quoi, elle commence à arpenter le petit espace, en se passant les mains dans les cheveux.

— Il faut qu'on réfléchisse calmement, Cordelia. Interdiction de paniquer, il faut juste réfléchir, je déclare, désireuse qu'elle arrête de faire les cent pas.

Ses déambulations me donnent le tournis.

Elle s'immobilise et me regarde. La lueur de dégoût qui apparaît sur son visage s'estompe rapidement.

— Tu n'as pas quitté la clinique depuis très longtemps. Cela fait seulement, quoi... trois mois ? Et maintenant, mon petit ami a disparu et quelqu'un nous suit, toi et moi ? Qu'est-ce que tu as encore fait, maman ? Y a-t-il quelqu'un d'autre dont tu aies gâché la vie ? crache-t-elle.

Je me souviens qu'elle change d'humeur à la vitesse de l'éclair. Mais à l'époque, elle était adolescente et se comportait en adolescente. Aujourd'hui, c'est une adulte, qui se comporte pourtant comme si elle était encore une enfant.

Je lève mes paumes vers elle.

— Non, Cordelia, je n'ai contrarié personne, je t'assure.

Je repense néanmoins à Melody, qui travaillait pour Ava et cherchait à la détruire, ainsi qu'aux gens qu'elle a dû laisser derrière elle en mourant.

Puis je pense à Ava, qui ne sait même pas qu'elle est ma fille. Mais Ava ne me ferait pas pister, même si elle soupçonnait mon implication, de près ou de loin, dans ce qui est arrivé à Melody. Et quel serait le rapport avec Cordelia, de toute façon ? Ava n'avait aucune idée de ma véritable identité, et si Melody savait, elle, que j'avais une fille, elle n'est plus là pour se servir de l'information.

— Tout allait bien jusqu'à ce que tu sortes de clinique, tu sais... Ma vie allait bien, hurle-t-elle en s'approchant de moi.

La fureur lui enflamme les joues.

Ma colère remonte à la surface.

— Nous savons toutes les deux que ce n'est pas le cas, je réponds, hurlant à mon tour. Les infidélités de Garth n'ont rien à voir avec moi.

— Peut-être que je suis devenue paranoïaque et que je l'ai poussé à agir ainsi. Peut-être que ta sortie de clinique m'a rendue complètement... cinglée et qu'il...

— Cordelia, arrête, je la coupe sèchement. Ça n'a rien à voir avec moi. Il t'a trompée avec Natalie et peut-être.. avec d'autres femmes. Il est évident qu'il a du mal à s'engager. Cela n'a rien à voir avec moi, et crois-moi quand je te dis que cela n'a rien à voir avec toi non plus.

Elle éclate en sanglots, les épaules secouées de soubresauts... Elle se laisse tomber dans le canapé.

— Où est-il ? sanglote-t-elle. Pourquoi m'a-t-il quittée ? Qu'est-ce qui cloche chez moi ?

Je m'assois à côté d'elle et la serre dans mes bras jusqu'à ce qu'elle se calme.

— Désolée, bredouille-t-elle. Si j'essaie d'être logique, je sais que ce n'est pas lié à toi. Que tu cherches juste à m'aider.

— Tu as raison, et je t'aiderai, je te le promets. Tu as appelé l'avocat ?

— Non... Je ne sais pas, j'ai juste pensé que ça se réglerait tout seul.

— D'accord, dans ce cas, ça devient ta priorité.

— Je ne peux pas maintenant, il est près de 20 heures, on est samedi soir. Je suis sûre qu'il est avec sa famille ou quelque chose comme ça.

— Dans ce cas, il suffit de laisser un message pour qu'il te rappelle lundi.

— OK, concède-t-elle.

Elle se lève et va chercher son téléphone dans sa chambre. Je l'entends passer le coup de fil, puis parler plus longtemps que je ne l'avais prévu. Je suis très tentée d'aller me poster derrière la porte pour tendre l'oreille à ce qu'elle raconte, mais je m'en empêche en rangeant et en nettoyant les plans de travail de la cuisine. D'un coup d'éponge, les sauces renversées disparaissent et le marbre blanc est à nouveau parfaitement propre. Si seulement il était aussi facile de réparer une vie. Mon esprit s'égare vers le bloc à couteaux dont un logement est vide et je revois les taches rouille sur le couteau tenu par l'inspectrice. La pensée me fait frissonner.

Au bout de dix minutes, elle revient.

— J'ai rendez-vous avec lui lundi matin à 9 heures. Il a décroché, parce qu'il attendait mon appel. Il m'a conseillé de dire aux flics qu'il est mon avocat, si jamais ils essaient de me parler, et de garder le silence sinon, tant qu'il n'est pas avec moi.

— D'accord.

Je pousse un soupir de soulagement. L'affaire est désormais entre les mains de quelqu'un qui a plus de connaissances que moi. J'espère qu'il pourra faire en sorte que Cordelia ne soit pas accusée de quoi que ce soit. Je finis d'essuyer un plan de travail dans sa cuisine, m'autorisant à détester Garth de toutes mes forces pendant quelques minutes. Comment a-t-il pu se comporter ainsi avec cette jeune femme ? Pourquoi lui a-t-il fait autant de mal ? Pourquoi Robert m'a-t-il fait du mal ? Il avait des tas de raisons, mais aucune qui rende la chose acceptable. Mentir n'est jamais acceptable.

Va te faire voir, Garth.

— D'accord, je conclus en jetant un coup d'œil à la cuisine propre. Qu'est-ce que tu dirais d'une tasse de thé ?

Cordelia acquiesce tout en allant récupérer un pot de glace dans le congélateur.

— Ça te tente ?

— Non merci, je réponds en secouant la tête. Il faut qu'on parle de l'homme qui te suit. Je voudrais que tu regardes les photos que j'ai prises de lui.

— D'accord, lâche-t-elle en s'asseyant pour examiner mon téléphone, ouvert sur ma galerie de photos.

Elle reste silencieuse pendant que je fais défiler toutes les images.

Lorsque j'ai terminé, elle me regarde et secoue la tête.

— Qui est-ce, maman ? demande-t-elle.

— C'est ce que je te demande. C'est l'homme qui te suit et qui m'a parlé de quelque chose que tu étais censée faire. Tu sais qui c'est ? Tu le reconnais ?

Cordelia soupire et, pendant un instant, je me sens dans la peau d'une enfant qui agace ses parents.

— C'est juste un type au hasard, maman. Je n'ai aucune idée

de son identité. Il ne me suit pas. C'est juste quelqu'un que tu as pris en photo dans la rue.

Tout en parlant, elle me regarde non pas avec colère, mais avec autre chose. Il me faut un moment pour comprendre de quoi il s'agit. De la compassion, de l'empathie. Ma fille a pitié de moi. Elle pense que j'ai tout inventé, que tout cela n'est qu'un délire bizarroïde.

— Ce n'est personne, maman, répète-t-elle. Personne ne me suit. Et je ne pense pas qu'il t'ait parlé. Je suis sûre que tu en es persuadée mais...

Elle secoue à nouveau la tête.

Et je réalise alors que mon enfant, ma fille, cette jeune femme qui devrait me connaître mieux que quiconque, pense que je suis folle. Elle en est même absolument convaincue.

21

CORDELIA

Samedi

Elle a l'impression d'être Alice au pays des merveilles, passée à travers le miroir et entrée dans une autre dimension ou revenue dans son adolescence, où sa mère passait ses nuits à boire et à marmonner à propos des aventures de son père. Elle semble pourtant si normale, si bien. Comment a-t-elle pu prendre des photos d'un inconnu dans la rue et inventer cette histoire ? Et l'aventure de Garth avec une jeune stagiaire, c'est forcément faux. Garth a trente-trois ans et la fille dix-neuf. Quoi qu'il ait fait, il n'est pas possible qu'il ait couché avec quelqu'un d'aussi jeune.

— Peut-être que Garth s'est simplement enfui, suggère-t-elle, espérant que sa mère va examiner la situation de manière logique au lieu d'inventer des inepties.

— Dans ce cas, pourquoi la police s'intéresse-t-elle à toi ? Pourquoi y avait-il un couteau couvert de sang dans ta voiture ? demande sa mère.

Cordelia surprend une expression, qui passe rapidement

sur son visage avant de disparaître. Sa mère ne lui fait pas confiance. Elle pense que Cordelia lui cache quelque chose.

Les voilà donc assises, mère et fille, toutes deux convaincues que l'autre ment ou qu'elle est folle.

Cordelia ferme les yeux. Elle a l'impression de discuter avec sa mère depuis des heures, mais quand elle regarde son téléphone, elle se rend compte qu'il est à peine plus de 21 heures. Samedi soir dernier, elle était avec Garth. Ils ont bu des cocktails dans un petit bar avant d'aller dîner dans leur restaurant préféré.

« Mais c'est très cher, avait-elle objecté à Garth lorsqu'il avait annoncé qu'il leur avait réservé une table. On ne devrait pas garder cet endroit pour une occasion spéciale ?

— Je pense qu'on devrait considérer chaque jour comme une occasion spéciale », lui avait-il répondu en l'embrassant. Même si elle l'avait accusé de l'avoir trompé et n'arrivait pas à se défaire de cette idée, elle essayait toujours de faire en sorte que les choses fonctionnent, et lui aussi. Aujourd'hui, elle se souvient d'avoir pensé qu'il tentait peut-être de s'excuser, à sa manière.

Bien que désireuse de le confronter à ce sujet, elle avait décidé de passer une bonne soirée. Elle se remettait sans cesse en question, hésitant entre ce qu'elle savait et ce sur quoi elle n'avait aucune certitude.

Au restaurant, ils avaient commandé tous les deux des crevettes en plat principal et partagé une bouteille de vin. Cordelia, qui avait déjà pris un cocktail, buvait rarement plus que cela, mais elle ne se sentait pas sûre d'elle, de leur relation, de son avenir, aussi avait-elle vidé quelques verres de vin. Par conséquent, lorsque l'addition était arrivée, elle était déjà bien éméchée et n'avait pas accordé plus d'attention que cela au fait que la carte de Garth avait été refusée et qu'il avait dû en utiliser une autre. Le souvenir ne lui en était revenu que le lendemain matin.

« C'était génial, avait-il susurré alors qu'ils quittaient le restaurant et qu'il lui tenait le bras pour la stabiliser.

— Merci pour le dîner, charmant monsieur », avait-elle répliqué en gloussant.

Il s'était esclaffé avec elle.

« Je t'aime, Cordy, ne l'oublie pas. Je sais que tu es troublée par certaines choses, mais je t'aime. Tu peux me faire confiance, je te le promets. »

Elle n'a pas oublié ces paroles.

Mais tu mentais. M'as-tu toujours menti ? Est-ce que tu me mens depuis que je te connais ?

Samedi soir dernier, savait-il ce qui allait lui arriver ou ce qu'il comptait faire ? Probablement. C'était un dernier dîner, voilà ce que c'était. Elle voudrait s'asseoir et pleurer, mais elle se rend compte que sa mère l'observe.

— Je dis la vérité, Cordelia, lâche-t-elle.

— Je sais que c'est ce que tu penses, maman, dit Cordelia avec douceur.

« *Attention, Cordelia* », entend-elle dans son esprit et elle porte la main à sa poitrine. Quelqu'un lui a parlé, en dehors du travail. On lui a recommandé d'être prudente. On a employé son prénom. Qui était-ce ?

Probablement quelqu'un du bureau, auquel elle n'a tout simplement pas prêté attention. Personne ne la suit. C'est ridicule.

Cordelia regarde sa mère, qui contemple les lumières de la ville.

Qui es-tu ? Qui es-tu maintenant ? pense-t-elle, seulement elle ne trouve pas comment poser ces questions. Elle a besoin de l'aide de sa mère, mais peut-elle lui faire confiance ? Ou bien sa mère est-elle juste là pour aggraver la situation ?

Samedi

— On pourrait aller se coucher, suggère Cordelia.

Elle veut que je parte, je le sais, mais je continue de penser que nous pouvons nous en sortir : à condition de nous faire confiance, nous pouvons démêler ce qui se passe.

— Peut-être que sa mère sait quelque chose, je lâche.

Cordelia soupire et secoue la tête.

— Si elle était au courant de quoi que ce soit, elle l'aurait dit à la police.

— On sait qu'il lui a envoyé beaucoup d'argent et qu'il a joué à des jeux d'argent, probablement dans l'espoir d'augmenter cette somme.

— Et on sait qu'il a disparu maintenant, ajoute Cordelia. Mais ça ne nous aide pas.

— Tu penses que sa mère pourrait nous dire exactement combien il lui a envoyé ? Est-ce qu'il serait possible qu'il ait emprunté de l'argent à de mauvaises personnes ? je lui demande, même si l'hypothèse me semble très improbable.

Garth n'est quand même pas aussi stupide.

— Je peux l'appeler, propose Cordelia.

Je décèle une pointe d'espoir dans sa voix, à l'idée qu'Evangeline puisse détenir quelques secrets susceptibles d'aider à trouver Garth et à la libérer de cette terrible situation.

— Peut-être qu'elle sait quelque chose qu'elle ne nous dit pas, ni à nous, ni à la police. Peut-être même qu'elle sait où se trouve son fils.

Je la vois retrouver une certaine énergie, à imaginer qu'elle a peut-être la solution. Avant que je puisse lui dire que ce n'est pas le cas ou que nous le saurions, elle appelle Evangeline, tapotant l'écran pour régler le téléphone sur haut-parleur et me permettre d'entendre la conversation.

— Cordelia, lâche la femme sitôt qu'elle décroche.

Sa voix porte dans la pièce, sèche et froide.

— Bonjour, Evangeline, je... J'essaie de comprendre où Garth a pu aller. Je sais qu'il vous a envoyé de l'argent pour réparer la plomberie et peut-être le toit, et je... Savez-vous comment il s'est procuré cet argent ? Parce qu'il ne gagne pas assez pour...

La voix de Cordelia s'éteint et je la vois remettre en question sa décision d'appeler la mère de Garth. Elle se mord la lèvre en attendant la réponse de sa belle-mère.

— Ce que mon fils a fait pour notre maison familiale et pour moi ne te regarde pas, rétorque cette dernière en ricanant. Mon fils est un bon garçon, quelqu'un de bien, et il n'a jamais eu pour but que de sauver la maison familiale. Cela n'a absolument rien à voir avec toi. Mademoiselle a son petit fonds fiduciaire, mais Garth, lui, doit travailler pour gagner de l'argent. Tu ne sais rien de ce que nous avons vécu en tant que famille, rien.

— Evangeline, j'essaie juste de comprendre ce qui lui est arrivé, proteste Cordelia.

Elle a l'air si désespérément triste que je ne peux m'empêcher de lui toucher l'épaule pour tenter de la réconforter, mais elle me repousse.

— Je sais ce qui lui est arrivé et toi aussi, Cordelia, grogne Evangeline. Tu as fait quelque chose à mon fils et tu vas le payer. Je sais ce que la police a trouvé dans ta voiture. Où est Garth ? Tu ne t'en tireras pas comme ça, tu sais. La police va te mettre la main dessus.

— Je ne lui ai rien fait, proteste Cordelia. Je l'aime autant que vous et je veux juste qu'il rentre sain et sauf.

— Tu l'aimes ! s'égosille Evangeline. Tu n'as aucune idée de ce qu'est l'amour. Tu as été élevée par une criminelle. Tu ne sais pas aimer et tu n'as jamais assez aimé mon fils, tu ne l'as jamais assez soutenu. Ne t'avise pas de me parler d'amour.

J'ouvre la bouche pour intervenir, mais Cordelia secoue la tête. Elle ne veut manifestement pas que cette femme apprenne ma présence ici.

— Evangeline, si vous en savez plus, vous devez me le dire maintenant, insiste Cordelia.

— Je ne te dirai rien, rien du tout, crache Evangeline. Et tu paieras pour ce qui est arrivé à mon fils, tu le paieras de ta vie, je te le garantis.

Sur quoi, elle met fin à l'appel, et Cordelia et moi restons à nous dévisager, plus confuses que jamais.

— L'homme qui te suit...

Je n'achève pas ma phrase, parce que ça ne sert à rien. Elle a vu les photos et pourtant elle ne me fait toujours pas confiance. Ma fille ne me fait pas confiance. Et je ne lui en veux pas. Je ne peux pas.

— Il vaut peut-être mieux que je parte maintenant, je lâche.

Cordelia acquiesce.

— Oui, convient-elle. C'est peut-être mieux.

23

CORDELIA

Dans son lit, elle reste immobile, à espérer que le sommeil vienne la trouver. L'appartement est en désordre, avec des tiroirs renversés et des affaires partout.

Mais elle n'a rien découvert qui puisse l'aider à savoir où est Garth.

Cordelia ferme les yeux et secoue la tête. Elle se sent complètement seule. Elle n'a jamais voulu se retrouver dans la position de devoir refaire confiance à sa mère, et maintenant elle y est obligée parce qu'elle n'a personne d'autre. Alors que son corps cède enfin au sommeil, elle se demande si elle se sentira à nouveau en sécurité un jour ou si elle est condamnée à cette alternance sans fin de paix et de chaos.

Et si c'est le cas, qui doit-elle blâmer ? Parce que sa mère ne saurait être la seule responsable. Peut-être que tout est sa faute à elle. Pour avoir choisi un homme comme Garth, parce qu'elle voulait absolument être avec quelqu'un qui la comprenne. Mais Garth la comprenait-il ou a-t-il simplement profité d'une occasion propice ?

Cette dernière hypothèse est possible, mais elle n'a pas envie d'y souscrire. De toute façon, elle n'a guère d'idée de ce qu'elle doit croire. Aucune idée, en fait. Pas la moindre.

24

GRACE

Je me réveille le lendemain matin et j'essaie de déterminer ce que je peux faire aujourd'hui pour aider ma fille.

La semaine prochaine, il me reste deux jours au cabinet et l'assistante administrative titulaire sera de retour de congé. J'aurais aimé bénéficier de plus de temps pour fouiller le bureau de Garth. Je suis certaine que j'aurais pu y trouver quelque chose, quelque chose de tangible susceptible d'être présenté à la police par Cordelia. Les flics ont fouillé l'appartement sans mettre la main sur rien d'autre que le téléphone de Garth, et la voiture de Cordelia pour y dénicher le couteau.

La police a-t-elle jeté un œil à son bureau ? Je n'imagine pas un groupe d'avocats l'y autorisant sans mandat de perquisition.

Je dois entrer dans ce bureau sans trop de monde dans les parages. On est dimanche, mais je sais que beaucoup d'avocats travaillent le week-end. L'accès au cabinet sera ouvert.

Déterminée, je rejette mes couvertures et fonce sous la douche, tout en réfléchissant à l'excuse que je pourrais avancer si quelqu'un me demande ce que je fabrique là un week-end.

« *Je pense avoir fait une erreur sur l'une des feuilles de présence,* je m'entends répondre. *Et je savais que la question allait me tarauder tant que je n'aurais pas vérifié.* » Sera-ce suffisant ? Quelqu'un se méfiera-t-il ?

Probablement pas. La plupart des gens évoluent dans le monde à l'intérieur d'une belle bulle protectrice, persuadés d'être de bonnes personnes destinées à vivre de bonnes choses. Ceci explique pourquoi ils soupçonnent rarement autrui d'infamie, en particulier une modeste assistante administrative. Mon excuse sera crue : pourquoi mentirais-je ?

Je n'ai jamais connu ce genre de bulle dans mon enfance, mais après avoir rencontré et épousé Robert, une fois que mon entreprise a eu le vent en poupe et que j'ai connu le succès, il me semble que j'ai formé la même bulle autour de moi. Lorsqu'elle a éclaté et que toute ma vie s'est retrouvée sens dessus dessous, l'une des promesses que je me suis faites a été de ne plus jamais baisser ma garde. Je me méfierais de tous ceux qui m'entourent. Cela me distingue radicalement de la plupart des gens, mais en cet instant, j'en suis heureuse.

Un Uber me conduit rapidement au cabinet de Garth, car la circulation est beaucoup moins dense un dimanche. La journée est agréable. Le soleil est de sortie et l'air est chaud, comme si Melbourne avait retrouvé l'été.

Les portes de l'immeuble s'ouvrent devant moi, ce qui fait mon bonheur. Au sixième étage, la réception est évidemment inoccupée et la majeure partie des locaux plongée dans l'obscurité, à l'exception du bureau de Max Blum, d'où provient un rai de lumière.

Dois-je aller le saluer ou essayer d'entrer dans le bureau de Garth sans me montrer ?

J'opte pour la deuxième solution, mais, alors que je me suis engagée dans le couloir, la porte de Max s'ouvre et il surgit sur son seuil.

— Grace ?

— Oui, bonjour, je réponds avant de lui servir l'excuse que j'ai préparée.

Il écoute à peine mon explication, l'esprit manifestement ailleurs.

— Pourquoi travaillez-vous le week-end ? je lui demande pour l'empêcher de m'interroger plus avant.

Il hausse les épaules.

— Vu qu'il nous manque un collaborateur et que nous sommes très en retard, j'ai dû intervenir. Ma femme est furieuse, bien sûr, mais il n'y avait pas d'autre solution.

— Avez-vous des nouvelles de... Garth, c'est ça ?

J'hésite à dessein pour qu'il me pense incertaine quant au nom de l'avocat disparu. Ce n'est pas un événement qui a quoi que ce soit à voir avec moi, après tout.

— Non, répond-il avec un autre haussement d'épaules. Je vais aller me chercher un café, en espérant que ça m'aidera à tenir le coup. Vous voulez quelque chose ?

— Oh non, merci, je n'en ai que pour quelques minutes. J'espère que la journée sera productive pour vous.

Il secoue la tête.

— Aussi productive qu'un dimanche puisse l'être, maugrée-t-il en se dirigeant vers l'ascenseur.

Je balaie les locaux du regard, sans aviser personne d'autre. Je dois faire vite, quoi qu'il en soit.

Je me précipite dans le bureau de Garth, utilisant mon téléphone comme lampe de poche pour qu'en revenant, Max ne remarque pas la lumière allumée. Puis je commence à passer en revue sa table de travail, un tiroir après l'autre. Je commence par celui du bas, que je retire et dont je tâte le dessous, car c'est là que, dans le bureau de Robert, j'avais trouvé une lettre de

Tamara, confirmant enfin ce que je savais depuis le début, à savoir que mon assistante et mon mari avaient une liaison.

Bredouille aujourd'hui, je passe aux tiroirs suivants, qui ne contiennent que des fournitures de bureau et des notes sur des dossiers.

Je feuillette le registre sur sa table de travail, mais le reste des pages est toujours vierge. J'examine ensuite la bibliothèque contre un mur, remplie de livres de droit. Rien d'utile, en apparence, toutefois je dois m'en assurer. Je commence à déplacer les livres, j'en sors un, puis je pousse les autres d'avant en arrière pour voir ce qui se trouve derrière.

Entendant le bruit de l'ascenseur qui s'ouvre, je commence à transpirer de panique. Je ne dois surtout pas me faire prendre ici.

Puis j'entends des voix.

— C'est hyper injuste de sa part, se plaint une femme en qui j'identifie Natalie. Voilà bien le dernier endroit où je veux passer mon dimanche, mais il vient de disparaître et tout le monde est obligé de prendre le relais.

— Laisse tomber, Natalie, la coupe Max. J'en ai ma claque de parler de ce connard, finissons-en et regagnons nos pénates.

Je me fige, le cœur battant à tout rompre.

— Je vais vérifier s'il a le dossier dans son armoire, déclare Natalie.

J'ai les genoux qui flageolent. Si elle me surprend ici, aucune des excuses que je pourrais leur servir ne me tirera d'affaire.

— Je l'ai déjà, réplique Max.

Dieu merci, Natalie n'entre pas. Je suis vraiment passée tout près de me faire prendre ! Je passe de la bibliothèque au meuble d'archivage, écartant les dossiers aussi silencieusement que possible.

Lorsque j'arrive au tiroir du bas, j'ai perdu tout espoir. Je ne trouverai rien et il faut que je sorte d'ici le plus vite possible. Je vais devoir gagner mon espace de travail, allumer l'ordinateur et m'y asseoir, puis je pourrai raconter à Max, et maintenant à Natalie aussi, que j'ai résolu le problème.

Quand je passe ma main dans le dernier tiroir, cependant, j'y sens quelque chose, une enveloppe que je sors et regarde.

« *Cordelia Morton* » Tels sont les mots qui figurent au recto, ainsi que l'adresse de leur appartement. C'est une enveloppe matelassée. Une rapide palpation m'indique qu'elle contient quelque chose de petit et dur. L'enveloppe étant scellée, je n'ai pas le temps d'en examiner le contenu.

Je referme silencieusement le tiroir et je glisse l'enveloppe dans mon sac, puis je vais me planter près de la porte du bureau, que j'ouvre avec une lenteur pleine d'angoisse tout en jetant un œil dans le couloir.

Personne. Je m'élance, après avoir refermé la porte sans bruit, et gagne rapidement mon propre bureau. Je suis en nage – la perruque que je porte n'arrange rien – et je sens mon maquillage dégouliner, mais j'arrive à mon bureau et je m'assois derrière ma table de travail en même temps que je mets mon ordinateur en route.

Je sors la feuille de présence de vendredi et l'examine. Il n'y a pas d'erreur évidemment, puisque je n'en commets jamais.

— Oh, Grace ! s'exclame Natalie.

Son irruption me fait sursauter, si bien que je renverse mon sac, dont l'enveloppe atterrit sur la moquette.

Je baisse les yeux, horrifiée, mais elle est tombée à l'envers, sans trace écrite au verso.

— Pardon, dit-elle, je vous ai fait peur.

— J'étais en pleine concentration, je réplique avec un petit rire. Mais j'allais partir.

Sur quoi je me penche pour tout fourrer dans mon sac.

— Oh, murmure-t-elle, l'air déçue. Et moi qui espérais vous demander si vous pourriez nous faire quelques photocopies. Je sais que c'est le week-end, mais...

— Avec plaisir, je la coupe. Je suis là pour vous aider.

Je me lève et me saisis de l'épaisse liasse de papiers qu'elle a entre les mains. Dès qu'elle s'est détournée, je jette mon sac sur mon épaule et me dirige vers la salle de reprographie, où je fais ce qu'on attend de moi, avec l'impression persistante que l'enveloppe brûle le fond de mon sac.

Les photocopies me prennent vingt bonnes minutes. Quand j'ai terminé, j'apporte les feuillets dans le bureau de Max.

— Vous avez besoin d'autre chose ? je demande.

Natalie ouvre la bouche, manifestement pour m'assigner une autre tâche, mais Max me voit avec mon sac sur l'épaule et secoue la tête.

— Non, Grace, merci beaucoup. J'espère que ce détour par le bureau ne vous a pas pris trop de temps.

— Pas du tout, je déjeune avec une amie en ville, donc j'ai encore quelques heures devant moi.

Je tiens à m'assurer qu'on ne me demande rien d'autre.

— Merci, c'était gentil de votre part en tout cas, profitez bien de votre déjeuner.

J'opine en souriant, puis je referme la porte du bureau avant que Natalie n'ait l'occasion d'ajouter quoi que ce soit.

Dans l'ascenseur, j'envoie un message à Cordelia.

J'ai trouvé quelque chose.

Elle répond instantanément.

Qu'est-ce que c'est ?

Une enveloppe matelassée qui t'est adressée.

Tu es en route pour chez moi ?

Oui.

25

CORDELIA

Elle est en train de nettoyer les vitres du salon quand on sonne à l'interphone. Sa mère est arrivée. Incapable de rester au lit, cela fait des heures qu'elle est debout à faire le ménage. Elle a remis en question toutes les paroles de Garth, tous les souvenirs de leur relation, tous les bons et les mauvais moments. Qu'est-ce qui était vrai ? Qu'est-ce qui était du mensonge ? Que va-t-elle dire à la police ? Que vont-ils découvrir au sujet du couteau ? Pendant son entreprise de nettoyage, elle a passé en revue toute la cuisine, vidant les tiroirs de leurs ustensiles et examinant soigneusement tout leur contenu. Le couteau trouvé par la police provient certainement du bloc de la cuisine. Et elle est la dernière personne à l'avoir utilisé, elle en est sûre. C'est elle qui cuisine la plupart du temps, lorsqu'ils mangent à la maison.

Laissant tomber son torchon, elle court répondre à sa mère, puis ouvre la porte pour attendre l'arrivée de l'ascenseur. Vêtue d'un vieux T-shirt noir qui appartenait à Garth, d'un pantalon de survêtement et de chaussettes, elle est consciente que ses efforts de nettoyage l'ont mise en nage et qu'elle n'a même pas pris la peine de se brosser les cheveux, avant de les attacher en queue-de-cheval.

Lorsque sa mère apparaît, Cordelia devine qu'elle n'a pas dû avoir une matinée facile, elle non plus. Ses cheveux cuivrés, habituellement soignés, sont en désordre, des mèches s'échappent de son chignon, elle a l'air d'avoir chaud et d'être mal à l'aise.

— Je suis allée dans son bureau ce matin. Je savais que je devais y jeter un coup d'œil à nouveau, annonce-t-elle avant que Cordelia puisse dire quoi que ce soit.

— Mais la police n'a pas déjà fouillé son bureau ?

— Probablement pas. Parce qu'ils auraient sans doute eu besoin d'un mandat et que, pour l'instant, ils semblent se concentrer sur toi.

Cordelia acquiesce.

— J'ai soif, ajoute sa mère, qui se rend à la cuisine où elle boit deux verres d'affilée.

— Asseyons-nous et raconte-moi ce que tu as trouvé, propose Cordelia.

Aussitôt dit, aussitôt fait : elles prennent place l'une à côté de l'autre sur le canapé en cuir blanc.

Sa mère sort une petite enveloppe matelassée de son sac et la tend à Cordelia.

— Tu ne l'as pas ouverte ? demande-t-elle en examinant l'objet.

Sa mère secoue la tête.

— J'ai... pensé que c'était à toi de décider. Tu veux que je reste ?

— Oui, répond Cordelia sans hésiter.

Elle ne peut pas faire ça toute seule. Son cœur bat la chamade tandis qu'elle passe les doigts sur son nom, tracé sur l'enveloppe – de la main de Garth –, puis elle la déchire et en verse le contenu : un petit téléphone portable noir. Et avec lui tombe un morceau de papier sur lequel une phrase a été dactylographiée :

SI TU APPELLES LÀ POLICE, GARTH EST MORT.

— Oh ! s'écrie Cordelia.

Il n'y a rien d'autre dans l'enveloppe.

Cordelia récupère le téléphone et presse le bouton latéral, doutant de voir l'appareil s'allumer. Pourtant l'écran s'illumine : la batterie est à cinquante-cinq pour cent.

C'est un modèle ancien, mais un smartphone quand même. Elle passe son doigt sur l'écran, même s'il doit être verrouillé. Non, l'appareil s'ouvre. Il contient toutes les applications qui équipent les téléphones de nos jours.

Il y a aussi des notifications indiquant la réception de cinq textos. Cordelia secoue la tête tandis que sa mère et elle fixent le téléphone en silence.

— Tu es sûre que tu veux de moi à tes côtés ? insiste sa mère.

— Je...

Cordelia ne sait pas quoi répondre. Peut-être ces messages sont-ils privés, peut-être contiennent-ils des propos qu'elle rechignerait à montrer à sa mère, mais pourquoi se trouvent-ils sur ce téléphone au lieu d'avoir été envoyés sur le sien ?

— Reste. C'est vraiment bizarre, j'ai besoin de toi, répond-elle.

Sa mère acquiesce et Cordelia ouvre la messagerie, tenant le téléphone plus près de sa mère pour qu'elles puissent lire toutes les deux ce qui est écrit.

Le premier message date de mardi dernier, le jour où elle a commencé à s'inquiéter pour Garth, qui n'était pas rentré et ne lui avait pas envoyé de message.

Bonjour Cordy,

Je t'écris ces mots sur un nouvel appareil, afin que tu ne reconnaisses pas le numéro. J'ai laissé mon téléphone à la maison, parce que les choses sont un peu délicates en ce moment. Je veux que tu saches que je t'aime, Cordy, vraiment, mais j'ai commis de vraies erreurs, de très grosses erreurs.
J'ai un problème. J'ai fait quelque chose de mal, de stupide. J'ai emprunté de l'argent à quelqu'un pour aider ma mère. Seulement pour l'aider, je te le promets. Tu as vu la maison de ma famille et tu sais qu'elle a vraiment besoin d'être rénovée. Je ne pouvais pas lui suggérer de la vendre, j'en étais incapable, pas après l'avoir laissée seule au Royaume-Uni. OK, ma sœur est là-bas, mais elles ne sont pas proches et ma mère ne demanderait jamais de l'aide à ma sœur. Avant sa mort, j'ai promis à mon père de m'occuper d'elle et je ne pouvais pas la laisser se débrouiller toute seule. La banque a refusé de me prêter l'argent, parce que je ne vis pas en Australie depuis assez longtemps : je n'ai pas de biens et l'argent que je gagne sert à payer le loyer et… Je ne savais pas quoi faire ni comment l'aider, alors j'ai emprunté de l'argent à des gens qui aiment qu'on les rembourse vite. Donc pas des gens bien. Je sais que tu n'as pas encore accès à ton fonds fiduciaire et je suis convaincu que tu m'aurais aidé, le moment venu. Mais ces gens veulent leur argent maintenant, sans quoi ils vont me faire du mal.
S'il te plaît, ne te mets pas en colère contre ma mère. Elle avait besoin d'argent. La vieille maison tombe en ruine, comme tu le sais, mais elle serait dévastée d'avoir à la vendre car cette propriété appartient à ma famille depuis

des générations. J'avais espéré que nous y élèverions nos enfants, toi et moi.

— Oh, lâche Cordelia dans un sanglot, à la lecture de ces mots.

Elle se lève d'un bond, le téléphone à la main, et attrape un mouchoir.

— Tu es sûre que je devrais lire ça ? insiste encore sa mère.

Cordelia acquiesce.

Elle s'oblige à ramener les yeux sur le téléphone et continue sa lecture.

Je leur dois trois millions de dollars. Je ne sais pas à quoi je pensais. J'ai tout gâché et je suis vraiment désolé. Je dois rembourser l'argent, Cordy, ou je risque de perdre la vie. J'ai dû me cacher pour sauver ma peau.

Je sais que c'est une demande tellement énorme que tu ne pourras peut-être pas y répondre, mais je te supplie de demander à ta mère de l'argent pour rembourser cette dette. Elle doit avoir cette somme en banque. Je sais que tu te refuses à lui adresser à nouveau la parole, mais tu es la seule à pouvoir m'aider, Cordy. Si je ne rembourse pas mes créanciers, ils me tueront. Je n'ai aucun doute là-dessus.

Je t'aime, sache-le.

Je t'enverrai un nouveau texto demain, pour que tu aies le temps de réfléchir. Je pense à toi chaque minute de chaque jour et tout ce que je veux, c'est te retrouver, ainsi que notre vie. Si tu peux faire ça pour moi, si ta mère et toi pouvez faire ça pour moi, je passerai le reste de ma vie à me racheter auprès de toi et à la rembourser.

Je te le promets.

Cordelia pose le téléphone sur la table basse et se couvre les yeux parce qu'une violente migraine l'assaille.

— Je ne peux pas aller plus loin, dit-elle.

Elle sent aussitôt la légère pression exercée par sa mère sur son épaule.

— Bien sûr que si. On doit tout lire pour savoir ce qui s'est passé.

Cordelia récupère le téléphone et, prenant une profonde inspiration, ouvre le texto suivant, qui a été envoyé mercredi.

Tu n'as pas répondu et c'est normal. Je suppose que tu es choquée. Je le serais, si j'étais à ta place. Personne n'est au courant à part toi, Cordy, personne. J'ai dû me couper de tout le monde, même de ma mère, pendant que je cherche un moyen de me sortir de ce pétrin, mais je ne peux rien faire d'autre si ce n'est espérer que tu trouveras dans ton cœur la force de me pardonner pour ce que j'ai fait et de m'aider. Je sais que cela implique aussi de pardonner à ta mère, ce que tu as toujours refusé, et que je te place dans une situation sacrément difficile en te demandant de lui parler. Ces dernières semaines, tu m'as accusé de te tromper quand je te disais que je travaillais, tu m'as reproché mon air distant, mais je ne t'ai jamais trompée, je te le jure. Je vivais en craignant pour ma vie. Je tentais de trouver un moyen de réunir assez d'argent pour pouvoir rembourser ces types. J'ai même essayé de jouer. Mais je n'ai aucune chance de trouver autant d'argent, aucune. Je n'ai pas de propriété foncière, seulement une maison au Royaume-Uni qui tombe en ruine et qui appartient à ma mère. J'espère que tu répondras. Dis-moi si tu peux m'aider. Je veux par-dessus tout rentrer auprès de toi.

— Donc il ment quand il me demande de l'aide, marmonne

Cordelia. Je ne comprends pas. Et pourquoi ne pas se contenter d'envoyer un message sur mon téléphone ? Pourquoi ce téléphone, et s'il était censé m'être envoyé, pourquoi ne l'a-t-il pas été ?

— Je ne sais pas, répond sa mère en haussant les épaules.

Cordelia ouvre le message suivant, envoyé jeudi.

S'il te plaît, réponds-moi. S'il te plaît. Je ne peux pas rester où je suis plus longtemps. Ils me cherchent. Ils ne vont pas tarder à me trouver. S'il te plaît, réponds-moi. Tu peux m'aider ?

Cordelia se sent mal. Il a l'air désespéré. Et si elle avait reçu le téléphone à temps, elle lui aurait répondu, aurait essayé de l'aider. Si elle est honnête avec elle-même, elle sait qu'elle aurait contacté sa mère pour lui demander l'argent. Mais maintenant qu'elle est au courant de ses infidélités avec Natalie, et probablement avec une autre, elle ne sait plus que penser. Tout cela n'est-il qu'un mensonge ?

— Lisons-les tous et on en parle ensuite, chuchote sa mère.

Cordelia ouvre le message suivant.

Vendredi, Garth a envoyé :

Je n'arrive pas à croire que tu ne m'aies pas répondu. Je dois repartir. Ils m'ont trouvé. S'il te plaît, Cordy, je t'en supplie.

Le texto suivant date d'hier.

Cordy, ils m'ont... ils m'ont trouvé. Ils m'ont donné deux jours. Je ne veux pas mourir. Je t'en supplie. Je ne veux pas mourir.

— Le dernier date d'aujourd'hui ? demande sa mère.

— Non, répond Cordelia dans un murmure, parce qu'elle peut à peine parler. D'hier.

— J'ai besoin... de boire quelque chose, déclare sa mère, qui se lève pour aller à la cuisine.

Cordelia la suit, le téléphone à la main, et regarde sa mère remplir la bouilloire.

— Ça doit être difficile de ne pas pouvoir boire d'alcool, lâche-t-elle. Surtout maintenant.

Sa mère hausse les épaules.

— Il y aura toujours des épreuves difficiles dans la vie. Je dois être capable de les surmonter. Cela te semble impossible en ce moment, mais on y arrivera.

Cordelia a de nouveau l'impression de sortir de son corps, d'être au-dessus de la pièce, de regarder ce qui se passe en spectatrice. Elle voit ses cheveux blonds en désordre et son T-shirt trempé de sueur. Elle voit le téléphone qu'elle serre si fort qu'elle risque de le casser en deux. Son seul lien avec Garth.

— Je ne veux pas qu'il meure, bredouille-t-elle tout à trac tandis qu'une douleur désespérée envahit son cœur. Je sais ce qu'il a fait, mais je ne veux pas qu'il meure.

Sa voix se brise et elle sent son corps s'effondrer au sol et les larmes se mettre à couler à flots. Elle l'imagine seul et effrayé, terré quelque part, attendant une réponse de sa part, puis elle voit un homme sans visage faire irruption dans une pièce et l'attraper, le frapper et le menacer de mettre fin à ses jours.

Est-ce cet homme qui l'a suivie ? Sa mère a-t-elle raison au bout du compte ? Y a-t-il un type qui attend de Cordelia qu'elle verse l'argent susceptible de sauver Garth ? L'homme que sa mère a pris en photo travaille-t-il pour les créanciers de son compagnon ?

Celui-ci a dû leur indiquer qu'il lui envoyait ces messages, qu'il fallait juste attendre que Cordelia y réponde et parle ensuite à sa mère pour que l'argent soit remboursé. C'est un véritable chaos. Elle avait imaginé une dette, un scénario catastrophe de cent mille dollars, mais trois millions ? Cela dépasse largement la totalité de son fonds fiduciaire. C'est une somme impossible à rassembler. Pourquoi aurait-il emprunté autant ? Evangeline avait-elle besoin d'une somme pareille ?

Elle sent sa mère près d'elle, qui passe un bras autour de ses épaules et l'étreint pendant qu'elle pleure. Lorsque les larmes se tarissent, Cordelia se lève et trouve un mouchoir en papier. Elle en a assez de pleurer, de se sentir impuissante, de ne pas savoir quoi faire.

— Qu'est-ce que je lui dis ? demande-t-elle à sa mère. Comment je réponds à ça ?

Sa mère se lève à son tour et retourne à la cuisine pour y récupérer son café.

— Je n'en sais rien. Si je n'avais pas trouvé ce téléphone, tu n'aurais jamais su ce qui s'était passé. Qu'est-ce que ce téléphone fabriquait dans son bureau ? Pourquoi Garth ne te l'a-t-il pas envoyé s'il voulait l'utiliser pour communiquer avec toi ? C'est très étrange. Je sais que l'expéditeur du SMS prétend être Garth, mais est-ce qu'on en est sûres ?

— Tu penses que ça pourrait être quelqu'un d'autre ? demande Cordelia. Une sorte d'escroquerie ?

Et dans ce cas... que ressent-elle ? Si c'est une arnaque, où est passé Garth ? Déjà dans un autre pays, ou mort ?

— Tu dois insister pour lui parler, décrète sa mère. Tu dois être sûre, absolument sûre que tout ce qu'il dit est vrai.

— Et si c'est lui ? demande-t-elle.

— Si tu attends cela de moi, je peux trouver l'argent. Ce sera très difficile et j'aurai besoin de temps, mais je peux dégoter cette somme. En revanche, j'exige de la remettre à son créancier en mains propres.

— L'homme qui me suit et qui t'a parlé. Je suis désolée de ne pas t'avoir crue, vraiment désolée, murmure Cordelia en secouant la tête.

— Je... Je comprends que tu aies mis mes affirmations en

doute, réplique sa mère. Une chose pareille semble impossible, mais je t'assure qu'il te suit et qu'il m'a parlé. S'il travaille pour ces gens, je veux le regarder dans les yeux et m'assurer que toute cette histoire sera terminée lorsque je lui aurai remis l'argent.

— Tu es aussi riche que ça ? s'étonne Cordelia.

Elle ne s'est jamais demandé quelle somme sa mère avait tirée de la vente de son entreprise. Elle s'en fichait à l'époque. Elle était en deuil de son père, en état de choc et dévastée par ce que sa mère avait fait. Elle se souvient juste que Janine lui a annoncé la vente de la société, mais pas du montant de la transaction.

— Oui, répond Grace. Je peux payer la personne à qui il doit de l'argent, mais il faut que tu sois certaine que c'est ce que tu veux.

— Bien sûr que oui, je l'aime ! hurle Cordelia, dont la peur et la colère font frémir la voix. S'il ne les rembourse pas, ils le tueront. Sa vie vaut cette somme, non ?

— Il t'a trompée, objecte sa mère. Et il a affirmé le contraire.

— Peut-être... peut-être que ça lui est juste arrivé une fois ou deux et qu'il regrette. Je pourrais lui pardonner juste une fois. Je l'aime, maman, et je ne veux pas qu'il meure.

Elle sait qu'elle a songé à tuer Garth, mais ce n'était qu'une pensée théorique, pas un projet à mettre en pratique. En réalité, elle l'aime et veut toujours faire sa vie avec lui malgré ses défauts. Si sa mère rembourse ces gens, peut-être pourront-ils recommencer, louer un endroit moins cher, rembourser sa mère petit à petit et quand, à vingt-cinq ans, elle touchera son fonds fiduciaire, elle donnera tout à sa mère.

— On pourrait plutôt aller à la police avec tout ça, leur montrer le téléphone et les photos.

— Mais s'ils font du mal à Garth ? Ils nous ont dit de ne pas appeler la police. On ne sait pas de quoi ils sont capables.

— OK. Alors dis-lui que tu exiges de lui parler, déclare sa mère en désignant le téléphone.

Cordelia tape docilement :

Je viens juste de récupérer ce téléphone. Je ne sais pas pourquoi tu ne m'as pas contactée sur mon portable. Je peux obtenir l'argent mais tu dois m'appeler. J'ai besoin d'être sûre que c'est bien toi.

Elle montre le SMS à sa mère, consciente à cet instant de se comporter à nouveau en enfant. C'est sa mère qui détient tout le pouvoir maintenant, parce que c'est elle qui a l'argent. Cordelia est partagée entre le ressentiment et la gratitude. Elle sera à jamais redevable à sa mère, même si elle parvient à la rembourser un jour. Qu'est-ce que cela va lui coûter sur le plan émotionnel ? Elle veut que sa mère revienne dans sa vie, mais elle n'est pas encore capable de lui pardonner complètement. Elle veut pouvoir prendre la décision elle-même, et ne pas être forcée de s'engager dans une relation pour une question d'argent.

— Je vais aux toilettes, annonce-t-elle en posant le téléphone sur le plan de travail de la cuisine.

Va-t-il appeler ? Si c'est une arnaque, il n'appellera pas. Elle pense à sa voix, à son accent anglais parfait et à la gravité de son timbre. Aura-t-elle la certitude d'avoir affaire à lui ? Comment pourrait-elle en douter ?

— Tu viendras me chercher si ça sonne ? dit-elle.

— Bien sûr, Dee Dee.

Elle va à la salle de bains, puis, parce qu'elle est en sueur et qu'elle déteste la sensation des vêtements qui collent à sa peau, elle entre dans la douche, jetant tout ce qu'elle portait dans le panier à linge. Sous l'eau chaude, elle réfléchit à ce qu'elle a dit à sa mère, à savoir qu'elle aime toujours Garth. Est-ce vraiment le cas ou a-t-elle seulement très peur de ce qui s'est passé et de ce qui pourrait lui arriver ?

S'il est détenu, que sa mère rembourse la somme et qu'il rentre à la maison, voudra-t-elle toujours être avec lui ? Il a créé un tel merdier.

Pour l'instant, elle a l'impression d'être au milieu d'une crise, intense et terrible, mais si elle est honnête avec elle-même, elle voit bien qu'après tout ça, elle devra faire le point sur sa relation. Elle veut que Garth reste en vie, car si l'on a la possibilité de sauver une vie – même s'il s'agit de celle d'un menteur et d'un infidèle –, on ne doit pas hésiter. Mais veut-elle partager à nouveau la vie de Garth, qui ment alors qu'il devrait lui dire la vérité sur tout ?

Elle sort de la douche et attrape une serviette qu'elle enroule autour d'elle.

S'il avait appelé, sa mère serait venue la chercher.

Elle passe des vêtements propres et se brosse les cheveux, s'applique de la crème sur le visage, réconfortée par le mouvement apaisant de ses mains, même tremblantes, sur sa peau.

Finalement, elle sort de sa chambre. Et elle entend alors une sonnerie inconnue, une mélodie fluette, préréglée.

Le téléphone de l'enveloppe est en train de sonner.

26

GRACE

Lorsque Cordelia va dans la salle de bains, j'entends la douche se mettre à couler, ce qui me semble être une bonne idée. Je vois qu'elle a fait le ménage, mais je remarque aussi qu'elle n'a rien terminé. On dirait qu'elle a commencé par la cuisine, puis qu'elle est passée au salon, pourtant le plan de travail de la cuisine est encore jonché de différents ustensiles... Elle a même sorti une étagère entière de livres avant de s'attaquer aux vitres. Nous avons maintenant quelques réponses, mais au lieu d'avoir l'impression de comprendre ce qui se passe, je me pose encore plus de questions. Pouvons-nous croire ce que raconte Garth ? Le devons-nous ?

Pendant un moment, j'ai des scrupules à remédier au désordre, mais je ne peux pas rester à me tourner les pouces. Je commence donc à replacer des objets dans les tiroirs, en essayant de faire simple afin qu'elle puisse changer leur disposition si elle le souhaite, puis je passe à la bibliothèque, en emportant le téléphone avec moi pour être sûre de l'entendre s'il sonne, même s'il n'y a aucune chance que le son passe inaperçu dans un appartement aussi petit.

Après avoir replacé les livres, je retourne à la cuisine, où je pose le téléphone sur le plan de travail et je remplis la bouilloire pour préparer du café. Au moment où j'actionne l'interrupteur de l'appareil, une faible vibration, suivie d'une sonnerie, envahit l'appartement.

Je regarde le téléphone se déplacer légèrement sur le plan de travail quand il se met à sonner. Je tends la main vers lui lorsque Cordelia sort de sa chambre, et j'interromps mon geste.

Elle a rapidement franchi les quelques pas qui la séparent de la cuisine, à l'évidence paniquée.

— Garth, s'écrie Cordelia en déverrouillant l'écran du téléphone. Garth, répète-t-elle.

— Cordelia, Dieu merci, dit-il, Dieu merci, Dieu merci.

Je l'entends, parce qu'elle se tient près de moi, mais je voudrais qu'elle mette l'appareil sur haut-parleur pour que je puisse distinguer ses propos clairement. Il y a quelque chose d'étrange dans tout cela, dans les textos, dans la façon dont j'ai trouvé le téléphone. Au fond de moi, l'inquiétude me taraude, quelque chose qui me souffle que les choses ne sont pas exactement ce qu'elles paraissent. Il se passe un truc bizarre. Et j'ai l'impression que Natalie est peut-être impliquée d'une manière ou d'une autre.

— Garth, où tu es ? La police... Il y avait un couteau et ma voiture... Où tu es ?

Cordelia a tellement de choses à dire que son cerveau n'arrive pas à les faire sortir correctement. Entre deux sanglots, elle ne parvient qu'à balbutier et bégayer.

— Écoute, Cordelia... je l'entends répondre.

Je touche l'épaule de ma fille pour lui suggérer de mettre le téléphone sur haut-parleur. Comme je ne veux pas qu'il se doute de ma présence, j'articule les mots en silence.

Cordelia secoue la tête, puis semble se raviser en prenant

une profonde inspiration pour recouvrer son calme. Une fois qu'elle a activé le haut-parleur, je secoue la tête : elle ne doit pas l'informer de ma présence.

— Pourquoi tu ne me répondais pas ? demande-t-il.

Pour quelqu'un qui est censé se cacher et avoir désespérément besoin d'aide, il se montre étrangement exigeant.

— Je suis désolée, bredouille Cordelia. Je n'ai eu le téléphone qu'aujourd'hui. Tu n'as pas idée, Garth, j'étais si inquiète.

— Cordelia, écoute-moi, ordonne-t-il.

Je vois ma fille prendre une profonde inspiration et se ressaisir. Mes soupçons à propos de cet homme s'accroissent de seconde en seconde.

— Je t'écoute, réplique Cordelia en serrant les poings pour garder le contrôle.

— J'ai besoin de cet argent ou ils me tueront.

— C'est qui, ces gens, Garth ? Je peux appeler la police et obtenir son intervention si tu me dis qui ils sont.

— Non, non ! crie-t-il. Ne contacte pas la police ou ils me tueront. Je leur ai promis que tu pourrais obtenir l'argent et c'est seulement pour ça qu'ils ne m'ont pas abattu. Ils m'ont donné jusqu'à mardi soir, mais j'ai besoin de cette somme, Cordy. Je t'en prie, chérie, tu dois m'aider. Contacte ta mère. Elle t'aidera, je le sais. Elle ferait tout pour toi.

Je balaie sa petite cuisine des yeux, à la recherche d'un stylo et d'un morceau de papier, et je pose les yeux sur la liste de courses magnétique collée au réfrigérateur. Le bloc-notes en main, j'en détache une feuille. Voyant ce que je fais, Cordelia ouvre un tiroir et en sort un stylo qu'elle me tend.

« Où te cachais-tu ? »

— Garth, tu te cachais où ? demande-t-elle.

— J'ai passé une nuit dans un motel bon marché, puis j'ai

déménagé dans un autre, et j'y suis resté les jours suivants, mais ils m'ont trouvé.

— Et tu es où, maintenant ? insiste ma fille.

J'ai envie de sauter de joie, tant elle semble soudain plus forte, plus claire, comme si elle avait pris une décision.

— Je suis dans... commence-t-il avant d'hésiter. Je n'en ai aucune idée pour l'instant, c'est une sorte de sous-sol. Ils m'ont amené ici en voiture mais j'étais dans... le coffre... Je n'ai jamais, jamais eu aussi peur de toute ma vie, Cordy. Ils m'ont seulement rendu le téléphone pour que je puisse passer cet appel.

— Qui sont-ils, Garth ? Tu as des noms ?

— Non, non, je ne peux pas les nommer. Sinon, je te mets aussi en danger.

— Je peux parler à l'un d'eux ? insiste ma fille.

Je perçois un mélange de curiosité et d'incrédulité dans sa voix.

— Le type secoue la tête... non, ils ne veulent pas te parler. S'il te plaît, Cordy, dis-moi que tu auras l'argent. Tu vas contacter ta mère ? Promets-le-moi. On sait toi et moi que ce n'est pas grand-chose pour elle, Cordy. Oui, j'ai commis une erreur terrible, mais ma vie est en jeu. Je devais aider ma mère. Et sauver ma maison parce que ce sera la nôtre un jour, la nôtre et celle de nos enfants. C'est ce que tu veux, n'est-ce pas, ma chérie, je le sais.

— Oui, admet Cordelia. Oui, c'est ce que je veux.

— Alors pourquoi tu n'as pas répondu ? Pourquoi tu n'as pas répondu à mes messages ? exige-t-il encore de savoir.

— Je te l'ai dit, je n'ai eu le téléphone qu'aujourd'hui. Je t'aurais écrit plus tôt, mais je ne l'ai eu qu'aujourd'hui.

— Aujourd'hui ? Mais tu étais censée le recevoir mardi. Elle a dit qu'elle te le remettrait mardi.

— Elle ? répète Cordelia.

Je la vois pâlir et se mordiller la lèvre. Le mot « elle », bien que prononcé à voix basse, résonne dans tout l'appartement. Je plaque la main sur ma bouche pour ne pas alerter Garth de ma présence.

— Qui est-ce, Garth ?

Le silence lui répond à l'autre bout du fil. Je repense à tout ce que Natalie m'a dit, à son aveu à Cordelia sur sa partie de jambes en l'air avec Garth, et j'ai l'impression que certaines pièces du puzzle se mettent en place. Natalie ment-elle à tout le monde ? S'agit-il vraiment d'une dette de plusieurs millions de dollars à une personne anonyme ou plutôt d'une sorte de jeu ? Garth et Natalie essaient-ils de soutirer de l'argent à Cordelia et se servent-ils de cette histoire comme d'une couverture ? Est-ce possible ? Les hypothèses et les possibilités sont si nombreuses que j'ai l'impression de sentir mon esprit tourbillonner.

— Garth, qui est-ce?

— Merde, lâche celui-ci avant de raccrocher.

Cordelia considère le téléphone, blêmissant sous le choc. Elle déverrouille l'écran et rappelle le numéro, mais le téléphone sonne dans le vide.

Je la vois taper un texto, où elle lui demande manifestement de l'appeler, mais elle ne reçoit aucune réponse. Elle l'appelle encore deux fois, sous mon regard attentif, et continue à lui envoyer des SMS.

— Et maintenant ? lâche-t-elle.

— Cordelia, il y a quelque chose d'étrange là-dedans, tu ne trouves pas ?

— Qu'est-ce que tu veux dire ?

— Eh bien... je commence, hésitante. Qui est cette femme dont il parle ? Ce doit être une employée du cabinet. Parce que c'est là-bas que j'ai trouvé le téléphone. Et pourquoi a-t-il raccroché tout de suite après avoir parlé d'« elle » ?

Cordelia secoue la tête.

— Je ne... tu crois qu'il s'agissait de Natalie ?

— Je pense qu'on devrait parler à la police. Il vaudrait mieux que tu leur remettes le téléphone et que tu les laisses régler le problème. Il y a quelque chose de bizarre dans cette histoire.

— Si c'est vrai, maman, et ça l'est peut-être parce que je n'ai aucune idée de la façon dont il a pu se procurer l'argent qu'il a envoyé à sa mère, donc si c'est vrai, ils le tueront. Tu veux que j'aie la mort de Garth sur ma conscience pour le restant de mes jours ?

Je ne sais vraiment pas quoi lui répondre, d'autant que j'entends en filigrane ce qu'elle ne dit pas. Je suis responsable de la mort de l'homme que j'ai aimé un jour. Cordelia ne veut pas répéter mes erreurs tragiques. Elle sauvera la vie de cet homme si elle le peut, malgré ce qu'il a fait. L'amour n'est pas un robinet que l'on peut simplement couper.

— Tu es certaine que c'était Garth ? À cent pour cent, je veux dire ?

— Je... Il avait une voix un peu différente, mais il craignait pour sa vie. Je connais sa voix. C'était lui, j'en suis sûre et certaine.

Le téléphone vibre. Un texto vient d'arriver.

3 millions de dollars en liquide avant 20 heures mardi soir. Laisse l'argent sur la table de la salle à manger de l'appartement. Et vide les lieux.

Cordelia s'empare du téléphone et rappelle Garth. La sonnerie retentit à nouveau dans le vide. Elle lui envoie un texto, puis rappelle, encore et encore, mais il ne décroche pas plus que précédemment.

— On doit aller trouver la police, je répète, certaine que c'est la marche à suivre.

— Et s'ils le tuent ? Et si cette histoire est vraie et qu'il meurt ? hurle-t-elle. On doit l'aider !

— Et si on laisse l'argent ici, que quelqu'un vient le récupérer, qu'il meurt quand même et qu'on t'accuse de sa mort ?

Cordelia secoue la tête, serrant le téléphone contre elle comme si elle pouvait toucher Garth à travers lui.

— Je ne sais pas quoi faire... Je ne sais pas quoi faire, se lamente-t-elle.

— Je dois parler à Natalie, je déclare. J'ai l'impression qu'elle saura quelque chose d'autre, quelque chose de plus.

Kelsey – qui n'a que dix-neuf ans, je ne l'ai pas oublié, elle est si jeune – me préoccupe également. A-t-elle un lien avec tout cela ?

— C'est juste... Je n'arrive plus à réfléchir, marmonne-t-elle.

Sur ces entrefaites, son téléphone portable, celui qu'elle utilise tous les jours, sonne sur la table basse.

Elle quitte la cuisine pour aller l'attraper, répondant sans même regarder l'écran.

— Bonjour, fait-elle.

Après quoi elle écoute pendant une minute. Je vois son visage blêmir, ses lèvres qu'elle mordille.

— Oui, oui... dit-elle. Je comprends, demain. Je serai là, mais je viendrai accompagnée de mon avocat. Nicholas Blake. D'accord.

Le téléphone toujours serré dans la main, elle se dirige vers le canapé et s'y assoit. Laissant retomber l'appareil sur la table basse, elle se plaque les mains sur les yeux, la tête penchée en avant.

Je sors de la cuisine et m'assois à mon tour. Je suis épuisée, une migraine est en train de se former derrière mon œil gauche et, plus que tout, j'ai envie de boire un verre pour que mes pensées ralentissent et que je puisse parvenir à une solution.

Je ne lui demande pas la teneur de l'échange qu'elle vient d'avoir. Je suppose qu'elle a parlé à l'inspectrice, qui doit être très tenace si elle travaille un dimanche. Je m'assois et j'attends. Quand elle était petite, je me précipitais pour l'aider chaque fois que je le pouvais. J'ai payé des professeurs particuliers lorsqu'elle avait de mauvais résultats dans une matière et j'ai veillé à ce qu'elle n'ait jamais à cuisiner ni à faire le ménage. Si elle se disputait avec une amie, nous mettions toutes les deux une stratégie au point pour arranger les choses. Elle me parlait de tout, même si nous ne passions pas beaucoup de temps ensemble. Nous étions proches jusqu'à ce que je commence à boire, et après l'incendie, nous nous sommes complètement éloignées. Elle a été obligée de grandir très vite et je ne peux pas me contenter de revenir dans sa vie et de tout reprendre comme si de rien n'était. Il faut qu'elle me demande de l'aide à chaque étape, sinon je risque de la perdre à nouveau. Elle est déjà assez en colère de savoir que je travaille pour le cabinet de Garth et que je les suis tous les deux sur les réseaux sociaux.

— L'inspectrice Ashton a dit que le sang sur le couteau était bien celui de Garth. Et qu'ils ont trouvé des traces de son sang dans la voiture, même si quelqu'un a cherché à tout nettoyer. À l'en croire, il a dû y avoir beaucoup de sang. Et ils veulent que je vienne leur donner mes empreintes digitales. Je devais venir mardi, mais elle exige maintenant que ce soit demain.

Son visage est impassible, son ton robotique, comme si la perspective était trop lourde à envisager, trop lourde à encaisser, et qu'elle s'en dissociait tout simplement. Et je la comprends.

Elle s'adosse au canapé et regarde l'après-midi d'automne ensoleillé par-delà les portes vitrées du balcon.

— Comment c'est arrivé ? demande-t-elle.

Mais je sais qu'elle ne s'adresse pas vraiment à moi.

— Tu es absolument sûre que c'était Garth au téléphone ? je redemande.

— Je pense... peut-être... je ne sais pas, admet-elle en soupirant.

— Tu dois tout dire à la police, Cordelia. Je comprends que tu aies peur pour Garth, mais nous sommes dépassées par les événements. Même si je vais essayer de réunir l'argent, tu dois tout leur dire.

— D'accord, concède-t-elle d'un ton las. OK.

— Est-ce qu'on va se chercher quelque chose à manger ?

Je n'ai pas d'autre suggestion à lui faire.

— Non, maman, j'ai besoin de temps. Je vais laisser un message à Nicholas. Il m'a dit de le faire si la police me contactait.

— Bonne idée.

— Il prend cinq mille dollars, rien que pour commencer, murmure-t-elle. Simplement pour examiner mon cas.

J'aimerais qu'elle me regarde. J'aimerais trouver quelque chose à dire qui la réconforterait.

— Ne t'inquiète pas pour ça, je la rassure.

— OK... Je voudrais me reposer maintenant, maman. Tu pourrais juste... désolée...

— Je vais te laisser. Quand tu iras voir Nicholas et la police demain, emporte le téléphone : montre-le à ton avocat, il saura quoi faire. J'ai envoyé sur ton téléphone les photos de l'homme qui te suit. Peut-être que la police l'a dans ses fichiers et aura une idée de la manière de retrouver Garth. De mon côté, j'irai au travail, voir si je peux trouver autre chose.

— D'accord, dit-elle.

Puis elle s'allonge sur le canapé, en glissant un coussin orange sous sa tête, et elle se recroqueville, si bien qu'elle est aussi petite qu'une enfant. Attrapant la douce couverture orange qui pend sur le dossier du canapé, j'en enveloppe ma fille. Elle ne dit rien, parce qu'elle dort déjà. Et je sais que, parfois, dormir est la meilleure chose à faire, la seule même.

Je quitte son appartement sur la pointe des pieds, pour me rendre dans un bar où, devant un verre de vin, j'aurai un peu de temps pour réfléchir à la manière dont je vais assurer la sécurité de ma fille et faire en sorte qu'elle n'ait jamais à payer pour un crime qu'elle n'a pas commis. En revanche, il est hors de question que je donne trois millions de dollars à qui que ce soit. Jamais de la vie.

27

CORDELIA

— Ce sera plus simple de se retrouver devant le poste de police, l'a informée Nicholas Blake au téléphone ce matin après qu'elle lui a tout expliqué, y compris l'histoire de sa mère à propos de l'homme qui la suivait, le téléphone et sa conversation avec Garth.

Cordelia attend dans le vent, une veste noire serrée autour d'elle. Ses cheveux blonds lui fouettent le visage. Elle s'est réveillée sur le canapé au petit matin, la bouche sèche. Elle ne sait pas combien de temps elle a fermé les yeux, mais son sommeil n'a manifestement pas été réparateur. Faute d'avoir réussi à se rendormir, elle a passé des heures à parcourir son Instagram, à observer des photos de Garth et elle, depuis la première qu'ils ont prise ensemble jusqu'à la dernière, remontant à au moins un mois. Quand ont-ils cessé de se photographier ensemble ? Et comment ne s'en est-elle pas aperçue ?

Elle a scruté chaque photo de manière obsessionnelle, essayant de déterminer à partir de quand il s'est mis à la regarder autrement et a cessé de la contempler avec un amour évident, mais elle n'a pas réussi à identifier le moment de bascule. Et maintenant, chaque photo doit être remise en question. *Était-il vraiment heureux, à cette époque, ou a-t-il souri parce que je lui ai dit de le faire ? Pensait-il à une autre femme en me regardant ainsi ? A-t-il acheté ces fleurs pour moi, parce qu'il sait que j'aime les roses blanches ou parce qu'il se sentait coupable d'avoir été avec une d'autre ?* Et les questions auxquelles il faut qu'elle réponde tournent en boucle à l'arrière-plan de son esprit : *Où es-tu ? Est-ce que tu mens sur toute la ligne ? Qui est cette « elle » qui était censée me transmettre le téléphone ?*

Elle a les yeux irrités et déjà des élancements dans la tête. Ayant cherché l'avocat sur Google, elle sait qu'elle doit guetter un grand barbu à l'abondante chevelure grisonnante. Elle se tient un peu à l'écart, regardant les gens entrer et sortir du commissariat. Sont-ils là pour être interrogés, ont-ils eux aussi un proche disparu, redoutent-ils, comme elle, d'être accusés de meurtre ? Elle frissonne dans sa veste, même si l'air est relativement chaud. Garth n'est pas mort. C'est bien lui qu'elle a entendu au téléphone hier, non ?

— Cordelia, entend-elle.

En se retournant, elle voit son avocat se diriger vers elle à grandes enjambées. Il doit avoir l'âge de sa mère et arbore la mine de qui sait quoi faire dans n'importe quelle situation et peut se débrouiller seul. Elle espère que c'est bel et bien le cas.

— Bon, attaque-t-il sans autre formalité, nous allons les autoriser à prendre vos empreintes digitales, parce qu'il ne sert à rien de s'y opposer, mais sachez que les preuves à leur disposition me semblent avant tout indirectes et très étranges par-dessus le marché. Vous seriez une meurtrière vraiment incompétente si vous n'aviez pas pris la peine de supprimer ces preuves, et d'après ce que vous m'avez raconté, on dirait bien qu'il y a une espèce d'escroquerie dans cette histoire.

Cordelia sent son ventre se tordre au mot « meurtrière ».

Elle se répète avec plus de force que Garth est vivant, qu'elle lui a parlé et qu'elles ont jusqu'à demain soir pour faire parvenir l'argent à ses créanciers.

— Je suggère que nous leur donnions vos empreintes digitales et que vous leur racontiez ce que vous savez jusqu'à présent, et nous partirons de là. Mais avant que nous entrions, je dois vous poser une question : avez-vous l'impression de pouvoir faire confiance à votre petit ami ?

Cordelia commence à hocher la tête, mais elle s'arrête et hausse les épaules.

— Honnêtement, je ne sais plus. Je ne comprends pas ce qui se passe.

— OK, répond Nicholas en opinant. Je sais que ça doit être très difficile pour vous, ajoute-t-il avec une légère pression sur son épaule, mais faisons ce qui doit l'être maintenant.

Cordelia acquiesce et le précède dans le commissariat.

Elle connaît l'endroit pour y être venue la semaine dernière signaler la disparition de Garth, ce qui a tout déclenché, d'ailleurs.

Les locaux semblent assez inoffensifs, mais elle ne peut s'empêcher de se sentir nerveuse, comme si, d'un instant à l'autre, elle risquait d'être attrapée et jetée dans une cellule où personne ne l'entendrait crier qu'elle n'est pour rien dans ce qui est arrivé à Garth.

Nicholas et elle s'assoient sur un banc en plastique marron, à quelques mètres d'un sans-abri. Cordelia plisse le nez et tâche de respirer par la bouche.

— Cordelia, entend-elle.

L'inspectrice Ashton approche.

— Nicholas, ajoute la policière à l'intention de l'avocat.

— Emily, répond-il.

Visiblement, le mot « bonjour » relève du superflu pour ses gens. Si l'inspectrice connaît le prénom de l'avocat, est-ce de bon ou de mauvais augure ? Cordelia décide d'y voir un signe positif. Son avocat a manifestement une solide habitude de ce genre de situations.

— Suivez-moi, annonce l'inspectrice.

Quelques instants plus tard, son avocat et elle sont assis dans une petite pièce sans fenêtre, avec une caméra dans un coin et une odeur de vieux café flottant autour d'eux.

— Je peux vous offrir quelque chose à boire ? demande l'inspectrice en s'asseyant avec l'inspecteur Jameson.

Cordelia secoue la tête. Son avocat ne salue même pas le deuxième policier, il lui adresse seulement un signe de tête.

L'inspectrice Ashton appuie sur le bouton d'un enregistreur avant de commencer à parler. Elle décline son nom, l'heure, la date et le nom de Cordelia avant de lever les yeux vers elle.

— Ma cliente ne demande pas mieux que de vous donner ses empreintes digitales, mais nous ne répondrons à aucune question. Elle aimerait vous faire part de certains éléments, puis nous partirons, annonce Nicholas avant même la moindre question.

Cordelia doit admettre que Nicholas Blake vaut déjà l'argent qu'il a exigé. Il parle avec une telle autorité que la situation lui paraît soudain très gérable et qu'elle est certaine d'être rentrée chez elle pour l'heure du déjeuner.

— Eh bien, à vous, Cordelia, lâche l'inspectrice Ashton en haussant les sourcils de façon théâtrale.

— J'ai reçu le téléphone que voici. On était censé me le remettre mardi, mais je l'ai eu hier. Garth m'a contactée avec : il est poursuivi par quelqu'un à qui il a emprunté de l'argent destiné à réparer sa maison au Royaume-Uni. Il n'a pas pu obtenir de prêt bancaire et maintenant ces gens l'ont enlevé afin qu'il les rembourse. Garth m'a demandé de laisser la somme dans l'appartement et...

Elle arrête de parler.

— Vous devriez peut-être reprendre plus lentement.

Cordelia recommence, expliquant ce qu'elle sait, se cantonnant à un petit mensonge pour protéger sa mère. L'inspectrice n'a pas besoin de savoir que c'est Grace qui a trouvé le téléphone dans le bureau de Garth.

— Et comment avez-vous eu ce téléphone ?

— Il est arrivé par la poste, répond-elle sans hésiter.

Ce serait trop d'expliquer que sa mère s'est travestie pour se faire embaucher dans l'entreprise de Garth. Si on lui réclame l'enveloppe, elle répondra qu'elle l'a jetée.

— Je peux voir le téléphone ? demande l'inspectrice.

Cordelia le lui tend.

La policière fait défiler les messages.

— Et vous dites que vous lui avez parlé hier ?

— Oui, répond Cordelia.

Son avocat lui pose une main sur le bras.

— Espérons qu'il décrochera, lâche l'inspectrice, avec tant de scepticisme dans la voix que Cordelia le sent.

La femme compose le numéro d'où sont provenus les textos.

« Le numéro que vous avez composé n'est pas en service actuellement. Veuillez vérifier avant de rappeler. »

— Quoi ? s'écrie Cordelia.

L'inspectrice répète la manœuvre, obtient le même résultat.

— Mais j'ai parlé... commence Cordelia.

Nicolas lui touche à nouveau le bras, pour l'enjoindre au silence.

— Je pense que c'est suffisant pour aujourd'hui, annonce-t-il. Pouvons-nous procéder à la prise d'empreintes digitales ? Et ensuite, à moins que vous n'ayez l'intention d'inculper ma cliente, nous partirons.

— Vous savez, Cordelia, les choses seront beaucoup plus faciles si vous coopérez et si vous nous dites tout ce que vous savez. Peut-être ne s'agit-il que d'une énorme erreur et que nous pourrons tout éclaircir, lâche l'inspectrice en la regardant. Parce que, bon, vous auriez très bien pu acheter ce téléphone n'importe où et en avoir un autre en votre possession. Vous comprenez de quoi ça a l'air, n'est-ce pas ?

— Mais cette disparition n'a rien à voir avec moi. Garth a emprunté l'argent pour sa mère. Vous pouvez l'appeler et lui poser la question. Ces gens-là veulent récupérer leur argent et Garth sait que ma mère en a. Je n'ai rien fait de mal, proteste Cordelia.

— Je comprends, dit l'inspectrice Ashton. Je suis en contact permanent avec Mme Stanford-Brown. Elle m'a appelée ce matin pour me dire que vous l'aviez appelée et harcelée au sujet de son fils et de l'argent qu'il lui a donné. C'est vrai ?

— Quoi ? Non, je lui ai juste demandé si elle savait quelque chose d'autre.

— Elle nous a dit que Garth avait souscrit un emprunt dans une banque pour l'aider, ce que nous avons confirmé ce matin auprès de la banque en question. Il s'agit d'un prêt important de deux cent mille dollars, mais pas d'une somme que la banque pensait Garth incapable de rembourser. Après tout, il touche un gros salaire. Les banques n'ont pas pour habitude de kidnapper leurs débiteurs pour récupérer leur argent, ou je me trompe ?

— Pas la peine d'être désobligeante, intervient Nicholas alors que Cordelia ouvre et referme la bouche sans pouvoir répliquer quoi que ce soit.

— Je suis suivie, vous savez, s'emporte-t-elle. Ma mère a pris des photos d'un homme qui lui a parlé.

— Et il a dit ?

— Quelque chose à propos de mon compagnon et... d'une démarche que je suis censée faire...

Ses mots restent à nouveau en suspens lorsqu'elle se rend compte que la police ne la prendra pas au sérieux sur ce coup-là non plus.

Elle sort son propre téléphone.

— Regardez, dit-elle en montrant les photos aux inspecteurs.

Les deux inspecteurs examinent attentivement les clichés, puis échangent un bref regard.

— Nous pouvons essayer de trouver une correspondance dans notre base de données, mais pour moi, cela ressemble à un passant lambda. Et quand vous dites qu'il a parlé à votre mère, je n'ai pas l'impression qu'il lui ait sorti quelque chose de particulièrement menaçant, si tant est qu'il lui ait dit quoi que ce soit. Je sais que votre mère a eu quelques... problèmes par le passé, insinue doucement l'inspectrice Ashton.

— Elle va bien maintenant, réplique Cordelia, qui sent la colère l'envahir sous le regard de cette policière.

— Je dois vous dire que votre histoire semble quelque peu farfelue. Nous avons trouvé le téléphone de Garth dans votre appartement, celui d'où, à vous en croire, il vous aurait envoyé des messages lundi soir et maintenant, tout à coup, un autre téléphone surgit ? C'est un peu trop commode, si vous voulez mon avis.

— Peut-être que Garth est rentré mardi pendant que j'étais au travail et qu'il a laissé le téléphone sous le lit, tente désespérément Cordelia.

Son avocat secoue la tête, pour lui rappeler une énième fois de se taire.

— Vous vous enfoncez, Cordelia, il serait plus facile de nous dire simplement la vérité.

La policière a l'air presque désolée pour elle, on serait à deux doigts de croire qu'elle s'inquiète réellement.

Cordelia regarde Nicholas, paniquée. Mais il se contente de sourire et de secouer la tête.

— Emily, vous valez mieux que ça.

L'inspectrice hausse les épaules.

— Je pensais que Cordelia était vraiment préoccupée par le sort de son petit ami, c'est tout. Parce que bon, un cadavre non identifié est arrivé au Royal Melbourne Hospital... Donc nous sommes en train de nous pencher sur la question.

— Quoi ? Oh mon Dieu, c'est Garth, c'est lui ? demande Cordelia, dont la voix monte régulièrement dans les aigus.

— Nous ne sommes pas sûrs, réplique l'inspecteur Jameson, ouvrant enfin la bouche. Le corps était en état de... décomposition avancée.

— C'est ridicule, commente Nicholas. Allons-y, Cordelia.

Il se lève et elle lui emboîte le pas, mais ses genoux se dérobent sous elle, si bien qu'elle retombe sur sa chaise. L'image d'un cadavre en décomposition lui retourne l'estomac. Garth ne peut pas être mort. Elle lui a parlé. C'est bien lui qu'elle a eu au bout du fil, non ? Nicholas place une main sous son coude.

— Venez, Cordelia, murmure-t-il.

Elle trouve alors la force de se lever.

— D'accord, d'accord, concède l'inspectrice en levant les mains. Il faut juste que nous prenions vos empreintes digitales.

— En fait, à moins que vous n'ayez assez de preuves pour inculper ma cliente, nous ne vous les fournirons finalement pas, déclare Nicholas.

— Vous aviez pourtant affirmé le contraire, s'emporte l'inspectrice Ashton, dont la voix vibre de colère.

Elle se lève.

— Nous ne sommes plus d'accord, vu le genre de conneries auxquelles vous vous essayez, Emily. Vous valez mieux que ça. Allons-y, Cordelia.

Quelques minutes plus tard, ils sont dans la rue et Cordelia a envie de vomir. Elle se sent dans le même état que lorsque ses parents l'avaient emmenée sur la Gold Coast à l'âge de dix ans et qu'elle avait insisté pour faire un tour sur les plus grandes montagnes russes du parc. Son père l'avait vaillamment accompagnée, lui tenant la main alors qu'elle criait pendant que la voiture fonçait dans une pente à près de quatre-vingt-dix degrés. Lorsqu'elle était sortie, ses genoux la portaient à peine, si bien qu'elle avait toutes les peines du monde à marcher correctement. Sa mère l'avait alors aidée à s'asseoir sur un banc et lui avait acheté des frites saupoudrées de sel pour calmer son estomac. Maintenant, elle ne sait absolument plus quoi faire, d'autant que sa mère est allée travailler dans le cabinet de Garth, information qu'elle est terrifiée de partager avec son avocat.

— Allons prendre un café, suggère celui-ci.

Elle le suit dans un petit *coffee-shop* de mauvais goût, au sol collant.

Lorsqu'ils sont assis, leur café devant eux, il dit :

— Y a-t-il quelque chose que vous me taisez ? Je me fiche de ce que vous avez fait ou pas fait, j'ai besoin de tout savoir.

— Je... Je... bredouille Cordelia, interrompue par le téléphone de Nicholas qui se met à sonner.

Elle regarde fixement sa tasse pendant qu'il répond.

— Il faut que je rentre chez moi, annonce-t-elle lorsqu'il a raccroché.

C'est en effet tout ce qu'elle a envie de faire. Si elle peut juste rentrer chez elle, elle se mettra au lit et dormira, puis elle pourra réfléchir à la possibilité que ce soit le corps de Garth qui se trouve à la morgue. Et si c'est lui, alors l'homme à qui elle a parlé au téléphone était juste un type capable de reproduire son accent, de l'imiter pour qu'elle le croie vivant alors qu'il est en fait mort. Elle imagine le corps de Garth sur une table de la morgue, bleu et froid, en train de se décomposer, et elle frémit.

Nicholas la regarde fixement pendant quelques secondes.

— Ça va ?

— Non, murmure Cordelia. Non.

Parce que ça ne va pas et que ça n'ira plus jamais.

Nicholas se penche, pose doucement une main sur son bras et la regarde avec des yeux bleus pleins de compassion. L'espace d'un instant, il lui rappelle tellement la façon dont son père la regardait qu'elle a l'impression d'être sur le point d'exploser.

— Je suis là pour vous, à tout moment de la journée. Vous

pouvez me croire quand j'affirme qu'ils n'ont rien de substantiel contre vous. La preuve en est qu'ils ne vous ont pas inculpée. Il se peut qu'ils exigent vos empreintes digitales et nous devrons les leur donner. Elles figureront sur le couteau, parce que c'est votre couteau. C'est un argument que je démolirai immédiatement. Ils n'ont pas de cadavre, Cordelia. Vous avez dit que vous aviez parlé à Garth pas plus tard qu'hier. Peut-être que c'était bien lui, ou pas, mais tant qu'ils ne peuvent pas prouver que vous lui avez fait quelque chose, ils n'ont rien.

Cordelia acquiesce alors même que des larmes gênantes se mettent à couler.

— Janine m'a parlé de son travail avec votre mère, reprend Nicholas avec douceur. Toute cette histoire a dû être très difficile pour vous, mais Janine m'a aussi dit que Grace a toujours été d'un dévouement sans faille à votre égard.

— Je sais, admet Cordelia en reniflant, parce qu'en effet, elle le sait.

— Je dois y aller maintenant. Voulez-vous que je vous appelle un Uber ?

— Non, merci, je vais marcher.

Elle a besoin de temps et de mouvement pour réfléchir.

Nicholas acquiesce et s'en va. Après avoir achevé son café, Cordelia quitte l'établissement et traverse la rue. Elle longe un pâté de maisons, puis s'arrête devant un magasin pour observer une magnifique robe longue, bleue à paillettes, à bretelles spaghetti, puis elle se retourne pour savoir dans quelle direction aller. Alors, à quelques mètres de l'endroit où elle se trouve, elle remarque le type dont sa mère a fait des photos. Elle le reconnaît sur-le-champ. L'homme dont la police ne croit même pas à l'existence, l'homme dont, jusqu'à hier, elle doutait elle-même de l'existence. Pourtant il est là, plus grand que nature. Elle attrape frénétiquement son téléphone pour le photographier, mais avant qu'elle n'y parvienne, il sourit et lève le bras pour tapoter sa montre. Sur quoi, il tourne les talons et s'en va, se fondant dans la foule des badauds. Même si elle prenait une photo, ils ne la croiraient pas.

Cordelia se met à courir et ne s'arrête pas avant d'être rentrée chez elle, d'avoir ouvert sa porte d'entrée d'une main fébrile et de s'être assurée qu'elle l'a bien verrouillée derrière elle.

Cette histoire ne s'arrêtera jamais.

28

GRACE

Tristan m'accueille quand j'arrive au bureau lundi matin. Son large sourire est réconfortant après le week-end que j'ai passé. J'aurais vraiment aimé accompagner Cordelia au poste de police, mais je savais que cela jouerait en sa défaveur plutôt qu'à son avantage. J'ai fait la seule chose à ma portée, c'est-à-dire payer Nicholas Blake pour qu'il s'occupe de son affaire. Si seulement l'argent pouvait vraiment résoudre tous les problèmes ! Mais le fait est qu'il n'en solutionne que certains.

— Bonjour, Grace, lance Tristan, tout guilleret.

Je lui rends son sourire.

— Bonjour Tristan, le week-end a été bon ?

— Oh, vous savez, j'ai dû rentrer voir mes parents. Papa m'enrôle toujours pour que je l'aide à réparer quelque chose et maman se plaint de ne pas me voir assez, mais le déjeuner de dimanche a été délicieux, donc la visite a valu le coup, rien que pour sa cuisine.

— C'est très gentil de votre part. Je suis sûre que vos parents ont apprécié.

— Vous avez des enfants ? demande-t-il.

Il ramène les yeux sur son ordinateur et la tâche qu'il était en train de faire.

— Non, je réponds en replaçant une mèche blond platine de ma perruque derrière mon oreille.

Serai-je capable d'être Grace Morton, mère d'une jeune femme quand tout sera terminé ? Serai-je capable d'être la survivante, Grace Enright ? Tout était si clair dans ma tête quand j'ai quitté Ava : ce que j'avais à faire, c'était m'assurer que Cordelia allait bien. Je n'ai jamais anticipé pareille situation. J'ai deux filles et mon rêve serait qu'elles se connaissent pour que nous formions une famille, mais les choses sont bien trop compliquées et la vérité ferait souffrir de trop nombreuses personnes.

— Ah, eh bien, il est encore temps, lâche-t-il.

Je m'esclaffe.

— Je ne pense pas, non, mais je vous remercie de le penser.

Je me dirige vers mon bureau, regrettant d'avoir à me trouver entre ces murs. Cela étant, la femme dont j'occupe le poste sera de retour mercredi et je ne disposerai pas de plus de temps. S'il y a d'autres informations à glaner sur ce qui se passe, je dois essayer de les découvrir maintenant.

Alors que je suis assise à mon bureau, à réfléchir à la manière d'entamer la conversation avec Natalie, aux questions à lui poser pour savoir si elle est au courant de quelque chose d'autre, Kelsey entre.

— Oui ? je lui demande, désireuse qu'elle m'indique ce dont elle a besoin et fiche le camp.

— Vous avez l'air tendu, commente-t-elle avec un petit sourire. Tout va bien ?

— Très bien, je réponds, je suis juste...

Je m'interromps sur une profonde inspiration, avant d'ajouter :

— En quoi puis-je vous être utile, Kelsey ?

— Je voulais juste vous remercier encore une fois pour ma boucle d'oreille. Je suis trop contente de l'avoir récupérée.

— Tout le plaisir était pour moi, je réplique en l'observant un instant.

A-t-elle couché avec Garth ? Et si je le lui pose directement la question, l'admettra-t-elle ?

— Mon petit ami et moi, on va partir loin, annonce-t-elle, changeant de sujet à la manière d'une enfant.

Ce qui me rappelle encore une fois à quel point elle est jeune.

— C'est chouette, je réponds, revenant à l'écran de mon ordinateur.

— On n'est ensemble que depuis trois mois, mais je pense que c'est le bon. Il est trop mignon, regardez, ajoute-t-elle en tournant son téléphone pour me montrer une photo. Il s'appelle John.

Je jette un coup d'œil à l'écran, puis je regarde mieux.

— Oh... dis-je.

Ma main s'empare de son téléphone sans même que je m'en rende compte. Elle me le laisse prendre avec un sourire malicieux et j'étudie la photo du jeune homme qui passe son temps à filer Cordelia, celui-là même qui m'a parlé. Est-elle au courant ? Est-elle impliquée ?

Kelsey récupère le téléphone en soupirant, puis elle embrasse l'écran et me regarde.

— Vous demandiez des nouvelles de Garth, l'avocat qui a disparu, reprend-elle.

Je hoche la tête, la bouche sèche et le cœur tambourinant.

— Eh bien, c'est un connard et quoi qu'il lui soit arrivé, il le mérite, assène-t-elle avec un haussement d'épaules désinvolte.

Et la voilà partie, me laissant à mon bureau, abasourdie et confuse.

Sur la table de travail de Garth se trouve un carnet comportant une seule note : « Lundi 18 heures. Réunion avec J. » John.

C'était donc lui qu'il retrouvait. Et il s'agissait bien de ça. De chantage.

Je fixe l'écran de mon ordinateur, incapable d'effectuer la moindre tâche, mon téléphone sur les genoux en mode silencieux. J'attends la vibration m'indiquant un appel de Cordelia. Kelsey sait-elle où se trouve Garth ? A-t-elle compris qui je suis ? Je pensais que Natalie était impliquée dans une sorte d'escroquerie visant Garth, mais c'est peut-être Kelsey, en fait. Kelsey et son petit ami ? Cela semble logique.

Tous les avocats ont une réunion le lundi matin en salle de conférences. J'attends qu'elle se termine pour pouvoir m'entretenir à nouveau avec Natalie. Est-elle en mesure de confirmer que Garth et Kelsey ont couché ensemble ? Et le cas échéant, le fera-t-elle ?

J'ai bien du mal à m'acquitter de la moindre tâche, mais je me force à retourner à mon ordinateur, en quête de la distraction d'une activité monotone.

Une demi-heure plus tard, le téléphone posé sur mes genoux bourdonne enfin et mon cœur s'emballe.

Je m'apprête à répondre, d'autant qu'il s'agit de Cordelia, mais Peter, du service des Ressources humaines, entre sur ces entrefaites dans mon bureau.

— Ah, Grace, pourrais-je vous toucher deux mots ? dit-il.

Je rejette l'appel, même s'il m'en coûte beaucoup d'infliger cela à ma fille. En ce moment, elle a besoin de savoir que je suis toujours disponible pour elle. Je l'ai assez laissé tomber pendant son enfance. Je déteste reproduire ce comportement.

— Bien sûr, je réponds avec un sourire à Peter.

Il entre et se place derrière la chaise, de l'autre côté de mon bureau.

— Je sais que vous êtes censée travailler jusqu'à mardi, mais notre assistante est rentrée plus tôt de ses vacances et elle a hâte de s'y remettre. Il y a beaucoup de dossiers qui arrivent, or elle les connaît bien... Nous pensons donc que c'est mieux ainsi. Je suis désolé, mais c'est votre dernier jour, ajoute-t-il avec un petit sourire contrit.

Mon soulagement est instantané. Je n'ai plus envie d'être ici. Simplement, vu que j'aimerais parler à Natalie et l'interroger directement au sujet de Kelsey, je vais devoir trouver un moyen de le faire avant de partir.

— Aucun problème, je lui réponds. Je prends un autre poste jeudi, ça me fera deux jours de repos. J'espère qu'elle a passé d'agréables vacances.

J'indique la photo du couple d'âge mûr que j'ai laissée sur le bureau, car leur bonheur devant une plage de sable blanc pendant des vacances tropicales me réchauffe le cœur.

— Ah oui, non, ce n'est pas elle, ce sont ses parents. À en croire Tamara, ils voyagent beaucoup.

— Euh pardon… quoi ? je balbutie.

Me voilà sur-le-champ la proie de nausées qui me donnent le vertige. Le bourdonnement dans mes oreilles m'empêche d'entendre quoi que ce soit. J'ai l'impression d'avoir été frappée avec une planche. Enfonçant les ongles dans mes jambes pour rester connectée à l'instant présent, je me concentre sur ce qu'il dit. Ce prénom provoque encore un maelström d'émotions en moi : pourrai-je l'entendre un jour sans repenser à elle ?

— Tamara, notre assistante habituelle, revient demain. Elle ne travaille ici que depuis cinq mois, mais elle est très compétente.

— D'accord, bien sûr. Je veillerai à ce que tout soit en ordre.

Quoique légèrement inquiet de ma réaction, il m'adresse un signe de tête. Je veux juste qu'il quitte le bureau.

C'est un prénom assez courant, bien sûr. Ce n'est pas nécessairement *elle*, mais une fois Peter sorti, je fixe la photo. Me paraît-elle familière ? Elle n'avait pas de photo de ses parents sur son bureau lorsqu'elle travaillait pour moi, mais peut-être m'en a-t-elle montré une un jour ?

Tamara n'est pas un prénom rare, je me répète en commençant à ouvrir les tiroirs du bureau, à la recherche de quelque chose, n'importe quoi, qui me fournirait des indices sur son identité. Les tiroirs sont bien rangés parce que j'ai veillé à ce qu'il en aille ainsi, et ils ne contiennent que des fournitures de bureau.

— Ce n'est pas elle, je marmonne tout en continuant mes recherches.

Je consulte le site Internet du cabinet. C'est la photo d'un homme qui figure sous le titre d'assistant administratif principal. Je sais qu'il y a plus d'un assistant et qu'on ne met probablement pas toutes leurs photos sur le site. Ce ne sont pas des employés si importants que cela. Ou du moins est-ce l'opinion qui prévaut.

Je ne sais pas comment trouver une photo d'elle. L'heure du déjeuner étant presque arrivée, j'attrape mon sac : il faut que je sorte d'ici pour rappeler Cordelia et lui demander ce qui s'est passé au poste de police. Je reviendrai ensuite pour déterminer s'il ne s'agit que d'une affreuse coïncidence.

— Je sors juste pour déjeuner, j'annonce à Tristan qui, je le vois, revient juste d'être allé s'acheter un café.

— D'accord. J'ai entendu dire que Tammy reprenait son poste demain, c'est donc votre dernier jour. J'espère que vous vous êtes plu ici, ajoute-t-il en souriant.

— Beaucoup, je réponds.

Pourvu que la chaleur qui m'envahit ne se lise pas sur mon visage !

— Vous savez, reprend-il, il y a toujours quelqu'un qui part en congé. Si vous me donnez vos coordonnées, j'essaierai de faire en sorte que vous soyez appelée en premier.

Je sais qu'il n'en a pas le pouvoir et que le prochain intérimaire sera envoyé par l'agence de Bill, mais c'est gentil de sa part.

— Je n'y manquerai pas, je réponds avant de me diriger vers l'ascenseur quand une idée me traverse l'esprit. Vous n'auriez pas une photo d'elle, de Tammy ? C'est toujours chouette de savoir dans le bureau de qui on a travaillé.

— Oh, oui, peut-être, dit-il, sans la moindre trace de suspicion dans sa voix. Je n'ai pas vraiment le droit d'être sur mon téléphone pendant les heures de bureau, mais...

Il sort l'appareil d'un tiroir et le déverrouille, pour faire rapidement défiler les écrans tout en guettant à gauche et à droite, au cas où quelqu'un arriverait.

— Tenez, dit-il. On a pris un verre pour mon anniversaire, le mois dernier. On est allés dans un petit restaurant mexicain que vous devriez essayer, c'est juste au coin de la rue. Les *nachos* sont excellents et les *margaritas* très corsées.

J'ai envie de lui arracher le téléphone des mains, mais je me contente de hocher la tête.

— J'adore la nourriture mexicaine, je renchéris.

Et il retourne enfin le téléphone.

Il s'agit d'une photo de Tristan et Leah et de quelques personnes que je ne reconnais pas, assis autour d'une table rectangulaire couverte d'une nappe rouge cerise. Les plats sont massés au milieu et chaque convive a une *margarita* de couleur différente devant lui. Je jette un coup d'œil aux piles de chips de maïs, aux dips et aux bols de salsa, puis mes yeux passent d'une personne à l'autre. Je regarde une fois, puis je regarde encore une fois, mais je finis par accepter ce que je vois.

Parce qu'elle est là, plus vraie que nature, avec un large sourire sur son joli visage.

Là. Voilà.

La femme qui a travaillé pour moi, la femme que j'ai soutenue, la femme qui a couché avec mon mari et menti à ce sujet, la femme qui voulait me voler mon entreprise et ma vie, qui a témoigné contre moi lors de mon procès, la femme qui a nourri sa rancune et sa haine pendant six ans. Toute la semaine, j'ai regardé son courrier électronique, TR.HWS@harmer-wright&sing.com, et je n'ai pas songé un instant à faire le rapprochement. Mais pourquoi l'aurais-je fait ? Sur sa page Instagram, il n'y a que des photos parfaitement cadrées d'elle en train de passer un moment merveilleux.

Mais elle est là.

L'hypothèse que j'avais élaborée s'effondre comme un château de cartes en même temps qu'une évidence s'impose à moi.

Il n'a jamais été question de Cordelia.

29

CORDELIA

La sonnerie de l'interphone la tire du néant du sommeil et Cordelia se redresse, incapable pendant quelques instants de savoir où elle est.

En regardant autour d'elle, elle constate qu'elle se trouve sur le canapé, enveloppée dans la moelleuse couverture orange. Elle la repousse, ayant soudain trop chaud pour rester couverte. La sonnerie continue, insistante, elle se lève du canapé et se dirige vers l'interphone.

— Oui, répond-elle d'une voix rauque.

— Cordelia, c'est moi, dit sa mère.

Elle presse sur le bouton pour lui ouvrir la porte de l'immeuble, puis elle entrebâille sa porte d'entrée et reste plantée, étourdie, à attendre.

— Tu as une mine affreuse, commente sa mère en la voyant.

— Merci, réplique Cordelia en lâchant la porte.

Elle se dirige vers la cuisine pour se verser un verre d'eau.

— Je t'appelle depuis un moment. Pourquoi tu n'as pas répondu ?

Cordelia hausse les épaules.

— J'avais éteint mon téléphone.

— OK, dit sa mère d'une voix inquiète. Que s'est-il passé ?

— Ils ne m'ont pas crue. Ils ont appelé le numéro à partir duquel Garth a envoyé des SMS, mais il n'est plus en service.

— Tu as mangé quelque chose ?

Cordelia secoue la tête.

— La nourriture ne résoudra pas mon problème, maman. Je pense que... Ils ont dit qu'un corps avait été amené dans un hôpital et que ça pourrait être Garth, mais ils ne peuvent rien affirmer car il est en état de décomposition avancée. Ils ont dit que...

Sa mère lève une main.

— Je ne pense pas que ce soit Garth. Il faut qu'on parle sérieusement. Il se passe quelque chose de bizarre...

Cordelia secoue à nouveau la tête.

— C'est le moins qu'on puisse dire.

— Je vais nous préparer un petit repas, annonce sa mère.

Cordelia acquiesce et récupère son téléphone sur la table basse. Il est un peu plus de 17 heures. Combien de temps a-t-elle dormi ? Elle ne se souvient pas de s'être levée pour aller aux toilettes. Le sommeil semble être son seul refuge lorsque les pensées qui tournent en rond dans sa tête menacent de la rendre folle.

Une image de Garth dans une morgue l'assaille. Est-ce lui ? Est-il mort depuis le début ? Il y a évidemment ses empreintes digitales à elle sur le couteau, puisque c'est son couteau.

Elle envisage un instant la possibilité qu'elle ait réellement fait du mal à Garth dans un accès de colère, un moment de folie. Aurait-elle pu le blesser ? Il est tellement plus grand qu'elle, plus affûté et plus fort. Comment aurait-elle pu lui faire quoi que ce soit ? Et si c'est quand même le cas, comment aurait-elle oublié ? Impossible.

Elle va aux toilettes. *Je ne suis pas en train de devenir folle.*

On ne me persuadera pas que je deviens folle. Je ne lui ai rien fait. Il a juste disparu.

Dans le miroir de la salle de bains, elle affronte son visage blême, ses yeux marron cerclés de noir. Elle rassemble ses cheveux en queue-de-cheval, refusant de s'examiner plus longtemps.

Sa mère a nettoyé la cuisine et Cordelia sent l'odeur sucrée des crêpes.

— Comme tu n'avais pas grand-chose dans tes placards, j'ai opté pour des crêpes, indique sa mère en garnissant une assiette pour Cordelia.

— Merci, répond-elle.

Elle emporte son assiette et le sirop d'érable jusqu'à la table pour attaquer la crêpe, consciente qu'elle n'a pas mangé de la journée.

Sa mère s'assoit en face d'elle avec une simple tasse de café.

— Tu ne manges pas ?

— J'ai déjeuné tard. J'ai quelque chose à te dire… Enfin, deux ou trois choses, et je voudrais que tu m'écoutes attentivement… Sans m'interrompre tant que je ne t'ai pas tout expliqué, d'accord ?

— D'accord, lâche Cordelia.

— C'est à propos de Tamara. Enfin, il y a plus que ça, parce que je sais qui te suit, mais…

— Tamara ? la coupe Cordelia. Tu es sérieuse ?

— Oui, mais laisse-moi t'expliquer.

Cordelia s'adosse à son fauteuil, sachant qu'elle doit laisser sa mère parler.

Et lorsque celle-ci commence à développer, Cordelia a l'impression d'être entrée dans une sorte de zone crépusculaire où le passé est soudain de retour. Six années ont beau s'être écoulées, la voilà de retour exactement au même point. La paranoïa de sa mère, l'alcool, les accusations et les cris, tout lui revient, puis elle repense à la façon dont son père est mort et elle se demande si ce que sa mère voulait vraiment ce soir-là, c'était tuer aussi sa fille. Parce que si elle est assise en face d'elle, en train de raconter ces trucs, de radoter encore une fois à propos de Tamara, c'est sûrement qu'elle n'a pas cessé de boire, qu'elle est revenue dans la vie de Cordelia pour la faire souffrir, pour achever le travail qui consiste à anéantir sa famille. Cordelia n'arrive pas à comprendre comment Garth est impliqué là-dedans, mais elle voit bien que sa mère, même si elle a l'air parfaitement saine d'esprit en sirotant son café, est en réalité une cinglée totale.

Tamara ne peut pas travailler dans l'entreprise de Garth. C'est tout simplement impossible. Tamara se trouve ailleurs, elle vit sa vie à tenter d'oublier ce que Cordelia continue de ressasser.

— Il faut que tu partes, lâche Cordelia quand sa mère a fini de parler.

— Mais... je n'ai pas fini : Kelsey, la stagiaire, m'a montré une photo de son petit ami. C'est l'homme qui te suit, celui qui m'a adressé la parole.

— Mon Dieu, maman, tu ne te rends pas compte que tout ça est démentiel ? C'est juste du délire... et Tamara, bon sang, Tamara ?

Comment cela peut-il se reproduire ? Comment c'est possible ? Pourquoi l'ai-je laissée revenir dans ma vie ?

— Tu dois me croire, Cordelia. Tout est lié, tout est imbriqué et...

— Non, maman. Je ne peux pas repasser par là. Je veux que tu partes ! hurle Cordelia.

Sa mère doit arrêter de parler, se taire tout simplement.

— Il faut que tu... commence Grace.

— Va-t'en, fiche le camp ! s'égosille Cordelia qui se lève et désigne la porte d'entrée.

Sa mère acquiesce tristement et se lève aussi.

— C'est ma faute. Je n'ai aucune idée de la façon dont elle

est impliquée, mais je sais que cette histoire a quelque chose à voir avec moi.

Cordelia se dirige vers la porte d'entrée et l'ouvre. Sa mère récupère son sac, puis s'engage dans le couloir.

— Je voudrais que tu me dises la vérité sur un truc, maman, lance Cordelia qui poursuit, lorsque Grace a opiné : Est-ce que tu as repris un verre depuis que tu as quitté la clinique ? Ne serait-ce qu'un seul verre ?

Ce qu'elle voudrait, c'est que sa mère passe en mode défensif, secoue la tête et lui affirme que la boisson et elle, c'est fini et bien fini.

Au lieu de quoi Grace hausse les épaules et réplique :

— Ça n'a jamais vraiment été un problème d'alcool, ma chérie. Je le savais.

Cordelia sent un sanglot lui monter à la gorge. Et elle referme lentement la porte.

Que va-t-elle faire maintenant ? Mystère. Ce qu'elle sait en revanche, c'est qu'une fois de plus, elle est épuisée et n'a qu'une envie : dormir. Elle ne peut pas se retrouver à nouveau confrontée à sa mère qui lance ses accusations ridicules. Elle n'a pas la force de revivre ce calvaire.

Si la police ne lui avait pas interdit de quitter le territoire, elle aurait pris un avion dès ce soir pour traverser le monde et se retrouver loin de tout ça, mais elle ne peut pas s'en aller tant qu'elle ne sait pas ce qui est arrivé à Garth.

Alors en attendant, elle va s'allonger sur le canapé et fermer les yeux, en espérant que le matin lui apportera des réponses.

30

GRACE

Je ne me laisserai pas submerger par la douleur. Je ne peux pas. Je pensais que Cordelia me croirait, qu'elle ferait le rapprochement, qu'il serait plus facile de la convaincre cette fois-ci, mais les événements d'il y a six ans ont causé trop de dégâts. C'est injuste. Cela dit, personne n'a jamais prétendu que la maternité était juste. Cordelia a vingt-quatre ans, pourtant elle est encore très jeune à certains égards. Je n'ai pas été là pour elle pendant six ans, mais je ne l'abandonnerai pas maintenant, juste parce qu'elle m'a ordonné de partir. J'en ai assez de la laisser mener la danse. Je dois prendre les choses en main maintenant, parce que tout est ma faute. C'est moi que Tamara déteste et dont elle veut se venger, j'en suis sûre.

Je quitte l'immeuble de Cordelia et retourne à mon hôtel, pour me rendre directement au bar, où je commande mon verre de vin rouge habituel. Je ne pouvais pas lui mentir à propos de l'alcool. Je me suis dit que si je lui disais la vérité là-dessus, elle me croirait au sujet de Tamara.

Mais non, et je comprends pourquoi. Tamara est de retour,

visiblement déterminée à me détruire, par l'intermédiaire de ma fille, il faut croire. Sait-elle que j'ai quitté la clinique ? Sans doute. La police a dû informer de ma libération toutes les personnes concernées par mon affaire. C'est le genre de choses qu'ils font. Le sentiment d'irréalité qui m'a accompagnée toute la journée depuis que j'ai vu la photo de Tamara ressurgit et je me sens légèrement étourdie. Comment la situation peut-elle se reproduire ?

Mais elle ne se reproduira pas, je me rassure. *Tu es une personne très différente aujourd'hui.* Je m'apaise avec cette pensée, puis je dresse la liste des éléments dont je dispose, ceux dont je suis absolument sûre.

Je sais que Tamara couchait avec mon mari.

Je sais qu'elle n'a commencé à travailler que récemment dans le cabinet de Garth.

Je sais que je ne peux pas la laisser s'en tirer comme ça, avec ce qu'elle mijote, parce que ça ne peut pas être une coïncidence.

J'ignore quel est le lien entre Garth, Tamara, Kelsey et son petit ami, mais je vais le découvrir. Natalie est-elle également impliquée ? Tout semble possible en l'état actuel des choses.

Je dois commencer à prendre les mesures qui s'imposent pour démêler l'écheveau.

Après une douche rapide, je commande un Uber et me fais déposer devant l'immeuble du cabinet de Garth.

Il est tard, pourtant de nombreuses fenêtres sont encore éclairées, signe que certains sont toujours au travail. Je ne souhaite voir personne, et je ne compte pas m'attarder.

Dans l'ascenseur, je m'applique une fois de plus à trouver une excuse pour expliquer ma présence si quelqu'un me demande ce que je fabrique dans les locaux. Heureusement, le cabinet est silencieux ; seuls deux bureaux sont occupés. Je me dirige furtivement vers celui que j'utilise depuis une semaine, en priant pour ne croiser personne.

La porte est verrouillée, ce qui est frustrant, mais j'ai au moins une enveloppe scellée à glisser dessous. Une fois la chose faite, je m'empresse de filer. Le morceau de papier que j'ai enfermé dans cette enveloppe blanche, avec son nom au recto, ne comporte qu'une ligne manuscrite.

Je sais ce qui se passe. Appelle-moi sur ce numéro.
Grace.

Si j'ai raison, elle m'appellera ou m'enverra un message. Comment ça, *si* j'ai raison ? Je sais que j'ai raison.

Je me dirige déjà vers les portes vitrées de l'immeuble, quand je les vois s'ouvrir et un homme s'en éloigner rapidement. Je distingue le blouson de cuir à la lueur d'un réverbère. Alors, sans me donner le temps de m'interroger, je me lance à sa poursuite, heureuse d'avoir opté pour des chaussures plates en vue de ma petite expédition au bureau.

Il marche vite, puis il se retourne et, m'ayant avisée, se met à courir. Il devrait n'avoir aucun mal à me semer, mais je ne me laisse pas abattre et j'accélère le rythme afin de me caler sur le sien. Je dois avoir l'air d'une folle qui court à travers la ville. Des têtes se tournent d'ailleurs sur mon passage, intriguées de savoir ce que je fabrique. Je ne suis pas habillée pour un jogging.

Il tourne dans une petite rue, je sais que je vais le perdre, mais je m'élance quand même... et je le trouve là, immobile. Qu'est-ce qui a bien pu le pousser à s'arrêter ? Je remarque alors deux officiers de police qui s'entretiennent avec une femme. Il a dû être décontenancé par leur présence. Si quelqu'un court, s'il est poursuivi, je suis sûr qu'un policier voudra savoir pourquoi.

Je m'approche de lui et lui saisis le coude.

— Ne bouge surtout pas ou je leur raconte que tu m'as agressée, parole d'honneur, je lui souffle à l'oreille. Ils t'attraperont et tout votre petit plan va s'effondrer.

— OK, capitule-t-il en levant un peu les mains. OK.

— Il faut qu'on parle.

Il acquiesce.

Toujours accrochée à son coude, je regarde autour de moi. Il y a un restaurant italien au coin de la rue.

— Pourquoi ne pas me laisser t'inviter à dîner ?

Les mots ressemblent plus un ordre qu'à une invitation, et je remercie Dieu pour la présence des policiers qui continuent à parler à la femme.

D'une main agrippée à son coude, je le guide vers le restaurant, où quelques tables attendent toujours des clients.

Nous nous asseyons immédiatement, et c'est seulement lorsqu'il s'est installé en face de moi que je lui lâche le bras.

— Bonjour, nous lance un serveur en nous tendant les menus. Nos plats du jour sont...

Je cesse de l'écouter pour focaliser mon attention sur le jeune homme qui est effectivement, comme l'a formulé Kelsey, plutôt « mignon » avec ses cheveux brun-roux et ses yeux bleus. Il se débarrasse de son blouson de cuir, sous lequel il porte un T-shirt à l'effigie d'un personnage de dessin animé. J'ai envie de rire tant il est jeune, mais c'est avec la vie de ma fille qu'il interfère d'une manière ou d'une autre. Donc il n'y a pas de quoi rire. Et ce garçon n'a aucune idée de l'adversaire qu'il affronte.

Il faut que je sache comment tout cela s'imbrique.

— Je prendrai la *puttanesca*, j'annonce au serveur. Et un verre de vin rouge.

— Pour ma part, ce sera... des spaghettis aux boulettes de viande, dit le jeune homme. Et une bière, oui une bière. Une blonde.

Il a l'air très mal à l'aise. Je balaie le restaurant du regard. Pour les autres convives, nous pourrions être une mère et son fils en train de dîner.

— Attends que notre repas arrive, je lui ordonne, car je ne veux pas être interrompue.

Le message que j'ai laissé à Tamara est gravé dans mon esprit.

Et si elle ne comprend pas ? Ou bien, le comprenant, si elle le rejette ? Et si elle le montre à la police ? Je suis censée ne plus jamais la contacter.

Il y a trop de variables, trop de choses que je ne peux pas contrôler, cependant je suis en mesure de contrôler Grace. De contrôler qui je suis et la manière dont je réagis. Et je ne laisserai pas cette petite garce m'enlever tout ce que j'ai.

Plus jamais.

31

CORDELIA

Lundi

Elle n'a pas réussi à se rendormir. À force de se jouer et de se rejouer en elle, cette terrible semaine l'a rendue nerveuse et agitée.

Elle attrape son téléphone et cherche le dernier message qu'elle a reçu de Garth.

> *De quoi tu parles ?*
>
> *Je dois travailler.*
>
> *Je ne vais pas relever pour l'instant.*

Mais il mentait.

Elle est censée ne pas quitter le territoire, mais la police ne lui a pas confisqué son passeport. Elle l'avait sur elle lorsqu'elle s'est présentée à l'interrogatoire, et puis les choses ne se sont pas déroulées comme elle l'avait imaginé et Nicholas et elle sont partis du poste de police avant qu'elle ne leur remette son passeport.

Elle va le chercher dans l'armoire. Il est à jour et elle a sa carte de crédit. Elle pourrait filer, prendre un avion et disparaître comme Garth. Ils ne l'ont pas accusée de quoi que ce soit, cependant peut-être qu'on l'arrêterait quand même à l'aéroport. Son nom figure sûrement sur une liste quelque part. Les flics font-elle ce genre de choses ? L'ont-ils fait pour elle ? Elle ne peut courir ce risque et elle le sait. Elle monterait bien dans sa voiture pour ficher le camp, mais c'est la police qui détient son véhicule. Vaincue, elle laisse tomber le passeport. Elle est piégée dans ce cauchemar.

Elle en vient à se demander si Garth ne la trompe pas depuis le début. Ils sont ensemble depuis plus de quatre ans, mais au cours de ces années, ils ont été séparés pendant de nombreux mois, lorsqu'il était au Royaume-Uni, et qui sait ce qu'il a fait à ce moment-là.

Elle se rend à la cuisine et cherche quelque chose à manger, quelque chose susceptible de la distraire. Ses yeux tombent sur la bouteille de vin à moitié vide que Garth a laissée sur le plan de travail dimanche soir, il y a plus d'une semaine.

Cordelia se sert un verre. Une solide rasade dont elle boit une gorgée, avant de s'étrangler lorsqu'il lui descend dans le gosier. Resté ouvert trop longtemps, le vin a un goût acide et rance, mais elle s'en moque. Elle se saisit d'une bouteille de limonade dans le frigo et remplit le reste du verre, ce qui donne une boisson à la fois acide et sucrée. L'alcool, dans son estomac vide, la rend nauséeuse. Mais cela ne l'empêche pas de boire. Une fois le verre terminé, elle attrape un paquet de chips et s'assoit sur le canapé, pour faire défiler son téléphone et manger sans réfléchir. Elle attend que l'alcool produise son effet pour s'endormir à nouveau lorsqu'une pensée égarée l'assaille.

Et si sa mère disait la vérité ? Et si Tamara travaillait bel et bien pour le cabinet de Garth ? Cela semble ridicule, voire impossible, mais il s'est passé tellement de choses ridicules et impossibles cette semaine que cela n'ajouterait qu'une énième absurdité à la ribambelle.

Elle trouve sa liste de contacts et songe à appeler Ian parce qu'il serait au courant, mais elle finit par rejeter l'idée. Ian, qui l'aime bien, pourrait essayer de la protéger en lui mentant, même si elle n'a pas besoin lui donner la raison de sa requête. Natalie, quant à elle, ne serait que trop heureuse de briser le cœur de Cordelia, de tout lui déballer, après leur rencontre houleuse de samedi.

Il se peut qu'elle ne réponde pas à l'appel, ce qui conviendrait aussi à Cordelia, qui n'aurait plus qu'à aller se coucher. Son pouce plane un instant au-dessus du numéro, puis elle appuie sur l'icône.

Natalie répond après la première sonnerie.

— Cordelia ?

— Oui, j'ai une question à te poser.

Pourquoi s'embarrasser de civilités après tout ce qui s'est passé ?

— À propos de quoi ?

Natalie est, à l'évidence, dans la même optique.

— Qui est l'assistante administrative de Garth ? Quel est le nom de cette personne ? ajoute-t-elle, espérant toujours que son interlocutrice lui communiquera un nom qui fera immédiatement taire les accusations insensées de sa mère.

Au lieu de répondre immédiatement, Natalie hésite.

— Pourquoi... pourquoi tu veux savoir ça ?

— Comme ça. Et ce n'est pas une question compliquée.

— Elle s'appelle Tamara, mais elle est partie depuis une semaine. Elle est en congé.

— Et quel... ? commence Cordelia qui s'interrompt pour déglutir au plus vite, histoire que le vin reste dans son estomac. Quel âge elle a ?

— Autour de trente ans, je pense. Mais bon, ce n'est pas

vraiment un sujet de discussion. Pourquoi tu m'interroges sur elle ?

Cordelia prend une profonde inspiration et la retient un instant. *Je ne veux pas savoir, je ne veux pas savoir, je ne veux pas savoir. Je dois savoir.*

— Tu connais son nom de famille ?

— C'est... Reed, oui Reed. Pourquoi tu me demandes ça ?

Quelque chose dans son ton suggère pourtant à Cordelia que Natalie connaît l'existence d'un lien entre Garth et Tamara.

— Pour rien, murmure Cordelia.

— Il doit bien y avoir une raison, réplique Natalie.

Garth sait-il qu'il s'agit de la même Tamara ? Tamara sait-elle tout de Cordelia ? Sont-ils tous les deux de simples collègues de travail, des amis, ou plus que cela ?

Tamara Reed. Le même prénom aurait pu n'être qu'une malheureuse coïncidence. Mais si l'on ajoute le nom de famille, ce n'est pas possible. Tamara travaille pour Garth. Et même si elle ne veut pas y croire, même si elle ne veut pas croire que Tamara puisse se trouver dans la même ville qu'elle, Cordelia est bien forcée de reconnaître la vérité. Et elle doit aussi se poser la question du pourquoi. *Pourquoi ? Pourquoi ? Pourquoi ?*

— Il y a une stagiaire qui s'appelle Kelsey et qui travaille chez vous ? demande Cordelia.

— Pourquoi tu te renseignes sur elle ? s'enquiert prudemment Natalie.

— Juste... comme ça.

Elle veut maintenant poser toutes les questions, toutes celles dont, elle en est presque sûre, elle ne tient pas à connaître les réponses. Elle n'a pas cru sa mère au sujet de Tamara, mais peut-être Grace avait-elle raison sur tout, absolument tout.

— Écoute, ce n'était qu'une rumeur, ajoute Natalie.

— Qu'est-ce qui n'était qu'une rumeur ?

Natalie reste si longtemps silencieuse que Cordelia écarte

l'appareil de son oreille pour vérifier l'écran, pensant que son interlocutrice a peut-être raccroché.

— Natalie, insiste-t-elle sèchement, qu'est-ce qui n'était qu'une rumeur ?

— Que Garth a couché avec elle, murmure Natalie, comme si parler bas atténuerait la violence des mots. C'était aux environs de Noël et Garth a sacrément fait la fête... Il a beaucoup bu, mais comme je te l'ai dit... ce n'était qu'une rumeur.

— Oh ! s'écrie Cordelia.

— Elle n'a que dix-neuf ans et même Garth n'est pas aussi... continue Natalie.

Cordelia raccroche. Chaque fois qu'elle pense que les choses ne peuvent pas être pires, elle découvre que si.

Elle devrait appeler sa mère et s'excuser, dire quelque chose, n'importe quoi, mais elle se rend compte qu'il lui sera impossible de trouver les mots. Elle a l'impression qu'un cercle hideux a été bouclé, mais pour quelle raison, elle n'en a aucune idée.

Il est plus de 21 heures, ses paupières s'alourdissent. Alors, une fois de plus, elle se réfugie dans le sommeil parce qu'elle ne peut tout simplement plus réfléchir à tout ça. Elle en est tout bonnement incapable.

32

GRACE

Nous restons assis dans un silence chargé de questions jusqu'à ce qu'on nous apporte notre nourriture.

— Quelle est la relation entre Garth et Kelsey ? je demande.

— Kelsey ? tente-t-il.

— Pas la peine de prétendre que vous ne la connaissez pas, je réplique. Elle m'a dit que vous étiez son petit ami et vous devez être au courant que Garth a disparu. Je sais que, d'une manière ou d'une autre, Kelsey, Tamara et vous êtes liés, alors parlez, jeune homme, ou je vous jure que j'appelle les flics et que je leur dévoile toute cette histoire.

— Personne ne vous croira.

Il sourit d'un air narquois et prend sa fourchette, avalant une bouchée de ses spaghettis qui laisse un peu de sauce sur son menton. *Gamin stupide, gamin stupide, stupide gamin.*

Je ne touche pas à mon assiette, préférant le dévisager jusqu'à ce qu'il prenne une serviette et s'essuie le visage. Il boit une gorgée de sa bière et s'éclaircit la gorge.

— Votre gendre est un trou du cul, lâche-t-il.

— Ce n'est pas mon gendre, je réplique. C'est le petit ami de ma fille, et un petit ami affreux, oui.

— Il a vraiment blessé Kelsey, il l'a traitée comme un jouet. Il se l'est tapée une fois, et il l'a snobée ensuite. Ça l'a mise en rogne et il ne faut pas énerver la fille d'un associé En plus il est vieux, comme s'il pouvait... Mince, elle n'a que dix-neuf ans, c'est malsain.

— Je suis d'accord, je conviens en croisant les bras, pour protéger mon cœur de cette information dégoûtante. Vous savez où il est ?

— On veut cent mille dollars, lâche-t-il au lieu de me répondre.

— Quoi ?

— Kelsey et moi, on va passer l'année à parcourir le monde et on veut cent mille dollars pour voyager confortable. Sinon Kelsey le dira à son père, Garth perdra son travail et peut-être même pire, parce que... il n'aurait pas dû coucher avec elle.

Je ne comprends pas. Comment cent mille dollars peuvent-ils devenir trois millions ?

— Vous savez-vous où il se trouve ? je demande.

Il secoue la tête, reprend une bouchée.

— Non. Ce n'était pas mon rôle. Je devais juste vous suivre, Cordelia et vous, m'assurer que vous donniez l'argent, placer son téléphone dans l'appartement le mardi, et... c'est tout ce que j'avais à faire.

— Comment vous êtes entré dans l'appartement ?

— J'avais les clés, répond-il en levant sa bière pour porter un toast à sa propre intelligence.

Dans quoi tu t'es impliqué, Garth, et qu'est-ce qui t'a permis de penser que tu pourrais t'en sortir ?

— Comment vous avez su qui j'étais ?

Il secoue à nouveau la tête.

— On veut cent mille dollars, répète-t-il.

— Quel est le rôle de Tamara dans tout ça ?

— Cent mille dollars, s'entête-t-il. Ou tout le monde saura ce qu'il a fait.

— Dites-moi en quoi cela concerne Tamara et je vous donnerai votre argent, je persiste.

Il m'offre le large sourire d'un enfant ravi.

— Vous me donnerez mon argent, lâche-t-il en se levant.

— Asseyez-vous.

— Appelez-moi quand vous aurez mon argent, et peut-être que tout cela disparaîtra, dit-il en sortant un stylo de la poche de sa veste pour noter son numéro sur une serviette.

Là-dessus, il ramasse son verre, vide sa bière et se tourne vers la sortie.

— Vous savez... je m'empresse de lancer.

Il s'immobilise.

— Oui, quoi ? répond-il en se retournant pendant qu'il enfile sa veste.

— Je connais Tamara depuis des années. Elle a eu une liaison avec mon mari et...

Je fais un geste de la main, censé signifier que c'est toute une histoire pour laquelle je n'ai pas le temps.

— Comprenez que vous ne pouvez pas lui faire confiance. Quoi qu'elle vous ait promis, elle ment. Kelsey et vous n'aurez pas un centime. De mon côté, j'irai trouver la police, donc la vie sera au minimum difficile pour vous deux pendant un certain temps. Je ne pense pas que le père de Kelsey sera très enthousiaste de voir la police interroger sa fille. Garth a disparu et même si les flics ne croient pas un mot de ce que je vais leur dire, ils voudront quand même interroger Kelsey. À partir de là, qui sait quels secrets peuvent émerger.

John me fixe un instant et je vois qu'il réfléchit à ce que je viens de dire, puis il se penche, rictus mauvais aux lèvres.

— Donnez-moi mon argent ou la police traînera votre fille en prison, lâche-t-il avant de s'en aller.

Submergée par la frustration et la colère, j'ai envie de lui courir après, mais ce n'est pas la peine. Je dois attendre que Tamara me contacte pour pouvoir faire le point, et ensuite je devrai trouver une solution.

De retour à l'hôtel, j'arpente ma chambre en m'efforçant d'assembler les pièces du puzzle, en particulier la disparité des montants : cent mille dollars d'un côté, trois millions de l'autre.

Garth est un avocat très intelligent, certainement assez pour planifier cette petite arnaque visant à me soutirer de l'argent. Je n'ai aucune idée de ce qu'il comptait faire du reste. Sans doute l'envoyer à sa mère ou simplement quitter le pays et retourner au Royaume-Uni, débarrassé de ses dettes et de Cordelia. Quoi qu'il ait prévu, il s'est fourvoyé en imaginant que j'allais accepter à la manière dont il a traité ma fille. La façon dont il l'a piégée.

Je dois attendre le matin pour aller à la banque. Ils me poseront des questions, mais j'ai assez d'argent disponible pour obtenir facilement les cent mille. Trois millions auraient pris quelques jours et impliqué de casser quelques plafonds réglementaires, mais je n'ai plus à le faire.

Si je vais trouver la police maintenant, est-ce qu'ils me croiront ? Ils n'ont accordé aucun crédit aux déclarations de Cordelia. J'en ai assez de marteler la vérité aux gens et de les voir douter de ma santé mentale. Je n'ai pas besoin de ce genre de comportement de la part de la police. Je vais régler tout ça moi-même.

Enfin, peu après 1 heure du matin, je me douche et me couche.

Je m'endors avec des questions plein la tête et ne me réveille que tirée du sommeil par la réception d'un texto. J'attrape mon téléphone avec empressement, espérant découvrir que Cordelia est prête à me faire confiance, à me pardonner suffisamment pour cela.

Mais le message ne m'a pas été envoyé par Cordelia, il émane d'un numéro inconnu. Il n'y a plus que trois personnes à pouvoir me contacter sur ce téléphone, et l'une d'entre elles vient de m'envoyer un message. *Elle.*

Il s'agit de deux émojis qui frappent dans leurs mains, suivis de :

Bien tenté, Grace. Paie ou Garth meurt et Cordelia va en prison.

Il est un peu plus de 8 h 30. Elle est manifestement arrivée au bureau, où elle a trouvé mon message.

Je relis ses mots plusieurs fois. Tamara est-elle de mèche avec Kelsey et John, son petit ami, ou profite-t-elle simplement de la situation ? Quoi qu'il en soit, je suis certaine d'une chose : Tamara ignore que j'ai parlé à John.

Le karma me l'a servie sur un plateau. Et maintenant, c'est mon tour de jouer.

33
CORDELIA

Mardi

« Si vous ne vous présentez pas demain avec un certificat médical, je crains que nous ne soyons obligés de mettre fin à votre contrat, Cordelia. Vous devez convenir que nous avons été plus que compréhensifs, mais en l'absence d'explication, nous serons dans l'obligation de prendre cette décision. Je vous demande de me contacter d'urgence. »

Il est plus de 9 heures et Cordelia écoute à nouveau le message vocal.

— Je m'en fiche, lance-t-elle à voix haute, parce qu'elle s'en fiche vraiment.

Elle sort du lit et file directement sous la douche. Que va-t-elle faire de sa journée, à part attendre des nouvelles de son avocat ou de la police ?

En regardant l'appartement, elle pense au loyer qu'elle va devoir payer dans une semaine et aux factures qui s'accumulent dans sa boîte de réception.

Elle est trop jeune pour affronter tout cela, tout simplement trop jeune, et elle ne veut plus s'en occuper.

Ces derniers jours, dans les moments où elle ne s'est pas inquiétée pour Garth ou qu'elle n'a pas eu peur pour lui ou pour elle-même, elle a réexaminé sa relation avec lui, revenant sur toutes les choses qu'il lui a dites, y compris les critiques qu'il a formulées à l'encontre de ses amis, de son travail, de ses vêtements...

Elle a grandi avec une mère féroce et forte qui a bouleversé sa propre vie à cause d'un adultère imaginaire. Mais aujourd'hui, pendant qu'elle se prépare un petit déjeuner, Cordelia comprend qu'après l'incendie, elle n'a pas seulement abandonné sa mère et tous les actes affreux qu'elle avait commis. Elle a également abandonné tout ce que sa mère lui avait appris sur la façon dont une femme devait se comporter dans la vie.

Cordelia a abandonné une partie d'elle-même et de son monde pour s'engager dans une relation avec un homme qui lui a menti, l'a trompée et s'est probablement enfui, en lui faisant porter le chapeau de sa disparition. Et maintenant il lui réclame des millions de dollars. C'est insensé.

Comment a-t-elle pu en arriver là ? Elle est intelligente et bien éduquée. Elle sait ce qu'est la maltraitance, mais celle-ci peut parfois se travestir. Ces mauvais traitements l'ont amenée à se sentir petite et seule, terrifiée, convaincue qu'elle n'avait aucune valeur. Et à présent, elle pourrait bien être accusée d'un meurtre qui n'a pas eu lieu. Comment cela a-t-il pu se produire ?

Cordelia sent qu'elle est sur le point de perdre tout ce qui fait sa vie.

Une partie d'elle continue d'espérer que, d'une manière ou d'une autre, Garth est conscient de ce qu'elle est en train de traverser : il sait qu'on la rend responsable de sa disparition et il va réapparaître d'une minute à l'autre pour s'excuser. Il doit de l'argent, mais l'argent n'est pas un problème.

Et qu'est-ce que Tamara vient faire là-dedans ? Pourquoi travaille-t-elle dans le cabinet de Garth ? Est-ce une simple coïncidence ? Elle se sent maintenant coupable des sarcasmes lancés à sa mère, parce que celle-ci avait raison, mais elle est aussi en colère contre sa mère pour s'être remise à boire. Doit-elle l'appeler ? Et qu'en est-il de Kelsey et de son petit ami ? De quelle manière sont-ils impliqués là-dedans ?

Un coup frappé à sa porte d'entrée la fait sursauter. Elle n'a ouvert à personne via l'interphone.

Munie d'une paire de ciseaux récupérée sur le plan de travail de sa cuisine, elle se rend dans le vestibule. Tout est possible maintenant et elle veut être prête.

— Qui est là ? lance-t-elle à travers la porte.

Pas de réponse, juste un nouveau coup frappé.

Doit-elle l'ouvrir ou appeler la police ? C'est peut-être... Son cœur palpite et elle se déteste pour cela, mais c'est peut-être Garth. Elle ouvre rapidement : c'est sa mère.

Elle ne sait pas quoi dire.

— Tu dois m'écouter, lui ordonne Grace. Et cesser de te comporter comme une enfant.

— Je ne suis pas une enfant, couine Cordelia, dont l'intonation est justement celle d'une gamine.

N'empêche, elle recule et laisse entrer sa mère.

— Alors assieds-toi et écoute, ordonne Grace.

Cordelia file vers le canapé et s'y laisse tomber, irritée. Elle abandonne les ciseaux sur la table basse.

— Regarde, reprend sa mère en lui montrant l'écran de son téléphone.

Cordelia lit le texto.

— C'est de qui ? demande-t-elle.

— Tamara, répond sa mère, avant de lever la main. Ne dis rien. Écoute juste.

Cordelia lève cependant la sienne comme une enfant dans une salle de classe pour demander la permission de parler. Sa mère est tellement sidérée par le geste qu'elle se tait.

— Je sais que c'est elle, dit Cordelia. J'ai appelé Natalie et je lui ai demandé le nom et le prénom de l'assistante administrative de Garth. Donc j'ai eu la confirmation et je suis désolée, mais je ne comprends pas pourquoi elle t'a contactée. Que se passe-t-il exactement ?

Cordelia s'adosse au canapé, attentive, pendant qu'on lui explique exactement qui elle a laissé entrer dans sa vie.

34

GRACE

La journée a été très longue. Cordelia et moi l'avons passée ensemble, à parler, à pleurer, à faire le point sur tout. Je n'ai aucune idée de qui nous serons demain, de ce que nous ressentirons, de ce qu'il adviendra de nous. Mais quoi qu'il arrive, il est temps de mettre un terme à ce que Tamara manigance. Je prends les rênes de la situation.

Je jette un coup d'œil à mon téléphone : il est un peu moins de 23 heures lorsque j'entre dans l'immeuble du cabinet de Garth, Cordelia sur les talons.

« Et maintenant ? m'a-t-elle demandé après que je lui ai expliqué comment je voyais les choses.

— Maintenant, il ne te reste plus qu'à me faire confiance. Je dois parler à John et à Tamara et je m'arrangerai pour que tout le monde se retrouve à l'endroit où j'aurai placé l'argent. »

Puis j'ai envoyé un message à Tamara.

Rendez-vous ce soir au bureau. 23 heures. Amène Garth sinon pas d'argent.

Elle n'a pas répondu qu'elle n'avait aucune idée de l'endroit où il se trouvait. Parce qu'elle sait exactement où il est, du moins elle pense le savoir.

Étape suivante : contacter John.

Il était réticent à se plier à mes exigences, mais pendant notre petite conversation au restaurant, j'ai réussi à semer chez lui les graines de la méfiance envers Tamara.

Je suis sûre que Kelsey et lui ont discuté de la possibilité d'avoir été utilisés. Il se fiche de ce qui se passe. Il veut juste son argent. Évidemment, et cent mille dollars, ce n'est pas cher payé pour en finir. Il n'y a pas de code d'honneur chez les voleurs, ni chez ceux qui cherchent à faire du mal aux gens. Il a été facilement persuadé d'exécuter ce que j'attendais de lui.

À présent, Cordelia et moi empruntons l'escalier qui mène à l'entreprise de Garth puis pénétrons dans la réception.

— Tu es sûre de toi ? me demande-t-elle encore une fois.

Elle est horrifiée par le plan que j'ai élaboré et par les décisions qu'il a fallu prendre.

— Oui, je réponds.

Il n'y a personne, ce qui est une bonne chose, et nous nous orientons grâce au petit filet de lumière qui provient du bureau de l'assistante administrative.

Je tiens un sac qui contient cent mille dollars. Il suffit que Tamara croie qu'il s'agit des trois millions exigés.

Je dois admettre qu'en poussant la porte du bureau et en la voyant assise à sa table de travail, je suis frappée un instant de stupeur. Je m'attendais à la voir et en même temps, non. Elle est aussi belle que sur ses photos Instagram, pommettes hautes et splendides cheveux blonds.

— Tamara, je lâche.

Derrière moi, Cordelia pousse un petit cri.

— En chair et en os, réplique-t-elle en souriant.

— Où est Garth ? je demande.

Elle secoue la tête.

— Bien caché quelque part.

Que tu crois.

Cordelia lâche un sanglot étranglé qui me donne envie de la réconforter, mais je ne me retourne pas, préférant la protéger avec mon corps du sourire narquois de Tamara.

— Tu pourrais m'expliquer pourquoi ? j'insiste. À quoi rime tout ça ?

Je serre le sac contre moi au cas où elle essaierait de l'arracher.

— Assieds-toi là, Cordelia, ordonne Tamara en se levant pour désigner un fauteuil en tissu gris adossé sur contre le mur.

Cordelia obéit docilement. Elle est en état de choc, je crois. Et je la vois se repasser les événements d'il y a six ans, réaliser que ce que son père, Tamara et, finalement, le tribunal avaient traité de « délire alcoolique » n'en était peut-être pas un.

Je ressens une profonde tristesse pour mon enfant, visiblement obligée de réécrire tout ce qu'elle sait depuis six ans. Parce que si j'ai raison à propos de Tamara aujourd'hui, j'ai donc dû avoir vu juste à l'époque. Je me demande brièvement comment Cordelia va survivre à tout cela, comment elle va s'accrocher à ce qu'elle est.

— En quoi es-tu mêlée à la disparition de Garth ?

— Voilà une histoire intéressante. J'ai été mise au courant de ta sortie, figure-toi. On me l'a dit et je considère... eh bien, je considère que tu n'as pas payé pour ton crime, Grace, déclare-t-elle en agitant la main.

Là-dessus, elle s'arrête de parler et se mordille la lèvre, amère.

— Tu es une meurtrière, reprend-elle. Tu aurais dû être enfermée pour toujours. Et pourtant, tu es là, à te promener comme si tu n'avais pas tué l'homme que j'aimais de tout mon cœur.

Ses yeux bleus sont brillants de larmes, mais je ne ressens

aucune compassion pour elle. Il était à moi avant d'être à elle. Elle n'avait pas le droit de me voler Robert.

Cordelia pousse un nouveau cri. J'ai bien l'impression que ma fille va découvrir beaucoup de vérités désagréables, ce soir.

Je tiens fermement le sac en cuir que j'ai rempli d'argent. Je ne veux surtout pas que Tamara franchisse le bureau d'un bond et réussisse à s'en emparer d'une manière ou d'une autre.

— J'ai un cadeau pour vous, annonce-t-elle en se retournant.

Elle sort une bouteille de vin d'un tiroir du meuble de classement. Je regarde fixement l'objet, dont je reconnais l'étiquette. C'est une bouteille que Robert avait achetée pour mon anniversaire, deux ans avant que tout ne s'écroule. Il avait dépensé deux mille dollars pour me l'offrir et je n'ai aucune idée de ce qu'elle vaudrait aujourd'hui. Nous la gardions pour une occasion spéciale, par exemple pour fêter le master de Cordelia, le jour où l'entreprise de mon mari atteindrait enfin son plein potentiel ou bien celui où je parviendrais à me développer à l'international – ce dont Liza Hong, mon adjointe, et moi-même avions discuté avant d'apprendre que mon assistante couchait avec mon mari. À un moment donné, Robert a récupéré la bouteille et l'a donnée à sa maîtresse. La pensée est écœurante.

— Tu la reconnais ? demande-t-elle avec un petit sourire mauvais. Je l'ai gardée pour toi. Je suis sûre que j'aurai bientôt assez d'argent pour m'en acheter beaucoup d'autres comme elle.

— Je ne comprends pas, balbutie Cordelia.

— Oh, mon Dieu ! soupire Tamara en se tournant vers ma fille recroquevillée dans le fauteuil. Tu es vraiment une gamine stupide, Cordelia. Il ne m'a fallu que cinq minutes pour séduire Garth. Tout ce que je voulais, c'était l'éloigner de toi. Ta mère s'est fait enfermer dans une clinique, histoire d'être, fort commodément, protégée de tout, et j'ai passé de nombreuses années à attendre qu'elle en sorte. Ma vie entière a été détruite par sa faute, j'ai dû la reconstruire à partir de zéro. Ta vie à toi a changé, Cordelia, mais tu es allée de l'avant, en t'enfuyant au Royaume-Uni et en trouvant le « grand amour ».

Elle mime des guillemets avec ses doigts.

— Mais moi, je me suis retrouvée toute seule et dévastée. On ne m'a pas rendu justice. J'ai fini sans argent et, sans ton adorable père, et j'ai dû tout recommencer. Ta mère t'adore et je savais qu'elle souffrirait si ton petit cœur était brisé. Et je savais aussi qu'elle rappliquerait ventre à terre si tu avais besoin d'elle. Elle s'est toujours beaucoup préoccupée de toi.

Sourcils froncés pour feindre la compassion, elle dévisage Cordelia, ratatinée sur son fauteuil, livide et au bord des larmes.

— Pauvre Cordy, si amoureuse, si jeune, soupire-t-elle.

— Pourquoi tu ne t'es pas contentée de t'en prendre à moi ? je veux savoir.

Tamara ne cesse de regarder la porte : on dirait qu'elle projette de me prendre l'argent et de s'enfuir. Ai-je raison sur l'endroit où se trouve Garth ? Est-il ici ou ailleurs ? Est-il vraiment enfermé ou attend-il simplement que sa nouvelle tocade récupère l'argent pour qu'ils puissent mettre les voiles ensemble ? J'ai le sentiment de savoir où il se trouve, mais ça ne m'empêche pas de redouter qu'il apparaisse soudain et que Cordelia et moi nous retrouvions en infériorité.

— C'était juste censé être une aventure, explique Tamara en agitant la main. Mais ensuite, qui l'eût cru, je suis tombée amoureuse. Garth m'a alors parlé de son petit problème... enfin, de ses problèmes... avec l'argent dont sa mère a besoin et la petite chipie intrigante qui essayait de le faire chanter. Kelsey et John n'avaient aucune idée de ce à quoi ils s'attaquaient. Ils voulaient juste punir Garth pour avoir fait souffrir Kelsey. Et ils avaient besoin d'argent pour voyager. Je ne pense pas que le père de Kelsey soit au courant de l'existence de son nouveau petit ami. Mais ce n'est pas mon problème. Quand Garth m'a appris qu'il était victime d'un chantage, j'ai mis au point un bien meilleur plan, qui permet à tout le monde d'obtenir ce qu'il veut, sauf toi, Grace, et ta fifille.

Je me sens soudain submergée par une vague de haine féroce pour cette femme, mais je garde le silence.

— Et nous voilà, poursuit-elle. J'ai trouvé une solution à tout. Kelsey et John vont partir visiter le vaste monde. Quant à Garth et moi, nous allons rembourser son prêt, aider sa mère et recommencer notre vie. Avoue que je suis brillante, Grace, non ?

Elle s'attend manifestement à ce que je l'admire, que je l'applaudisse. Cette femme est folle, ça ne fait aucun doute.

— Tu es très intelligente. Bravo, Tamara, j'admets, la gorge nouée.

— Tu me dois bien ça, Grace. Tu m'as tout pris. Si tu donnes l'argent, Garth se présentera au poste de police demain et racontera qu'il s'était perdu dans la brousse ou quelque chose comme ça. Ensuite, lui et moi, on disparaîtra et Cordelia pourra... je ne sais pas, se trouver quelqu'un de plus jeune, par exemple.

Son attitude est si désinvolte, si cruelle... que je n'arrive presque pas à y croire.

— Tu étais censée me poster le téléphone, murmure Cordelia.

Tamara sourit.

— Oui, c'était une idée de Garth, mais j'ai pensé qu'il valait mieux que tu le découvres plus tard, après que la police t'aurait déclarée suspecte numéro un. Vu tout ce qu'elle a fait, ta mère n'aimerait pas que tu aies des ennuis avec la police, je le savais. J'allais le poster aujourd'hui, mais j'ai trouvé le message de ta mère et le téléphone n'était plus là. Tu es maligne, Grace, concède-t-elle en se tournant vers moi. Pas autant que ma petite personne, mais... qu'est-ce que tu y peux ? ajoute-t-elle en haussant les épaules. J'ai fait en sorte que John vous suive toutes les deux, histoire de vous flanquer la frousse. Je savais que tu viendrais, Grace, même si tu ne voulais pas que Cordelia soit au courant de ta présence. Je ne m'attendais pas à ce que tu trouves un poste dans le cabinet de Garth, mais on ne peut pas tout contrôler, n'est-ce pas ? Ton déguisement est nul, d'ailleurs. Je t'observe depuis ton arrivée à Melbourne. Enfin, je surveillais Cordelia et te voilà qui débarque, déguisée et prétendant être quelqu'un d'autre.

— Et le couteau avec son sang dessus ? je demande. Et la voiture qui quitte l'immeuble ?

— Oh, ça, c'est l'œuvre de John. Kelsey et lui ne demandaient pas mieux que de m'aider, alors je leur ai donné quelque chose à faire. Garth n'était pas content qu'on ait besoin de son sang, mais il savait que c'était nécessaire à la réussite du plan. Il n'aimait pas non plus l'idée du couteau et de la voiture, parce qu'il ne voulait pas que la petite Cordy souffre... mais il comprenait qu'il fallait en passer par là pour s'assurer que maman Grace accepte de cracher au bassinet. Moi, j'aimais assez l'idée que Cordelia souffre et que toi, Grace, tu souffres à travers ton enfant.

Elle hausse les épaules.

— C'est fini maintenant. Donne-moi l'argent, conclut-elle en tendant la main. Et tous ces tracas, y compris Garth et moi, ne seront plus qu'un mauvais souvenir.

— Je ne pense pas, non, je réplique.

Je jette un coup d'œil à Cordelia, qui me paraît toute petite et très triste. C'est terrible d'entendre que l'homme que l'on aime est amoureux d'une autre. C'est terrible d'entendre tout ce qu'elle a entendu ce soir. Mais je me console en me disant que c'est bientôt fini. Si tout ce que j'ai mis en place se déroule comme prévu, tout sera terminé sous peu.

— Tu as ruiné ma vie, sale garce, siffle Cordelia à Tamara, qui éclate de rire.

— Ta mère a gâché la mienne. Je devrais avoir une belle maison et la moitié d'une entreprise à l'heure qu'il est. Au lieu de quoi je n'ai rien. Mais je suis sur le point d'entrer en possession de trois millions de dollars.

— Moins la part de Kelsey et John, moins le prêt.

— Oui, oui, marmonne Tamara. On verra ça.

Puis elle détourne le regard, un sourire ironique au coin des lèvres. Je suis désormais sûre et certaine que Garth et elle n'ont jamais eu la moindre intention de payer quoi que ce soit à ces deux gamins stupides, qui ont été utilisés et manipulés de la même manière que Cordelia ou moi l'avons été. Tamara et Garth n'allaient probablement même pas aller trouver la police pour les informer que Garth était vivant.

Ils s'apprêtaient simplement à fuir le pays et à laisser Cordelia se débattre avec les conséquences. Mais je m'y attendais.

Tamara tend la main.

— L'argent, Grace, ou ta petite princesse finira en prison.

— La police va te pincer, tu sais, je rétorque avec lenteur.

Je jette un coup d'œil à la pendule murale. Je n'ai besoin que d'une minute supplémentaire.

— Le temps que tu ailles tout leur expliquer, Garth et moi, on sera loin depuis longtemps et ils ne te croiront pas de toute façon. Parce qu'il y a trop de preuves contre ta fille chérie. Tu n'es pas allée en prison pour avoir tué ton mari, mais maintenant, tu pourras rendre visite à ta fille en prison et ce sera presque comme si c'était toi derrière les barreaux, ironise Tamara en soulevant le vin pour en examiner l'étiquette. Je devrais peut-être l'ouvrir, cette bouteille, qu'on boive un verre toutes ensemble.

— Tu es cinglée, je constate.

— Non, c'est toi qui es dingo, et alcoolique par-dessus le marché. Tu aurais dû passer le reste de ta vie en taule, crache Tamara, dont le regard se fait glacial.

— Il faut que tu saches quelque chose, je réplique. J'ai parlé à John.

— Menteuse, s'esclaffe Tamara, qui se laisse tomber dans le fauteuil de son bureau. Je ne suis pas idiote, Grace.

— Moi non plus. Je lui ai dit que tu n'allais pas lui lâcher un centime, qu'avec Garth, vous vous serviez d'eux. Il est jeune, mais il est très en colère. Il a l'impression qu'on s'est joué de lui.

Elle hausse les épaules avec une théâtralité feinte.

— Je suis certaine que tu vas tout arranger, Grace. Ou pas. Je m'en fiche un peu. Donne le fric.

— Tu n'auras rien, tant que tu ne m'auras pas garanti que Garth appellera la police pour leur dire qu'il va bien.

— Très bien, lâche Tamara en levant les yeux au ciel.

Elle sort son téléphone et j'ai un instant de panique, parce que je pense qu'elle va appeler Garth, où qu'il se trouve, mais non, elle met en route un enregistrement.

— Bonjour, Cordy, c'est moi. Je suis vraiment désolé. J'irai au poste de police ce soir, avant qu'on parte. Je suis désolé, Cordy, je t'aimerai toujours, mais...

— Oh mon Dieu, oh mon Dieu, bredouille Cordelia au son de la voix.

Ces paroles, nous les avons répétées, elle ne fait que feindre l'émotion.

— ... mais je crois que Tammy et moi sommes des âmes sœurs. J'ai vraiment lutté pour être un certain type de personne, pour faire tout ce que je devais faire pour ma mère et pour toi, et j'ai l'impression que... c'est mon tour maintenant. Ma mère s'en sortira et je dois saisir ma chance d'être heureux à mon tour.

Je secoue la tête, tant cette tirade est ridicule : ce qu'il exprime témoigne d'un esprit dérangé et d'un égoïsme immense.

— Salopard ! s'écrie Cordelia en sautant de sa chaise pour s'emparer du téléphone. Salopard ! crie-t-elle même si Garth ne l'entend pas.

Tamara glousse.

— Il n'est pas ici, Cordelia. Il est en sécurité, bien loin d'ici...
Maintenant, aboule...

Elle n'a pas le temps de finir sa phrase, car on entend
soudain claquer la porte qui mène à l'escalier, ainsi que l'écho
de pas lourds dans le bureau silencieux.

— Qui est-ce ? demande Tamara, dont le regard se déplace
vers la porte du bureau.

Je souris alors qu'un homme crie :

— Où est mon argent ?

— Quoi ? fait Tamara, qui pâlit en percevant la colère dans
cette voix masculine.

À mon tour de hausser les épaules.

— Comme je te l'ai dit, John veut son argent, je réponds.
Kelsey et lui ont des tas de projets. Je l'ai prévenu que vous
alliez les laisser sans le sou, ces deux tourtereaux. Ils veulent
voyager, j'ai promis de les aider. Je suis plus qu'heureuse de leur
donner cette somme. Qu'ils passent une année à mes frais.

Je m'écarte au bruit des portes ouvertes sans ménagement et
de John qui rugit :

— T'es où ? Il est où, mon fric ?

Je lui ai conseillé d'en faire des tonnes. De crier, de hurler et
de casser des choses. Il suit mes instructions à la lettre.

Et maintenant, c'est à mon tour d'y aller de mon petit
sourire narquois.

Mardi

Le fracas des meubles et du verre se brisant la fait bondir de sa chaise et se réfugier dans un coin. Tamara regarde frénétiquement autour d'elle, puis saisit la bouteille de vin, qu'elle tient au-dessus de sa tête comme une arme. Cordelia voit sa mère s'écarter, serrant toujours le sac plein d'argent, tandis que Tamara contourne sa table de travail, en brandissant la bouteille. Cordelia note une touche de panique dans l'expression de la femme alors que la cacophonie des objets brisés retentit dans les locaux.

— Où tu es, où tu es ? hurle John.

Sa voix est devenue rauque tant il est furieux.

— Salope ! siffle Tamara à sa mère.

Elles entendent les pas lourds, puis la porte du bureau s'ouvre brusquement.

Tamara prend son élan avec la bouteille de vin. Elle grimace même tant elle met de force pour projeter son bras.

— Connard ! crie-t-elle.

La bouteille percute la tête de l'homme au moment où il franchit la porte.

Un bruit sourd retentit, puis il tombe en avant, d'abord sur les genoux, puis à plat ventre. Le sang se met à couler, lourd et épais, aux relents métalliques, avant d'imprégner la moquette grise. Cordelia se demande si elle ne va pas vomir.

Elle veut fermer les yeux, ne rien voir, mais elle est comme fascinée. La main sur la bouche, elle baisse les yeux vers l'homme gisant sur la moquette. Il est vêtu d'une chemise bleue et d'un chino.

Et ce n'est pas John.

Même de dos, Cordelia voit qu'il ne s'agit pas de John, le petit ami de Kelsey. Ce jeune homme-là avait les épaules larges et les cheveux brun-roux.

L'individu au sol a des cheveux blond sable, il est plus petit, moins carré.

L'individu au sol est Garth.

Oui, c'est Garth qui est allongé par terre. Le sang qui forme une flaque autour de lui provient d'une blessure à la tête, causée par la bouteille de vin qui l'a percuté.

Il n'avait pas disparu, il n'était pas ailleurs, il se trouvait ici, à attendre que sa maîtresse empoche les trois millions de dollars soutirés à la mère de Cordelia.

C'est Garth.

— Garth, gémit-elle, l'estomac retourné, les yeux pleins de larmes. Garth.

Elle se précipite vers lui et se laisse tomber à genoux, pour lui toucher l'épaule, le secouer, voir s'il bouge.

Elle aime toujours la version qu'elle s'est fabriquée de lui, le Garth qu'elle a rencontré au Royaume-Uni, qui était si gentil, si stable et si encourageant, qui est devenu son tout.

Sa mère s'accroupit à côté d'elle et l'éloigne de lui.

— Non, pars, pars maintenant, je vais régler ça.

— Mais Garth, proteste Cordelia en pleurant.

— Il t'a trompée, menti, il était amoureux de quelqu'un d'autre et prêt à te laisser croupir en prison. Pars maintenant, répète sa mère dont les yeux verts sont allumés d'une lueur sauvage.

— Garth, oh mon Dieu, Garth, mon chéri, réveille-toi, mon chéri, je suis désolée, hurle Tamara, accroupie à côté de lui.

Et à ce moment-là, Cordelia comprend ce qui se passe.

Deux femmes qui aiment Garth sont accroupies près de lui, mais Garth n'en aime vraiment qu'une seule, tandis qu'il utilisait l'autre. Et cette autre, c'était elle. C'est elle.

— Va-t'en ! hurle sa mère.

Cordelia lui obéit. Tirant les manches de son sweat sur ses mains, elle s'enfuit dans l'escalier, car sa mère lui a dit de ne pas utiliser l'ascenseur. Elle dévale les six étages jusqu'à ce qu'elle se retrouve dehors, dans le vent froid de l'automne.

Et elle se met à courir, juste courir, sans se demander où elle va, même si elle sait qu'elle doit rentrer chez elle.

Sa mère lui a donné ses instructions, lui a dit qu'elle saurait quand détaler, mais Cordelia n'avait pas imaginé une scène pareille.

Garth est allongé dans un bureau, la tête en sang. Garth couchait avec Tamara ? Comment est-ce possible ? Il y a près de sept ans, sa mère a commencé à boire, à accuser son père de coucher avec la même Tamara, puis les choses ont dégénéré au point que sa mère a incendié leur maison, tuant son père qui dormait à l'intérieur. À compter de ce jour, Cordelia a été certaine de savoir exactement qui était l'ennemie, qui était la coupable. Mais elle était tellement sûre de connaître l'ennemi qu'elle a négligé de scruter ses proches. Garth savait tout, comprenait tout. Comment a-t-il pu devenir l'ennemi ?

Elle se sent stupide, en colère, désespérée.

Elle continue de courir, tournant dans une petite rue pour aller dans la bonne direction. Elle a les poumons qui brûlent, l'estomac retourné et le cœur brisé.

« Je vais tout arranger », lui a promis sa mère.

Mais, se fiant au passé, Cordelia ne l'a pas crue. Elle ne la croit toujours pas, d'ailleurs. Comment sa mère pourrait-elle arranger les choses ?

En attendant, elle ne peut rien faire d'autre que courir, les poumons en feu, les yeux noyés de larmes, l'âme anéantie.

Elle ne peut que courir.

36

GRACE

— Oh mon Dieu, oh mon Dieu ! crie-t-elle. Je ne voulais pas, bredouille-t-elle. Je n'ai pas fait exprès.

Le sang, qui forme une flaque autour de la tête de Garth, imprègne l'épaisse moquette grise. Elle l'a frappé à la tempe. Il a l'air mort, à moins qu'il soit simplement assommé. N'empêche, il y a beaucoup de sang.

Un coup sur la tête ne tue pas nécessairement. Mais peut-être qu'un coup sur la tête avec une bouteille de vin français à deux mille dollars pourrait y parvenir, si le coup a été porté avec assez de force, si la peur et la colère ont animé son élan.

— Bien sûr que tu ne l'as pas fait exprès, dis-je en m'avançant.

Je suis à deux doigts de la toucher délicatement à l'épaule, mais je m'arrête juste au-dessus de sa robe de soie bleu pâle. Je ne veux pas qu'il y ait de preuves de ma présence ici. J'ai soigneusement nettoyé le bureau avant de partir hier, en m'assurant d'éliminer toute trace de Grace Morton ou de Grace Enright.

Soudain, elle est redevenue une jeune fille qui attend mon aide et mes conseils, comme lorsqu'elle a commencé à travailler pour moi.

— Qu'est-ce que je vais faire maintenant ?

Elle s'effondre sur le sol, s'enveloppe de ses bras et serre la bouteille de vin contre elle.

— Qu'est-ce que je vais faire maintenant ? répète-t-elle en boucle. Garth, Garth, ça va, ça va ?

Elle laisse tomber la bouteille de vin, rampe à nouveau vers lui et le touche, tressaille et retire sa main.

— Il respire ? je demande.

— Je ne... bredouille-t-elle, les larmes aux yeux.

— Retourne-le et vérifie, dis-je. Il va falloir appeler une ambulance.

— Non, attends... non, n'appelle pas, il s'en sortira. Je pense qu'il va s'en sortir.

Aussi désespérée qu'elle soit, je sais qu'elle voit ses mensonges et son plan s'effondrer si l'ambulance arrive, si la police débarque. Usant de toutes ses forces, elle le retourne, luttant contre son poids mort. Il a les yeux fermés, mais je remarque que sa poitrine se soulève et s'abaisse légèrement. Sa peau est d'une pâleur de spectre et sa respiration très super-ficielle.

— Garth, réveille-toi, réveille-toi, mon chéri, s'il te plaît. C'est ton rayon de soleil, c'est moi.

Ses mots me rendent malade, mon passé et mon présent s'entrechoquent. Il fallait absolument qu'elle soit le rayon de soleil de quelqu'un. Robert est parti, alors elle a piqué Garth à Cordelia pour devenir son « rayon de soleil » à lui. L'envie de boire quelque chose pour noyer tout cela me submerge presque, mais je secoue la tête. Je dois rester concentrée, ici, régler toute cette histoire maintenant. C'est le plan.

— Il faut que tu m'aides, dit-elle entre deux reniflements. Tu sais ce qu'il faut faire, s'il te plaît, aide-moi, gémit-elle en levant les yeux vers moi.

— Ne t'inquiète pas, tout va bien se passer. Je vais tout arranger, je lui assure. Je te promets que tout ira bien.

Je ne précise pas que mon cœur s'emballe et que mes paumes sont moites. Je dois donner l'impression d'être calme et de maîtriser la situation.

— Reste là, je lui ordonne. Je reviens dans une minute.

— Et tu vas m'aider ? insiste-t-elle. Tu vas vraiment m'aider ?

De nouvelles larmes s'échappent de ses yeux bleus, désormais ouverts comme des soucoupes.

— Bien sûr, je réponds. Ne bouge pas.

Aussi étonnant et stupide que ce soit, elle obéit. Elle reste là, persuadée que je vais l'aider. Je tiens toujours le sac plein d'argent, dont le poids dans mes bras commence à me faire mal.

Réfléchis, me dis-je en sortant du bureau dont je referme la porte derrière moi. *Réfléchis.*

Je reste un moment dans le silence des locaux vides et je fixe la plaque sur la porte.

Puis, tournant les talons, je longe le couloir jusqu'à ce que je les voie.

Ils sont devant le bureau de Garth, dont la porte est sortie de ses gonds, et ils se tiennent là sans rien dire, comme s'ils avaient tout leur temps.

Je jette un coup d'œil dans le bureau de Garth : tout a été mis à sac. L'ordinateur est au sol, l'écran fissuré, un meuble de classement gît sur le flanc et le registre qui était sur le bureau a disparu.

Kelsey me regarde évaluer le carnage.

— C'est un connard, assène-t-elle. Il mérite ce qui lui arrive.

Garth était loin de se douter à qui il avait affaire lorsqu'il a envoyé balader cette jeune femme. Elle ne s'est pas effondrée, elle. Non, elle a recruté un nouveau petit ami pour se venger. Elle n'aurait jamais dû se lier à Tamara, mais aucun d'eux n'aurait dû se mettre en travers du chemin de mon enfant ou du mien.

— Voilà, dis-je en tendant le sac à John.

Kelsey et lui portent toujours les gants que je leur ai ordonné d'enfiler.

— Qu'est-ce qui s'est passé là-bas ? demande-t-il.

— Rien dont vous n'ayez à vous inquiéter, je lui réponds.

— Oh, je ne suis pas inquiet, Grace, réplique-t-il avec un petit rire. On a ce qu'on veut, ajoute-t-il en soulevant légèrement la sacoche de cuir que j'ai achetée à la hâte cet après-midi. Joli sac, commente-t-il avant de jeter un coup d'œil à l'intérieur.

— Tout est là, j'affirme. Et je ne vous donne pas cet argent pour protéger Garth, vous le comprenez bien, mais parce que vous avez fait ce que je vous ai demandé. Votre paiement pour l'avoir amené ici.

— Pigé, acquiesce-t-il. On part ce soir, hein, bébé ?

Kelsey sourit.

— Mes parents vont être furax.

— Quand vous reviendrez tous les deux, vous n'avez pas intérêt à vous approcher de ma fille ou de moi. Je vous garderai à l'œil, vous pouvez en être sûrs.

John saisit la main de Kelsey, leur excitation puérile est manifeste.

— Bon... fait-il en haussant les épaules.

— J'ai enregistré toutes nos conversations, John. Le chantage est illégal.

Je suis sûre que Kelsey, en digne fille d'un avocat, est au courant.

— On ne vous dérangera plus, s'empresse-t-elle de m'assurer, visiblement un peu inquiète d'apprendre que j'ai ces enregistrements.

John m'adresse un rapide signe de tête, le sourire moins large, puis ils partent en empruntant l'escalier. Mon cœur s'emballe, mais je respire profondément et j'essaie de me calmer. Le claquement de la porte de l'escalier m'aide à me détendre. Ils sont partis. Ils ont l'argent et ils sont partis. Puis-je leur faire confiance pour rester loin de Cordelia et moi ? Je n'ai pas le choix. Comme moi, ma fille a fait confiance à l'homme le plus proche d'elle, celui qu'elle aimait de tout son cœur, et comme moi, elle a été trahie.

Je dois agir rapidement pour que l'autre ne puisse pas faire le ménage, autrement dit pour qu'elle se fasse pincer.

J'attrape un téléphone de bureau, je compose le numéro de la police, mon chemisier sur la bouche pour étouffer ma voix.

— Quelqu'un crie comme s'il était blessé. Dans un bureau au sixième étage du Landmark building, 33 Nicholson Street, dis-je à la personne qui décroche.

— OK, et pourriez-vous me donner... commence l'homme au bout du fil.

— Je pense qu'il est blessé, je l'interromps, avant de raccrocher et d'essuyer le combiné.

J'entends Tamara m'appeler.

— Grace, Grace, où es-tu ?

— J'arrive, je crie. Reste où tu es. Tout va bien se passer.

Je l'entends pleurer et gémir :

— Garth, ça va ? Garth, tu peux ouvrir les yeux ?

Je l'imagine en train de le secouer et d'essayer de le ranimer.

Je me dirige vers la réception alors qu'elle ne cesse de répéter le nom de Garth, encore et encore, puis je quitte les bureaux de Harmer, Wright et Sing, empruntant l'escalier jusqu'au hall d'entrée et m'esquivant dans la rue au moment même où j'entends les sirènes hurler dans la ville déserte.

L'a-t-elle frappé assez fort pour le tuer ? L'attraperont-ils sur les lieux ou aura-t-elle le bon sens de s'enfuir ?

L'air est frais, si bien que je regrette de ne pas avoir de veste, mais alors que je marche vers un endroit où je pourrai attendre un taxi que je paierai en liquide, je me sens soudain inondée de joie.

Je suis enfin libre. Tamara se fera rattraper, même si elle s'enfuit. Elle ira en prison.

Elle recevra enfin ce qu'elle mérite.

Cordelia s'en sortira, car tout ce que la police a contre elle s'avérera sans objet. Elle a le cœur brisé, mais elle s'en remettra. C'est ce que j'ai fait, et je l'aiderai à aller de l'avant.

Je n'avais pas imaginé que cela se terminerait ainsi. Dans ma poche, mon téléphone a enregistré toute ma conversation avec Tamara, histoire que j'aie des preuves. Je ne pensais pas qu'elle frapperait Garth.

Ce dénouement est bien meilleur que celui que j'avais espéré. Que c'était idiot de la part de Garth de se cacher dans l'appartement de Tamara. Mais j'avais deviné qu'il serait là. John les a observés pendant des heures. Je n'étais pas tout à fait sûre d'avoir raison avant d'entrer, mais trois vibrations de mon téléphone dans ma poche, trois courts textos reçus de John, m'ont confirmé que j'avais vu juste et m'ont indiqué combien de temps je devais faire parler Tamara.

J'ai demandé à John de trouver Garth et de l'amener ici. C'est pour ce service que je l'ai rémunéré.

Je n'ai rien dit à Cordelia. Il lui faudra beaucoup de temps pour cesser complètement d'aimer cet homme. Il m'a fallu des années pour y parvenir avec Robert, et parfois, je ne suis même pas sûre d'avoir réussi.

Tamara devrait s'enfuir, mais peut-être l'amour l'amènera-t-il à rester assise là. L'amour nous pousse à des actes très étranges. Je le sais, parce que mon cœur brisé a failli détruire toute ma vie.

Mais j'ai repris les choses en main, rétabli mon contrôle sur les événements.

Comme je l'ai toujours pensé, peu importe que la vengeance se mange chaude ou froide. Tout ce qui compte, c'est qu'elle se mange.

Et Tamara s'en est fait servir tout un plat.

37

L'avocat, l'assistante et une bouteille de vin français

La police tente toujours de démêler une étrange affaire impliquant Garth Stanford-Brown, manager senior du prestigieux cabinet Harmer, Wright and Sing de Melbourne, et son assistante, Tamara Reed.

Le numéro d'urgence de la police a reçu un appel anonyme passé depuis les locaux du cabinet, juste après minuit. Les agents dépêchés sur les lieux ont découvert Garth Stanford-Brown inconscient dans le bureau d'une des assistantes administratives de l'entreprise tandis que son bureau à lui avait été saccagé. Mme Reed l'avait frappé à la tête avec une bouteille de vin français, évaluée depuis à plus de trois mille dollars, lui causant une grave commotion cérébrale.

Mme Reed est actuellement sous sédation à l'hôpital et la police a déclaré qu'elle n'était pas en état de subir un interrogatoire. Selon une source hospitalière anonyme, Mme Reed ne cesserait de répéter : « C'est Grace qui a fait ça, c'est Grace qui a fait ça. » L'enquête a découvert une relation entre Mme Reed et Grace Morton, ancienne directrice générale de Wax to the Max, qui, il y a six ans, avait accusé Mme Reed d'entretenir une liaison avec son mari.

La déclaration de Garth Stanford-Brown avait été signalée il y a un peu plus d'une semaine par sa compagne, Cordelia Morton, qui n'est autre que la fille de Grace Morton. La police a d'abord soupçonné Mlle Morton d'être impliquée dans cette disparition, ce qui s'est avéré une fausse piste.

Il y a cinq ans, Grace Morton a été déclarée non responsable de la mort accidentelle de son mari dans l'incendie de leur maison et elle a, jusqu'à récemment, été internée dans un établissement psychiatrique. On pense qu'elle vit à Sydney et qu'elle a rendu visite à sa fille, habitante de Melbourne. Mais des sources policières indiquent qu'elle n'a jamais rencontré M. Stanford-Brown ni mis un pied dans les bureaux de Harmer, Wright et Sing. Nous n'avons pu la contacter pour qu'elle nous donne sa version des faits.

Le système de vidéosurveillance du bâtiment avait été désactivé ce soir-là. Les équipes de sécurité enquêtent sur la manière dont cela s'est produit.

Toujours plongé dans un coma artificiel, M. Stanford-Brown ne peut pas témoigner de ce qui s'est passé, mais les empreintes de Mme Reed ont été trouvées sur la bouteille et elle était la seule personne présente sur les lieux à l'arrivée de la police. Elle tenait d'ailleurs la bouteille et a immédiatement avoué à la police : « Je ne voulais pas. »

L'enquête sur cette étrange affaire est toujours en cours.

ÉPILOGUE

Elle soulève le dernier carton et balaie l'appartement du regard. Il a exactement la même allure que lorsqu'elle y vivait, ce qui est surréaliste. Tout ce qui se trouve dans cet appartement a été acheté par Garth. Les quelques meubles de son appartement de location ont été entreposés dans un garde-meuble avant qu'elle n'emménage ici, car Garth estimait qu'ils ne s'accordaient pas à l'espace.

— Cela aurait dû être un indice, murmure-t-elle.

— Quoi ? demande Evangeline qui sort de la chambre, une écharpe bleue à la main.

— Rien, répond Cordelia.

— C'est à vous ? demande Evangeline.

Cordelia acquiesce et la femme place l'écharpe sur le dessus de la boîte.

— J'ai tout maintenant, annonce Cordelia.

— Bon, eh bien, bonne chance...

Mais la jeune femme perçoit de l'amertume dans cette voix.

Le loyer de l'appartement a été payé jusqu'à la fin du mois et Cordelia n'a aucune idée de ce qu'Evangeline fera ensuite.

Garth est toujours dans le coma et nul ne sait s'il se réveillera un jour.

Evangeline est horrifiée que Cordelia ait choisi de partir.

— Quand on aime quelqu'un, on reste, même si les choses deviennent difficiles, lui a-t-elle déclaré en arrivant dans le pays.

Elle avait foncé droit à l'appartement pour la trouver en train d'emballer ses affaires.

— Pas si cette personne s'apprêtait à détruire votre vie, a répliqué Cordelia.

Evangeline refuse d'entendre parler des mensonges de son fils, de ses infidélités.

Sa « belle-fille » ne lui a pas raconté ce qui s'est passé dans le bureau de Garth, elle n'a pas non plus évoqué Tamara. Cordelia n'avait pas quitté son appartement après tout, de même que sa mère. Elles ont partagé un dîner de bœuf sauté avec des nouilles, se sont même disputées sur la façon de préparer la sauce, puis elles se sont endormies sur le canapé, devant Netflix. Sa mère et elle ont été très précises dans le récit qu'elles ont fait à la police concernant leur soirée. Cordelia a été surprise de se voir débiter sans difficulté ces mensonges destinés à la protéger, lorsqu'elle a parlé à l'inspectrice Ashton. De toute façon, la policière ne semblait pas avoir envie de creuser. Garth avait réapparu et la femme qui l'avait blessé était passée aux aveux. En définitive, Cordelia n'était pour rien dans cette affaire.

— Eh bien, vous avez raison de partir alors, ricane Evangeline.

Cordelia tente d'éprouver un peu de compassion pour cette femme.

C'est elle qui a suggéré à la police d'appeler Evangeline : elle a expliqué à l'inspectrice Ashton qu'elle ne resterait pas aux côtés de Garth, à attendre qu'il se réveille, et qu'elle allait retourner à Sydney.

Et maintenant, elle a tout entassé dans sa petite voiture stationnée au pied de l'immeuble. Les éléments de mobilier qu'elle a récupérés au garde-meuble attendent sur le trottoir le passage des encombrants prévu demain. Comme certains sont encore neufs, il y aura peut-être des gens qui se serviront avant qu'ils ne soient emportés.

À Sydney, sa mère a loué un appartement en attendant de trouver une maison à acheter.

« Un endroit avec vue sur l'océan, assez grand pour que nous ne nous marchions pas sur les pieds, a-t-elle déclaré.

— Je ne compte pas vivre trop longtemps avec toi, maman, lui a précisé Cordelia.

— Bien sûr que non, mais tu as besoin de temps pour guérir, te reconstruire, et ensuite tu pourras décider de la suite. »

Cordelia n'a aucune idée de ce qui l'attend, mais elle est heureuse d'avoir le temps de faire le point.

— J'espère que son état va s'améliorer, dit-elle à Evangeline.

Elle est en route vers la porte d'entrée maintenue ouverte.

— Épargne-moi ta sensiblerie, Cordelia, lâche la mère de Garth, qui la talonne pour s'empresser de refermer la porte derrière elle.

Plantée dans le couloir, la jeune femme ferme les yeux un instant et inspire profondément.

Elle n'a que vingt-quatre ans, mais elle a l'impression d'avoir vécu toute une vie. Cela peut être une bonne ou une mauvaise chose, selon le thérapeute avec lequel elle a eu une consultation sur Zoom hier. Elle verra Isaac en personne la semaine prochaine à Sydney, mais elle tenait à s'entretenir une fois avec lui, avant d'entreprendre le long voyage de retour vers sa ville de cœur et de laisser tout ça derrière elle.

Elle ne se laissera plus jamais traiter par un homme comme avec Garth, et cela peut signifier qu'elle demeurera célibataire pendant longtemps. Peu importe, elle doit d'abord digérer tout ce qui s'est passé et la thérapie est le meilleur moyen pour commencer.

En appuyant sur le bouton de l'ascenseur, Cordelia regarde une dernière fois ce qui l'entoure.

— Au revoir, Garth, murmure-t-elle, puis, parce qu'elle sent combien sa vie va changer : Au revoir, Cordy.

Il était le seul à l'appeler ainsi et elle détestait ce surnom. Elle ne sera plus jamais Cordy. Elle est Cordelia Morton et elle survivra à cette épreuve, comme elle a survécu à tout le reste.

Les portes de l'ascenseur s'ouvrent. Cordelia Morton y entre pour ne plus jamais revenir.

Grace

— Madame Enright, me lance l'agent immobilier.

Je me rends compte que je suis sur le balcon depuis un bon moment, à regarder tous les yachts amarrés dans la petite baie. La journée est chaude pour une fin mars. Le soleil, qui me tape sur la tête, réchauffe tout mon corps.

— Oui, dis-je en me retournant vers lui.

Il s'efforce de dissimuler son impatience à la perspective de conclure la vente. L'appartement est grand et vieux, il est sur le marché depuis un certain temps en raison de tous les aménagements qu'il nécessite, mais il est parfaitement situé.

— Il y a beaucoup de travaux à prévoir, dis-je. Parce qu'au fond, je vais devoir tout refaire.

Je désigne le salon, à la moquette beige toute tachée et au papier peint vert à fleurs. Les meubles quelconques apportés là pour faciliter la vente du logement détonnent dans le décor.

— Oui, mais l'emplacement en fait un bien haut de gamme, même à ce prix.

— N'empêche que vous n'avez pas encore réussi à le vendre.

Je souris et il rougit légèrement.

— Je vais y réfléchir, mais je dois vous laisser. J'ai rendez-vous avec un autre agent immobilier, j'ajoute, de peur qu'il ne pense l'affaire conclue, du simple fait que j'aie passé du temps ici.

— Les propriétaires sont tout à fait ouverts à la négociation, se hâte-t-il de préciser.

— Le contraire m'aurait étonnée.

Je le quitte en empruntant l'escalier, parce que le bâtiment ne compte que trois étages. Comme il est situé juste au bord de l'eau, la vue ne sera jamais masquée par une construction.

J'ai déjà décidé de l'acheter et je brûle d'entreprendre les travaux de rénovation. Les couleurs et l'ameublement de la nouvelle cuisine et des salles de bains me trottent dans la tête alors que je m'engage dans la rue.

Si j'ai rendez-vous avec un autre agent, ce n'est pas parce que je compte visiter un autre appartement, mais plutôt pour trouver un entrepôt et un bureau pour Cordelia. Je ne lui ai pas parlé de ces locaux. Ce sera l'endroit idéal pour qu'elle démarre sa propre ligne de vêtements. Si elle refuse, tant pis. Je n'effectue que les premiers pas à sa place. Elle voudra peut-être reprendre le contrôle de sa vie après l'avoir cédée à Garth malgré elle, mais je pense qu'elle aura envie de se lancer là-dedans. Je l'espère, du moins. Et peut-être qu'elle se concentrera sur la conception pendant que je me chargerai de l'aspect commercial de l'entreprise. Je me suis préparée à l'entendre me répondre que ce n'est pas ce dont elle a envie, et je chercherai alors autre chose. J'ai de l'argent et de nombreuses années devant moi pour construire quelque chose de nouveau. Je l'ai déjà fait et je sais pouvoir le refaire.

J'aspire une grande bouffée d'air automnal où se mêle l'odeur de café torréfié en provenance du *coffee-shop* voisin.

Je me sens... libre, c'est le mot juste. Je suis enfin libérée de mon passé. Je suis Grace Enright, maintenant. Cordelia voudra peut-être aussi changer de nom de famille. C'est à elle d'en décider.

La presse a couvert les événements, ou du moins ceux qu'elle imagine s'être produits, mais elle s'est tout aussi vite tournée vers autre chose. Lorsque Tamara sera jugée, si elle l'est un jour, ce qui semble peu probable compte tenu de la fragilité de son état mental, l'histoire sera peut-être réexaminée, mais ça ne se produira pas avant des mois, voire des années. Cordelia sera plus forte alors, plus sûre d'elle.

Je décide de m'arrêter au café pour prendre un verre, en choisissant une délicieuse part de *carrot cake* pour l'accompagner. Je me contente d'observer les gens tout en mangeant et buvant. En vérité, un rien me contente maintenant. J'ai retrouvé ma fille et c'est tout ce que je voulais. Elle est en sécurité, débarrassée de son compagnon toxique. Mon autre fille, Ava, qui ne saura jamais qu'elle est mon enfant, s'épanouit d'après ce que je vois sur ses réseaux sociaux. Chaque matin, j'imagine Cordelia et Ava ensemble, mais ce n'est rien de plus qu'une petite rêverie réconfortante. Je ne peux pas tout avoir. Je m'inquiète vaguement de retomber sur Ava par inadvertance, mais Sydney est une grande ville et je suis sûre que nous ne nous croiserons pas. Je peux la suivre de loin et me réjouir silencieusement de sa réussite, juste pour moi-même.

Désormais, je suis aussi Kelsey sur Instagram, qui poste des photos de son périple à travers le monde. Je garderai un œil attentif sur elle et John, pour le cas où il leur viendrait à l'idée de me considérer comme une future source de revenus.

La vie me semble désormais pleine de possibilités. J'ai même recommencé à caresser l'idée de sortir avec quelqu'un, de trouver éventuellement un homme avec qui sortir dîner, juste un peu de compagnie.

Je suis encore assez jeune pour refaire ma vie, et plus forte que je ne l'aurais jamais cru possible.

Et après tout ce qui s'est passé, tout ce que j'ai traversé, je sais que rien ne m'empêchera de faire exactement ce que je veux. Rien.

Je prends la route. J'arrive bientôt.

Je souris en lisant le message de Cordelia. J'aurais aimé être là pour l'aider à faire ses valises et à déménager, mais elle devait s'en acquitter seule.

Peu importe, bientôt elle sera là, elle emménagera avec moi dans notre appartement de location et nous repartirons toutes les deux de zéro, des survivantes l'une comme l'autre.

Deux femmes que rien ne peut arrêter désormais.

UNE LETTRE DE NICOLE

Bonjour,

Je vous remercie d'avoir pris le temps de lire *Une mère sait toujours*. Si vous avez apprécié ce livre et que vous voulez être tenu au courant de mes dernières parutions, il vous suffit de vous inscrire à ma newsletter en suivant le lien ci-dessous. Votre adresse électronique ne sera jamais communiquée à qui que ce soit et vous pourrez vous désinscrire à tout moment.

france.bookouture.com/subscribe/

Je suis ravie que mes lecteurs aient eu une nouvelle occasion de passer du temps avec Grace. C'est une maman ourse féroce, prête à tout pour ses filles. Cordelia est très jeune, mais elle a traversé beaucoup d'épreuves, dont elle est sortie plus forte et plus résistante, tout comme sa mère.

J'admire la capacité de Grace à comprendre la douleur de Cordelia, à la reconnaître et à accepter de devoir travailler plus dur pour regagner la confiance de sa fille.

J'espère qu'elles auront toutes les deux un avenir merveilleux. À mon avis, Cordelia se lancera dans une nouvelle carrière de créatrice de vêtements. Une relation mère-fille évolue avec le temps, et Grace et Cordelia ont dû faire face à plus de traumatismes que la plupart des gens, mais j'espère que mes lecteurs n'ont jamais douté de l'amour de cette mère pour sa fille.

Comme toujours, je serai très heureuse si vous laissez un avis sur le roman, en particulier si vous l'avez aimé... mais s'il vous plaît, évitez de divulguer l'intrigue aux autres lecteurs.

J'aime échanger avec eux et vous pouvez me contacter sur les réseaux sociaux. J'essaie de répondre au moindre message que je reçois.

Merci encore d'avoir lu mon livre,

Nicole

 facebook.com/NicoleTrope

instagram.com/nicoletropeauthor

REMERCIEMENTS

Mon premier remerciement va à Ellen Gleeson. Chaque livre est différent et celui-ci a connu quelques rebondissements. J'ai été heureuse de pouvoir compter sur son soutien tout au long du processus.

Je tiens également à remercier Jess Readett pour son enthousiasme et pour m'avoir aidée à mettre mes romans entre les mains de nombreux lecteurs enthousiastes.

Merci à DeAndra Lupu pour la révision et à Liz Hatherell pour sa relecture très minutieuse.

Merci à toute l'équipe de Bookouture, y compris Jenny Geras, Peta Nightingale, Richard King, Alba Prcko, Ruth Tross, Mandy Kullar et à tous ceux qui contribuent à la diffusion de mes romans à travers le monde.

Merci à ma mère, Hilary, qui est une excellente bêta-lectrice.

Merci également à David, Mikhayla, Isabella, Jacob et Jax.

Et une fois de plus, merci à ceux qui lisent, recensent et chroniquent mon travail sur leurs blogs, ou qui me contactent sur les réseaux sociaux pour me dire qu'ils ont aimé l'un de mes romans. J'aime entendre vos histoires et les raisons pour lesquelles vous vous êtes sentis concernés par un livre que j'ai écrit.

Tous les commentaires sont les bienvenus et je les lis tous.